KB145986

하나님의 아들딸은 죄를 짓지 않았다.

김영길 수필집

시음사
시사랑음악사랑

발간 인사의 말씀

조물주 하느님은 불변불이시다. 한번 태어난 생명은 영원히 죽지 않고 살면 살수록 더욱더 젊어지는 영원불변의 생불이시다. 전지전 능하시고 무한한 조화의 능력자로서 죽을 생명을 왜? 태어나게 하였겠는가? 조물주 하느님은 조화로 계실 때 나는 나를 알았지 나에 게는 미래의 꿈이 있고 목적과 목적관이 있고 4차원 공간의 궁극의 목적이 내 뜻이라 말씀하셨다.

1차원관은 천지락 나라, 하느님과 큰 아들딸님과 천사장 부부가 거하시는 거룩한 공간이요 2차원관 지하성 나라는 자동하는 나라로써 천도성 둘째 아들 부부가 주인이요 3차원관은 구름나라로써 자녀들을 축복해 주시는 관광의 아름다운 나라이다. 4차원관은 우리 인간이 살고 있는 지구나라인데 이 공간의 주인은 하느님의 셋째아들 여호화 하늘새님과 따님 천도화님의 나라로 되어있었지만 하느님을 모시고 받드는 천사장 옥황이와 그의 부인 용녀가 종의 신분으로 주인이 오기 전 지구를 탐내고 욕심내어 하느님의 계명을 어기고 내려왔으나 부인 용녀와 그의 아이는 벽산에 올라가 8년 동안 기도 단을 쌓고 회개하고 하늘나라로 올라갔다.

그러나 옥황 이는 자기도 종의 신분으로 이 지구의 왕이 되고 싶고 주인이 되고 싶어 그 좋지 못한 마음을 버리지 않고 이 땅에 혼자 남아 살게 되었다. 그는 하늘나라에서는 호화찬란한 금빛 은빛 찬란한 예복과 갑주를 입고 하느님의 가족을 모시는 막강한 모심의 권세와 권력과 명예를 가지고 있었지만, 이 땅에 내려와 죄인의 모습으로 옷도 없고 원시인처럼 동물과 같이 거지 같은 생활을 하면서도 주인의 것을 빼앗아 주인이 되고 싶은 강력한 마음이 변함이 없는 지라 하늘에 회개하고 올라갈 생각이 없었다.

그러나 그는 하늘에서는 하느님의 계명을 어기고 자기들끼리 부부를 맺어 한세대를 이루어 자손을 번성시키고 한 것이 원죄를 지고 내려왔고, 옥황 이는 이 땅에서 동물의 왕이 되어 동굴에서 자고 지내면서 아차 하는 순간을 참지 못하고 고릴라와 결합하여 부부를 맺은 것이 용서받을 수 없는 타락 죄를 저질렀다. 동물과 하늘의 천사 장 출신의 신성과 결합한 후손은 동물도 아니요, 사람도 아닌 이상한 사람이 동물에 속한 인간이 출생하게 되었는데 그 후손이 우리 인간들이란 사실이다. 그는 지상에서 980년을 살다가 죽을 때는 애 병으로 지금의 화병으로 죽을 때는 후회하고 죽었다. 이러한 죽음의 역사와 살아있는 산 역사의 새 말씀을 하느님으로부터 받은 귀하신 천도문님의 공로를 중심으로 이 땅에 새 말씀을 선포하고 천도문님의 귀하신 공로를 증거 하고자 이 책을 펴내게 되었음을 말씀드립니다.

2016년   월   일

시인, 수필 작가 **김 영 길**

* 목 차 *

* 목 차 *

* 목 차 *

* 목 차 *

귀한 생명줄을 잊고 산다.

우리는 일상생활에서 너무 귀한 것을 귀하게 생각하지 않고 아무 생각 없이 사는 때가 너무 많다. 산소가 없다면 일초의 한순간도 살 수 없는 인간의 생활을 상상할 때, 끔찍한 일이 아닐 수 없다. 당장 우리의 몸속에는 지구를 몇 바퀴 돌고도 남을 정도의 많은 혈관이 길게 있는데 그의 혈관 속에는 산소가 공급되지 않으면 인간이 치명적인 생명을 유지할 수 없는 상황이 온다는 것을 알 수 있다. 이렇게 귀하고 귀한 우리의 생명선인 생명줄이 산소인 줄 알지만 한없고 끝없이 그 값을 지불하지 않고 살고 있기 때문에 그 고마움을 잊고 사는 것은 아닌지 다시 한 번 생각해 본다.

만약 산소를 돈을 주고 살아야 한다면 어떻게 될까? 아무리 비싸도 산소부터 확보하려고 모두가 산소 확보 전쟁에 정신이 없을 것이다. 우리가 여행을 떠나려면 휴가를 갈 때 갖가지 먹을 것을 바리바리 싸가지고 준비하는데 얼마나 많은 노력과 수고로움이 소요되는지 준비하는데 정말 힘이 많이 든다. 그런데 거기에다가 산소까지 사서 싸가지고 가야 한다면 정말 여간 불편한 일이 아닐 수 없을 것이다. 이러한 가장 귀한 산소를 가장 너무 흔하게 언제든지 어디에서든지 값없이 쓰고 살고 있기 때문에 너무 흔하게 사용할 수 있어서 생각 없이 살아가는 것은 아닌지 모르겠다.

우리들이 높은 산이나 해외 여행지에서 고산 지대에 올라갔을 때 산소가 부족하여 숨이 가쁘게 쉬는 것을 경험해 보았을 것이다. 그때서야 산소가 우리가 얼마나 귀하고 귀한 생명을 유지하는데 귀중한 존재인지를 그때 비로소 존재 가치를 한번 생각해 보게 되는데, 우리는 일상생활에서 이렇게 귀한 산소를 값을 지불하지 않고 살 수 있다는 것을 참으로 다행으로 생각함과 동시에, 그 고마운 마음을 항상 자연 앞에 감사 하며 살아야 된다고 생각해 보아야겠다. 그런데 온 인류의 행복한 삶의 터전인 이 지구가 몸살을 앓고 신음하고 있다.

지구를 살핀즉 인간들이 먹고 마시는 갖가지 배설물로 인하여 공해가 너무 나빠 코를 들 수 없고, 균이 뭉쳐 이리로 저리로 떠다니는 균 덩어리든지 오르는 증발의 독가스든지 공중에 공해가 꽉 차있고 각종 갖가지 산업 현장에서의 내뿜는 공장 굴뚝의 연기와 저 많은 도로 위에 굴러다니는 수많은 자동차들의 엔진에서 품어 나오는 이산화탄소 때문에 맑고 신선한 그 귀한 생명수, 신선한 공기가 오염되어 마실 수 없는 혼탁 된 오염된 산소와 공기가 되어있어 안 마시면 죽고 마시면 그 공해 물질이 우리 몸속에 코를 통하여 몸속에 들어가 심각한 신체의 악영향을 일으켜 폐렴 등 많은 생명의 위협을 주고 있음을 숨길 수 없는 현실이 되어 세계 각국이 대책을 세우고 있지만 산소와 공기를 깨끗이 정화하는데 에는 너무나 역부족인 것 같다.

옛날 먹을 것이 귀하던 가난하던 시절에는 마구잡이식으로 공장과 공해물질 배출시설을 생각지 않고 가난극복에만 치중한 나머지, 환경의 주범인 요소들을 생각할 시간도 여유도 없이 살다가 많은 경제건설과 인간들의 생활이 향상되어 최고의 지식 정보 사회에서 살고 있는 지금, 이 시대에 와서 생각해보니, 경제발전과 문화발전에 대한 성장의 대가로 지구가 몸살을 앓을 정도로 심각한 지구에 병을 안겨 주었으니 지구를 치료하기 위해서는 얼마나 많은 노력과 연구를 해야 할지 미래의 연구 과제와 해결해야 할 당면 과제가 아닌가? 봄이 되면 황사와 드넓은 중국에서 산업의 현장의 미세 먼지가 한국에까지 바람을 타고 들어와 반갑지 않은 불청객이 되어 많은 고통을 겪고 있으며, 그 영향으로 호흡기병 암 병 등등으로 이제는 국제적 세계적 관심 사항으로 등장되어 각국의 정상들도 걱정만 할 뿐, 이렇다 할 대책은 아직까지 미흡하고 각국이 다 같이 노력하자는 수준으로 항상 걱정거리가 되고 있는 것으로 짐작이 되고 있다.

아무리 귀한 보물을 안겨주어도 그 보물을 귀하게 간직할 줄 아는 자가 되어야 하는데, 그 보물을 귀하게 보존을 못하면 그 보석이 때가 잔뜩 끼어 빛을 낼 수 없고, 보석인지 보물인지 알아볼 수도 없다면, 그 보석의 가치가 빛을 발휘할 수 없듯이 인간은 이 지구에서 가장 살아가는데 필요한 산소와 공기의 보석을 받았지만, 그 산소와 공기의 그 보석을 오염시켜 본래의 신선하고 아름답고 향기로움이 풍기는 공간을 이루지 못하고 있는 현실이 너무나 안타까운 현실이 아닐 수 없다.

그 잘못은 그 맑고 깨끗한 신선하고 아름답고 향기로운 산소와 공기를 생산하여 공급해 주시는 공급자의 잘못이 아니라 공급받는 인간들의 잘못된 책임이 있다는 사실을 또 한 숨길 수 없는 분명한 사실이 아닐 수 없다. 그러고 보면 산소와 공기 그리고 이 땅에서 살 수 있도록 환경과 여건을 마련해 주신 이 공간의 창조자 창조 창설 창극의 극치를 인간에게 제공하여 주신 조물주님께 우리 인간들은 머리를 들 수 없을 정도로 죄송함을 금치 못할 빚을 지고 살아가고 있음을 생각해 본다.

천지지간 만물지중이 음양으로 이루어진 자연의 일획 일점도 더하고 덜할 수 없는 완벽한 조물주, 주인님이신 하느님이 완벽하고 불변절대하신 힘의 초월자요, 힘의 초래자요, 힘의 효율자요, 힘의 자유자재 능력의 권능 자께서 값없이 한없고 끝없는 무한한 사랑으로 우리 인간들에게 제공해 주시는 이 지구의 환경이 얼마나 귀중하고 이 모든 귀함이 활짝 열려있기 때문에 우리의 샘물 같은 귀한 산소와 공기가 생명체를 유지 하는데 없어서는 안 될 생명줄 생명선 산소 공기를 한시도 잊어서는 안 된다는 것을 알아야 되겠다.

오늘도 이 지구는 우리 인간들의 삶의 생활의 영광을 제공함과 동시에 인간의 과도한 지구를 오염시키는 행위로 말미암아 아파하는 신음 소리와 그 아픔의 애곡하는 통곡 소리가 인간 우리들의 귓전에 한없이 울려 퍼지고 있으나 그 소리를 우리 귀에는 안 들려서 듣지 못하고 있는데 그 소리를 어렴풋이라도 듣고 있는 자들이 지구촌 환경 운동에 목숨을 내놓고 동력선도 없는 나무배를 타고 지구를 한 바퀴 도는 지구 살리기 운동을 전개하는 것을 보면 그들은 이미 세상이 알지 못하는 가운데 깊은 잠에서 깨어있는 자들이라 생각지 않을 수 없다.

아름답고 찬란하고 밝고 맑은 지구 공간의 조물주 주인님은 지구를 금이야 옥이야 아끼고 사랑함은 당연지사 이지만, 인간 우리들은 지구의 주인이 아닌 줄 알고 함부로 생각 없이 되는대로 미래를 생각하지 않고 오늘의 현실만 생각하고 사는 것은 아닌지 반성도 해 보아야 되고, 깨끗이 사용하여 다음 사용자에게 깨끗한 집을 물려주어야 하지 않겠는가를 생각하며 오늘도 내일도 끊임없는 노력과 실천과, 천리 길도 한

13

걸음부터라는 옛말처럼 차일피일 미룰 일이 아니라는 것을 각자는 생각을 해야 되지 않겠는가를 되새겨 보아야 할 시점이 되었다고 생각한다. 내가 빌려준 집에서 세입자가 수년 동안 오래 살다가 떠날 때 집을 많이 흠집을 내놓고 그냥 가면 주인 입장에서 기분이 나쁘고 들어올 사람은 주인에게 집 수리조건으로 약속하고 계약을 하듯이 심하게 집을 파손하면 파손한 세입자에게 그에 대한 집수리 비용을 보증금에서 변상토록 하고 차액을 반환하는 일이 인간들의 일상생활에서 일어나는 현상인데 지구에서 현재 주인님의 조물주님의 지구라는 집에서 살면서 함부로 쓰고도 변상하라는 실질적인 경제적 물질적 물리적 고통을 억압하지 않으니 혹시 함부로 생각 없이 생활을 하는지도 모르지만, 그 게을리 한 댓가는 미안하지만 주인님과는 상관없이 인간 우리들이 많은 벌칙을 받고 있는 것이 증거로서 나타나고 있음을 알 수 있을 것이다.

우선 우리들이 각종 환경적인 영향으로 신생아들의 기형아 탄생과 같은 저주 같은 비극적인 현실도 가끔 발표되고, 각종 환경 호르몬의 변형으로 희귀한 없던 병이 발생하여 그 고통을 우리 인간들이 지금 이 시간에도 겪으며 살고 있음을 간구하여서는 안 된다는 사실을 그냥 예사로 생각해서는 안 될 상황이 되어가고 있습니다. 이젠 범위가 커져서 한 개인이나 한 국가가 나서서 해결될 일도 아니고 전 세계가 나서서 공동 노력과 치유를 해야만 되는 국제적 세계적인 가장 귀한 현안으로 등장 되어 가고 있음을 우리는 각종 정보를 통하여 보고 듣고 있어, 하지도 못하면서 걱정만 각자 하면서 살아가고 있음을 생각해 본다. 그래도 옛날보다는 우리나라도 많이 개선되어 환경을 인식하고 쓰레기 재활용 분리수거 등등 운동으로 많이 개선되어 개선의 발전이 많이 향상된 것도 사실이지만 아직도 갈 길이 멀고 수준이 만족하지 못한 수준인 것 같다.

태초에 창조되었던 수 억 년 전의 아름답고 찬란하고 흠과 티가 없던 지구! 분명히 그때는 천지 만물의 자유가 놀라운 찬란한 영광의 만족과 흡족함을 분명하게 완벽하였고, 정리 정돈의 자유가 모두 슬기로운 신출귀몰하고 무지신비하고 절도 있는 경쾌가 아주 스릴 있고 슬기로운 찬란한 명성이 모두 아름답게 지구의 자태를 나타냈을 것인즉, 갖가지 천연의 과학으로 갖가지 과학의 결정체가 줄줄이 줄을 잇고 쌍쌍이 쌍을 지어 아름다운 기능들이 활기 활짝 띄우고 아주 슬기로운 좌청룡 우백호가 면적을 안고 응시된 정기가 흐르고 돌고 있다.

굽이굽이 쳐 돌아가는 동해바다 서해바다 남해바다 북해바다가 아주 찬란하고 그 물결이 치는 소리가 음악으로 들려오고 찰랑찰랑하고 나풀나풀하고, 그 아름다운 춤추는 모습이 아주 반짝반짝하며 무지개 발을 내어 내는 호화찬란함이 참으로 헤아릴 수 없고 상상할 수 없으며 또한 그 아름다운 그 소리들이 4해 8방 4진문이 서로 지켜 응시되어 아름다운 바람 소리가 아주 피리 부는 소리보다 더 찬란하고 경쾌하며 정신을 새롭게 하고 눈을 황홀케 하고 코로는 향기가 진동하게 들어온즉 마음이 상쾌하고 통쾌한즉 이것이 참으로 아름답다.

바다의 물결이 찰랑찰랑하는 넘실넘실하고 구풀구풀 하며 넘어가고 넘어오는 위에서는 갖가지 물결에 일어나는 방울방울 일어나서 입체를 이룬 찬란함이 참으로 아름다운지라! 보면 볼수록 마음이 상하려고 해도 상할 일이 없고 기쁨만 넘쳐 흐르며 그 아름다운 소리가 사면에서 울려 들어오는 음악 소리를 모두 낱낱이 들은즉 바람이 오고가는 그 음악의 소리가 찬란한즉 명실공히 영광된 영광도가 지구의 광채가 모든 만물의 형상을 거둬 맞이하였다는 상상을 해보는 것은 망상이 아니라 그러하였을 것이라 미루어 확신해 볼 수 있다.

왜냐하면 자연의 섭리를 보면 한 치의 오차도 없이 오고 가는 지구의 사계절의 모습이라든지, 제 궤도를 돌며 돌아가고 돌아오는 천연의 광경이 자연의 이치가 바로 과학의 진리의 법도로서 이루어져 창조 본연의 창극을 이룬 것을 보면, 신출귀몰하고 무지신비하다고 생각되며 일정한 고도 고차원의 과학의 조직이 완벽하고, 불변의 이치가 참다운 진리로 되어 있기 때문에, 나타난 증거가 증거로서 증거로 입증하고 있음을 부인할 수 없다고 생각한다.

그러나 오늘날 인간들의 모습은 너무 미개하고 무지하고 아주 미련하고 천부를 헤아리지 못하고 촉각을 알지 못함으로써, 아주 미련하고 몽매한 인간들인데 아무리 인간의 지능의 컴퓨터로 설계와 첨단기계를 제조하였다 할지라도 조물주의 거창한 지구의 설계와 각종 천연의 컴퓨터로 이루어놓은 지구의 기계는 일획 일점도 더하고 덜함이 없는 첨단과학의 원조이기 때문에 인간이 상상할 수 없는 지구라는 공간을 이미 태조에 이루어놓은 것을 우리는 짐작할 수 있다. 그렇기 때문에 우리 인간들도 그러한 원리와 천연의 과학의 참된 자연의 진리 속에서 탐구하며 연구하고 발견하고 있는 것이라 생각한다.

아무리 인간이 최고도의 생명과학을 한다 하지만, 지구 공간의 창조자 주인은 아니기 때문에 주인이 만들어 놓은 숨겨진 생명과학과 모든 자원을 발견하고 응용하는 것에 불과한 것이다. 그래서 주인의 일은 그 외에는 잘 알 수 없기 때문에 한계가 있는 것이 아닐까? 생각한다. 인간이 새로운 생명체나 과학의 그 어떤 것도 무에서 유를 창조한 예가 없다는 것도 지능의 한계가 있다는 사실을 알 수 있다. 조물주에 비하면 비교할 대상도 되지 못하지만 인간의 어두운 머리로서 너무 어둡고 미개하기 때문에 고도 고차원의 지구 창조자의 근원의 원천의 귀한 실존님의 공로를 터득 한다는 것은 아무리 모든 것을 다하여 몰두 하여도 어려운 넘지 못할 지능지수일 것이라고 생각 해 본다.

창조주께서 내가 이루어놓은 당신 공간에 내려와 보니 이 지구에 냄새가 나고 균 속에 사는 이 공간에 방문하셨다 하고 가정에 생각해 보니 기분이 상쾌할 리 없고, 머리가 너무 아프셔서 빨리 하늘 공간으로 가시지나 않을 가 생각해 본다. 모쪼록 이 지구에서 사는 인간 우리들이 태초의 새 공간의 처음처럼 깨끗이 보존하려고 노력하면은 좀 더 낳은 지구의 환경이 회복되지 않을까 생각하며 그래서 우리 인간들도 깨끗한 산소와 공기를 우리 몸속에 들이 마시어 더욱더 건강하고 행복한 미래와 후세들이 세세토록 좋은 환경에서 살 수 있다면 참으로 그보다 더 좋은 바람은 없을 것이라 희망해 본다.

하나님의 생애의 공로를 발견하신 천도문 "님"을 증거 한다.

이름은 하나님이 명예를 주신 천도문 "님" 이시다. 어릴 적 북한 지방에서 독실한 기독교의 집안에서 태어나 7살 어린 소녀의 몸으로 항상 하나님의 아들딸이 과연 죄를 질 수가 있느냐 하는 문제를 놓고 궁금하여 고민 하다가 부모님께 절대로 하나님 아들 따님은 죄를 짓지도 않았고 죄를 질 수도 없다고 확신을 하고 싶었다고 말씀 하셨다. 왜냐 하면 그 근거로 나타난 결과를 보아 인간은 도저히 지구와 생물과 공기 산소 바람하나 만들지도 못하고 인간이 창조한 것은 하나도 없다. 그러면 천지간 만물지중이 모두 하나님 두 분이 창조 하신 것은 분명한 사실인데 수 억 천 년 이 흘렀어도 공기와 바람 산소 이 땅은 변함없이 영원히 존재 하는데 만물의 영장이라고 인간 스스로가 자처하면서 왜 죽어야만 하고 살다가 생로병사의 고통 속에서 살다 죽는 것이 당연한 창조 하실 때부터 필연적으로 거쳐야만 하는 필수 코스로 생각하고 살아가고 있는 것 같은 비참한 현실을 느끼셨다 하셨다.

왜? 사람들은 하나님의 아들딸이 죄가 없고 타락하지 않았다고 하면 싫어하고 하나님 아들딸이 죄를 짓고 타락을 했다면 좋아하는 세태를 보고 높은 하늘을 바라보며 억울하여 눈물을 흘렸으며 그러한 사상을 버리지 아니하고 밤하늘에 떠 있는 별을 보고 내 말이 맞지 않느냐? 하며 항상 하나님을 생각하는 효심이 스스로 발동하여 분명한 그렇게 된 사연이 무엇인가 천도 문님께서는 낮에는 남편과 아들 딸 6남매의 가정을 살피시고 거느리고 살림을 꾸려 가시면서도 하늘을 생각하는 효심이 너무 너무나 극진 하셨습니다.

밤마다 이천시 소재 신사 산 바위에서 기도를 드리며 가는 교회마다 목사들이 하나님 아들딸을 아담 해와 라고 하고 뱀이 해와를 꼬여 선악과일 먹고 해와는 아담을 꼬여 과일 따 먹음으로써 죄를 짓고 타락을 했다고 하는 설명을 들을 때마다 절대 그럴 리는 없으며 그럴 수가 없다는 것을 깨닫게 되었다 하셨습니다. 많고 많은 사람 중에 수 억 천 년이 흘러간 세월 동안 하나님 아들딸이 죄인이 아니라고 주장하는 사람은 이 땅에서 처음 있는 일이요, 귀한 분 중에 귀한 하늘에 효녀의 마음을 가진 분이시라는 것을 깨닫게 되었습니다.

저는 천도 문님을 스승님으로 모시고 또한 어머님으로 모시며 가까운 곳에서 살면서 이 세상에 없는 새로운 진리의 말씀을 하나님 두 분께서 교대로 천도 문님에 머리에 실려 직접 하늘의 천지 창조 과정과 공간을 이루시기 위한 준비 과정과 인간이 왜 죽어야 하는 죽음의 역사가 발생 되었는가 하는 모든 생생한 말씀을 녹음으로 직접 받는 것을 옆에서 보고 듣고 저도 또한 거기에 이치와 의미가 완벽하게 불변불로 되어 있다는 사실을 통감하고 얼마나 하나님 두 분이 천지를 창조하시기까지 준비과정이 피골이 상집토록 하나님도 노력하시고 연구하여 연구과목을 정하여 세세히 준비하신 것을 알 수가 있었습니다.

천도 문님은 항상 자나 깨나 하나님 생각뿐, 밥을 지어 놓고 푸기 전에 솥뚜껑을 열어놓고 하나님 먼저 운감 하시옵소서 옛날에서부터 항상 하늘을 생각하는 효심이 지극하셨고 하나님은 오늘날 이 시간까지 하나님 아들딸을 죄인이라고 인간들이 모독을 수 천 년 동안 하고 있기 때문에 죄인의 후손 중에서 하나님 아들 딸 죄 없으신 결백을 밝힐 사람을 그렇게 고대하고 있었지만 이 땅에 왔다가 간 선지자들이 그 사명을 다 하지 못하여 결국은 그들도 죽음을 면치 못한 사실은 역사가 증거하고 있습니다.

하나님 두 분은 천살의 결백이요, 맑고 깨끗하고 결정체 중의 결정체요, 완벽한 법도에 법률이 살아서 천 법 (天 法)의 제도가 사랑과 자비의 은총이 충만한데 죄는 무슨 죄를 겼다고 무지한 인간들이 터진 입으로 하나님 가족을 모독하는지 항상 슬퍼하신 천도 문님 이셨습니다. 하나님이 보실 때 얼마나 기특하고 귀하게 생각하셨으면 천도 문님을 보고 하나님께서 너는 나의 귀한 의인이요, 세상에 가장귀한 효녀라고 항상 말씀하셨습니다.

하늘을 향한 일편단심 항상 하늘에 계신 하나님 두 분과 하나님의 아들딸 8남매와 항상 오고 가는 대화가 하나님 가족과 일심일치를 이루어 1970년 음력 1월 21일 오전 7시 30분 경 처음이자 마지막으로 하나님 두 분이 천도문 "님" 가정에 강림하시어 그 날을 강림의 날로 정하고 하늘의 길을 가는 천문을 열었다. 라는 말씀을 하셨습니다.

강림을 맞이하기까지 얼마나 하늘을 향한 충성심과 진실과 효도의 정신이 맑고 깨끗하면 하늘이 감동하시어 강림을 하셨을까? 늘 생각하고 평소에도 생활하시는 것을 보면 아침저녁으로 밥을 하면 정성스럽게 하나님 상에 밥을 먼저 올려드리고 운감 하신 후 내려서 식사를 하시는 분이시었으며 새벽에는 정성을 다하여 정화수를 떠서 올려 드리고 밥 시간이 아닌 시간에도 항상 집에 먹을 것은 넉넉지 못한 데도 과일을 사서 깨끗이 씻어 항상 하나님 상에 올려 드리는 정성과 공기도 주시고 산소도 주시고 너무나 은혜를 받고 살고 있습니다. 하시며 정성을 다하셨음으로써 하늘에서도 감탄을 하셨을 것이라고 생각이 됩니다.

새벽마다 먼저 하나님 가족에 먼저 경배인사 드리고 아침식사 올려드리며 과일을 항상 상에 올려드리며 정성을 다함

22

의 그 마음의 진실에 하늘이 감동하셨을 것으로 생각이 됩니다. 하늘에는 균이 없는 세상이기 때문에 하늘에는 더 좋은 것이 많지만 강림하신 하나님께 올려 드리는 그 정성에 감동하여 오히려 운감하신 과일에 균을 보이지 않는 약으로 없애주고 영양분을 채워주시는 은혜를 내려 주시는 사랑의 주고받는 진실의 대화가 상통자유하고 매일 하나님이 바쁘신 시간에도 하늘에서 강림하셔 천도 문님의 몸에 실려 말씀을 주시면 녹음테이프에 매일 감아 놓아 후세에게 새로운 하나님 말씀을 선포하기 위한 준비를 하시는 과정이셨습니다.

약 20년 동안 천도 문님께서 테이프 녹음으로 하나님 말씀을 받은 것이 아마도 약 2000여개 가까울 것이라고 생각이 됩니다만 이 귀한 새 말씀을 술해 해서 풀어서 책으로 편찬을 할 예정으로 준비를 하셨는데 너무나 육신을 밤잠을 주무시지 않으시고 보살피지 못한 탓으로 책을 펴내지 못하시고 1992년 11월 17일경 하늘나라로 입적을 하시게 되어 그 소망은 이루지 못하였지만 말씀의 기록은 남아 언젠가는 이 세상에 선포를 해야 할 것으로 생각이 됩니다.

천도 문님이 일평생 하나님을 위하여 헌신하신 그 공로로 말씀을 직접 몸에 실려 받은 일은 역사상 처음이라고 하나님이 말씀 하셨고 지금 이때를 맞이하여 세상에 의인이 천도문 "님"이 나타나셨어도 인간은 정신이 깜깜하여 의인이 어느 처소에서 어느 날 만날는지 알지 못하는 것이 안타까워 하나님께서 오히려 걱정을 하셨고 인간은 정신이 캄캄하여 마음과 정신이 어두우니 오는 분을 알지 못할 것이요, 귀문이 막혀 있으니 귀가 있어도 의심하니 듣지 못할 것이요, 눈으로 의인을 보고서도 자기들 눈에 차지 않으니 무시하고 또한 미개하여 알지 못할 것이니라.

땅에서 지은 죄를 풀음으로써 산 역사와 죽은 역사를 분별할 수 있는 운을 처리해야만 되는 운세인데 이 땅에 도둑같이 나타나서 죄인의 후손 중에서 누구든지 나타나야 된다는 이치인데 그 죄지은 자들이 매듭을 풀어야 만이 그 사람의 은혜를 입어 하나님의 공간 안에 갈 수가 있는 도둑같이 나타난 귀한 의인을 하늘은 지금까지 찾지 못했는데 천도문"님"이 나타나셔 하나님의 맺힌 한을 풀어 드린 귀하고 귀한 분이 남기고 가신 참 하늘의 진리의 말씀이 죄 많은 인간들에게 선포하기 위하여 이제는 음지에서 양지로 나와서 글로써 발행되어 알려 주어야 할 책임이 천도 문님의 후손과 그 제자들에게 있다는 사실을 느끼면서도 실천을 못함이 죄송하기만 한 입장입니다.

2016년 전 예수님을 하나님께서 마리아의 몸에 점지하여 이러한 천도 문님이 하시는 것처럼 사명을 가지고 이 땅에 왔지만 구약의 성서에 모두 믿는 사상이 박혀 복음 이라는 말씀을 예수님이 가지고 나타나셨지만 그들이 믿지 않고 배신하고 배척하는 바람에 십자가의 형틀에서 오히려 죄인으로 몰려가시게 됨을 생각하면, 지금도 새 말씀을 이제는 복음이 아니라 선포의 시대에 선포의 말씀을 가지고 나온들 그 누가 믿을 자가 있을 것인가 과거의 역사를 되돌아 보지 않을 수 없습니다. 경전에 적혀 있는 말씀을 한자라도 빼지도 말고 더하지도 말라는 그 문구에 매달려 새 말씀을 하나님이 직접 천도 문님의 몸에 실려 귀한 말씀을 받아 놓았지만 그 누가 믿을 수 있을까? 준비하지 못한 사람은 귀가 있어도 무조건 배척할 것임은 틀림없는 역사의 반복이 되지는 않을지 걱정스런 말씀을 남기셨습니다.

어느 경전에 구름 타고 나팔 불고 온다는 말씀을 들은 적이 있습니다만, 무지하고 미개한 이 땅 위에 구름 타고 나팔 불고 온다는 말씀은 이 땅에서 한 사람이 나타나 하나님의 새 말씀을 샘물같이 쏟아내고 폭설같이 쏟아져서 나오는 말씀을 듣고 귀신 붙은 사람 귀신 쫓겨 가고 부모에게 못 한 사람 잘할 것이요, 도둑질하는 사람 안 할 것이요, 깡패짓 하던 사람 안 할 것이요, 수다 떠는 사람 안 할 것이요, 서로 존경하고 잘 살아야 하는데 잘할 것이요, 맑고 밝은 결백이기 때문에 남의 여자 남자 짝사랑 하지 않을 것이요, 추접스러운 마음이 있으면 정신이 어두 어서 귀에 들리지 않을 것이라. 만물에 형상을 거둬 넣는 눈이 수정체 동공이 완벽하게 있지만 실제 눈을 뜨지 못함이 귀신 눈만 떠서 눈이 개가 풀려서 정신이 혼돈할 것을 천도 문님은 걱정하셨다.

25

옛날 선지자들은 음성으로 들려오는 소리로 계시를 받거나 사탄들이 가짜 하나님들이 내가 가라사대 하면서 말씀을 음성으로 주셨다는 얘기를 들은 적이 있습니다만 이번에 천도 문님은 하나님 두 분이 교대로 실려 직접 말씀을 주시어 폭설 같이 나오는 말씀을 녹음을 하기에도 힘이 얼마나 천도 문님께서 목이 아파 항상 고생을 하시면서도 주시는 귀한 생명의 말씀을 하나라도 더 받아 놓으시려고 날이면 날마다 새로운 말씀이 이 땅에 내려 왔지만 귀한 하나님의 강림을 맞이하였어도 아는 자가 몇 명이나 되겠느냐? 하나님께서 천도 문님을 통하여 말씀을 하셨습니다.

지금까지의 믿는 문자에 족쇄가 되어 새로운 말씀이 왔어도 알려고 하지도 않고 현재 현실에 만족하고 기도만 열심히 하면 하나님과 통하는 줄 알지만 하나님의 거룩한 궁전의 법도는 얼마나 귀하고 귀한지도 모르고 하나님 아들딸을 죄를 지었다고 외치는 자들에게 하나님이 무슨 상관을 할 수가 있을까를 양심에 손을 가슴에 얹고 생각해 볼 때가 되었다고 생각합니다.

하나님은 천살의 결백이요, 맑고 깨끗한 결정체요, 하늘의 순리의 법도와 법률이 존재하고 죄라는 것은 질 수도 없는 환경이요, 완벽한 법도요, 진실만이 통하고 정하는 정서의 체계 조리가 완벽한데 죄는 무엇 때문에 죄를 짓겠는가를 생각해 보라. 하나님의 아들딸을 타락의 죄인이라고 외치는 자들이 하나님이 내려 주신 공기와 산소를 마시고 살 자격이 있는가를 생각하여 보지 않으려나? 하는 말씀을 천도 문님은 항상 지상에 계실 때 말씀 하셨습니다.

바꾸어 생각을 해 봅시다. 내 사랑하는 아들딸이 누구누구하고 그런 일이 전혀 없는데 타락을 했다고 소문내면 어느 인간 부모가 가만히 있겠습니까? 끝까지 추적하여 그 원인을 제공한 자를 찾아내서 처벌해 달라고 경찰이나 검찰청에 명예훼손으로 고발을 하여 응징을 하는 것이 인간 세상도 그러하거늘 어찌 무지한 인간들은 아무 생각 없이 하나님의 아들딸이 선악과를 그것도 뱀의 꼬임으로 따서 먹고 타락 죄를 졌다고 외쳐내는 그 입이 과연 정상적일 것인가를 생각해 보지 않을 수 없습니다.

뱀에 꼬여서 넘어가는 그러한 모자란 하나님의 아들딸도 아니요, 뱀이 선악 과일을 먹으라고 해서 먹었다는 것을 읽은 적이 있습니다만 선악과가 있었으면 지금도 있어야 하고 뱀이 말을 했다면 지금도 말을 해야 한다. 뱀이라는 것은 작은 미물이다. 균에서 진화되어 나온 것이다.

공룡도 균에서 진화되어 나와 꼬리가 달리고 귀가 달렸으니 뭍으로 다니면서 풀도 먹고 미물을 잡아먹고 동물도 잡아먹었다. 학자들도 공룡이 어떻게 이루어졌는지 확고하게 아는지 모르지만 아주 맑고 깨끗한 천지 창조가 조화로 이루어져 있는데 곧이곧대로 믿고 확신하니 한 발자국도 전진을 할 수가 없는 상황이 되어 있다고 생각해 보지 않을 수 없구나 하시면서 천도문님은 생전에 걱정을 많이 하신 것을 기억을 더듬어 생각하니 그 말씀이 가슴에 와 닿는 듯 합니다.

예를 들어 말해 보자면 끝 날에 "무덤이 갈라진다."는 말이 있는데 생각해 보면 정신일도를 이루어 밝은 광명의 무한함을 깨달으면 샛별이 어느 곳에 붙어 있으니 내일의 바람은 어디로부터 불어오겠구나. 천문학도, 지리학도, 지질학도, 지리자원에 모든 것을 깨달아 통문 통설 통치 자유가 선을 펴 살고 있다는 것을 느끼리라. 이미 죽은 사람은 피가 균이 되어 흐트러져 없어져 버리고 진화되고 균으로 변장되어 고체가 썩으면 뼈다귀 썩는 냄새가 균으로 되지 무슨 흙으로 왔다 흙으로 간다는 말인가? 그런데 어떻게 무덤에서 갈라져 벌떡 일어날 수 있는가? 상상을 그려보자 흙은 신선하고 성분에 요소가 들어있어. 조화를 이루어 자연의 진실을 기뻐하고 즐거워해야 할 인간의 참다운 모습이 아닌가 생각을 되돌아보자

천지 창조의 주인님이신 하나님은 정신일도를 하여 사전에 충분한 수 억 년의 연구와 구성과 구상을 하여 이 지구 공간을 발사하여 나타난 창조물이다. 땅아 나와라 바다야 생겨나라 해야 나와라 무슨 엉뚱한 말씀인가요? 하나님은 과학의 진도로써 무한한 자비철학으로 이루심이요 이 공간 진공 세내 조직이 조직파로 이루었음이라. 배추 잎사귀 같이 전류가

흐르고 돌고 생동 자력의 자력선이 진공하고 곁에서 주고받아 사람들에게 유익한 핵 선도가 평창을 이루어 빈틈없이 힘막이 유익한 핵 선도가 평창을 이루어 층과 층이 상통되고 이 얼마나 진지한 내용인가? 인간은 살아 있어도 죽은 자나 다름없다. 이 공간 안에 평창 되어 있는 힘 막도 힘 선도 응용하여 이용해 쓰지 못하는 정신과 마음이 어두움을 깨달아야 할 것이다. 하는 말씀을 천도문님을 통하여 많이 들을 때마다 참으로 귀한 말씀이라는 것을 알게 되었습니다.

천도 문님이 생전에 말씀을 선포하시기 위하여 책을 펴낼 준비 중에 뜻을 이루시기 못하시고 하늘나라에 가셨기 때문에 미력하나마 기억과 기록을 찾아 글을 쓰게 되었는데 천도 문님에 대한 공로를 자세히 알려 드리기 부족함이 죄송한 마음입니다.

이 공간은 4차원 공간으로 창조 하셨다.

하나님 두 분께서는 지구를 포함하여 4개 공간을 이루셨다 그것은 바로 사람도 자기 땅이 넓게 있으면 공간을 이용하여 쓰기 위하여 집을 여기 저기 꾸미는 것과 같이 하나님 두 분도 공간을 이용하여 쓰기 위하여 4개의 공간을 이루셨습니다. 그 중에 지구를 가장 아름답게 이루셨다는 말씀을 천도 문님께 하셨는데 이 지구가 환경이 파괴 되고 한 것은 하늘에서 죄를 짓고 내려온 슬픈 역사가 있습니다만 그것은 나중에 설명하기로 하고 공간부터 소개 하고자 합니다.

4차원 공간

하나님 보좌 궁전
천지락
큰아들 딸 부부

구름나라
천왕화 천문화
넷째 아들 부부 공간

지하성
천왕성 천도성
둘째 아들 부부 공간

지 구 (중앙세계)
여호화 하늘새 공간
셋째 아들 부부

인간 세상에서도 100층짜리 건물을 짓기 위해서는 사전에 구성을 머리로 그리며 건물의 구상을 짜임을 먼저 생각을 하고, 지형 지수에 맞는 디자인과 조화가 잘 짜임새 있는 조경의 환경을 고려하여 설계도를 내어 검토하고 지형 치수에 딱딱 균형을 건물의 힘을 받는 안배를 수학적으로 계산을 한 후, 기초를 튼튼히 조성한 후에 한층 두층 건물이 세워지지까지 설계사의 준비 기간이 필요하고 목적한 건물이 완성되기 까지 수많은 과정의 공정을 통하여 건물이 비로소 완성되는 것을 우리는 너무나 잘 알고 있습니다.

　하나님께서도 우리가 살고 있는 이 엄청난 지구 공간을 창조하고 건설하기 위해서는 생각하시고 구성하시고 구상하시고 설계도를 내시고 그 설계도에 의한 한 치 의 오차도 없이 완벽한 사전에 준비를 하셨고, 그 공간을 만들기 위한 모든 재료들을 만드시어 생조 라는 재료공간에 재료를 미리 만들어 저장해 놓으시고 그 만들어진 재료들은 모두가 생동감이 넘쳐흐르고 생동감이 있음으로써 생동력이 무한히 넘쳐흐르는 살아 있는 재료들을 지구 우주 몇 배만한 공간 안에 재료를 저장해 놓으시고 그 재료들이 살아 움직이는 우레 같은 소리가 하늘을 무너뜨릴 듯한 차고 넘치는 활기가 무한정 하였습니다.

　그러한 생조에 재료를 준비하는 기간이 수 억 년 동안 피골이 상집토록 노력하시고 연구하시고 준비한 연후에 이 지구를 지형 지수를 놓아 설계도에 의하여 발사 발생하여 창조의 창극의 극치의 조화의 체대치를 아름답게 창설 하시고 창조 하시어 이 지구하나를 창조 하신 기간이 수많은 세월의 기간 을 통하여 창조하시기 까지 얼마나 수고와 노력의 대가가 있 었겠는가를 상상을 해 보아도 무지한 인간들도 생각을 할 수 가 있을 것이라 생각이 됩니다.

이러한 과정의 수억 년의 과정의 전심전력을 통하여 이루 셨는데 금 나와라 뚝딱 도깨비 방망이 요술처럼 해와 나와라 뚝딱 하루에 해가 나오고 달아 나타나라 뚝딱 또 나오고 세상 에 이렇게 어마어마한 공간이 말로 나와라 해서 금방 나오는 일이 어디 있겠는가? 를 생각할 때 얼마나 인간은 무지하면 하나님의 숨은 공로의 애로와 그 과정을 생각지도 알려고도 하지 않는 것을 보면 참으로 무지하다는 것을 인간 스스로 자 인 하고 있는 것입니다.

어떻게 엿새 만에 지구 궁창을 그렇게 요술처럼 편하게 창 조한 것이 아니라는 것을 우리 인간들은 알아야 되겠습니다. 이렇게 하나님께서는 무한한 능력자요, 권능자요, 창조의 힘 의 원천의 근원의 힘을 자유자재 할 수 있는 능력이 차고 넘 치는 근본의 창조 창설 창극의 극치를 무한히 한없고 끝없이 샘솟는 샘물처럼 넘쳐흐르시는 완벽한 권능의 힘을 창조 해 내실 수 있기 때문에 공간을 창조할 수 있는 생조 라는 재료 저장고에 지금도 재료가 무한정하고 살아서 활동 하고 율동

회전하고 천지를 진동하는 소리를 내며 살아 있음을 보여주며 언제나 한없고 끝없이 무한정 차고 넘치기 때문에 공간을 이용하여 쓰시기 위하여 얼마든지 창조할 수 있는 능력과 재료가 풍부하고 완벽하게 준비되어 있음으로서 하늘의 하나님 아들딸님의 후손들이 아무리 많아도 인간들이 집이 부족하면 또 짓듯이 하나님도 필요한 만큼 무한히 넉넉한 공간을 지구 공간 말고도 지하성이라고 하는 공간, 천지락 보좌의 하나님 거주하시는 공간, 구름나라의 공간 4차원의 공간이 존재하고 있음을 선포하라고 말씀하셨습니다.

하나님 아들딸은 8 남매이시다
하나님 가족의 가계도
(인간의 기준에서 부르는 명칭임)

하나님 부부
하나님 두 분 (조부님 "남", 조모님 "여")

↓

큰아들 큰딸 부부
참 아버님,(큰아들) 참 어머님(큰딸)
천사 장 옥황이(남) 용녀 (여)

↓

둘째 아들 딸 부부
천도성 아버님(둘째 아들), 천왕성 어머님(둘째 딸)

↓

셋째 아들 딸 부부
여호화 하늘새 아버님(셋째 아들), 천도화 어머님(셋째 딸)

↓

넷째 아들 딸 부부
천왕화 아버님(넷째 아들), 천문화 어머님(넷째 딸)

인간들도 자기 사랑하는 아내가 있고 자식이 있고 가족이 있는데, 하물며 천지를 창조하신 하나님께서도 마찬 가지로 아들딸님 8남매와 하늘나라 천지락이라는 공간 보좌에서 수억 천 년이 넘도록 살아 계시고 하늘나라에는 시간이 더 갈수록 젊어지는 환경이기 때문에 죽거나 병마가 없는 아주 꿈같은 쾌락과 낙만이 넘쳐흐르는 천연의 맑고 깨끗하고 천살의 결백으로 이루어진 동산의 세계요, 바로 인간의 태초에 조상 하나님의 종 남자 천사 장 옥황 이와 여자 천사 장 용녀가 바로 하나님과 하나님 아들딸님을 모시고 받드는 사명을 가지고 같이 살던 곳이 바로 천지락 입니다.

인간 세상에서도 대통령이나 국회의장들도 그들을 받드는 비서가 있는데 하물며 하나님 가족을 받드는 천사들이 없다는 것이 오히려 비정상적인 일이 아니겠는가를 생각해 봅시다.

하나님 가족을 우리들이 부르는 호칭은 하나님 (남자)을 조부님 하나님(여자)을 조모님이라고 칭하고 하나님 큰아들님은 참 아버님이시고 큰따님은 참 어머님이라 부르고 두 분이 부부이시다. 둘째 아들님은 천도성 아버님이시고 둘째 따님은 천왕성 어머님이시고 두 분이 부부이시다. 셋째 아들 님은 여호화 하늘 새 아버님이시고 셋째 따님은 천도화 어머님이시고 두 분이 부부이시다. 넷째 아들 님은 천왕화 아버님이시고. 넷째 따님은 천문화 어머님이시고 두 분이 부부이시다.

이렇게 하나님은 8남매 분을 낳으시고 수 천 억 년 동안 하늘나라 천지락 보좌의 공간에서 하늘의 법도와 무한한 광명의 광채가 빛나는 아름답고 빈설 같고 ,신설 같고, 형용할 수가 없는 행복의 동산에서 하나님 아들 분들은 하나님 두 분을 모시고 살아 계신데 그 누가 하나님 아들딸님이 타락을 하여 죄를 졌다고 감히 터진 입으로 말을 하는지 얼마나 무서운 죄를 짓고 하나님과 하나님의 아들딸님을 모독 하는지 천지도 모르고 입방아를 찧는데 이 글을 읽고도 그런 소리 하면 아마도 지금은 소 환란 이때를 맞이하여 알곡을 걷어 창고에 들이는 운세가 왔기 때문에 하늘이 용서치 않는다는 것을 깨닫기 바랍니다.

무지몽매한 인간도 자기 자식을 무한히 사랑하고 예뻐서 어쩔 줄 몰라 입으로 빨고 문지르고 자기 있는 모든 것을 다 하여 주고도 사랑을 더 하고 싶어 하는데, 사랑의 근원의 원천이신 조물주 하나님 두 분께서는 큰아들님 참 아버지 큰딸님 참 어머님을 얼마나 사랑 하셨을까를 상상하여 보기 바랍니다, 인간과는 비교할 수 없는 진실의 사랑이요, 참된 사랑의 근원의 원천의 행복이 꽃피는 아름다운 가정이요, 오죽 사랑하고 예뻐하셨으면 양팔에 끼고 놓지 않으시고 이 지구 공간을 창조하실 때, 발사 발생하며 일 하시면서도 땅에 놓지 않으시고 하셨다는 사실을 인간들에게 알려 주는 것입니다.

하나님은 8남매를 남자 여자 쌍태로 아들딸님을 탄생 시키

35

고 처음 탄생하신 큰 아들 참 아버님과 큰딸 참 어머님을 받들고 모실 수 있는 천사 장 남매를 점지하여 탄생 시키면 좋겠다고 큰아들 큰따님 즉 참 부모님과 상의하여 하나님은 생명을 점지하실 수 있는 능력의 권능자기 때문에 천사 장 남매 옥황 이와 용녀를 투명 빛 관 공안에 생명을 점지하여 생불체 속에서 크는 것을 보시며 무척이나 하나님 두 분과 참 부모님이 천사장이 탄생 되는 과정에서부터 무척이나 사랑하셨다.

천사 장 옥황이 용녀가 성장하여 하나님 큰아들 큰딸님(참 부모님)을 모시고 받들며 하나님 가족이 행복하게 한때는 지내셨고 천사장이 명석하고 총명하고 남자는 남자같이 장대하고 멋있고 여자는 여자같이 아름답고 예쁜 참으로 친자식 같이 종의 신분이지만 똑같이 사랑해 주셨다. 하늘나라에는 하나님 직계 후손들이 수 천 억 년 동안 번창하시어 하나님 아들딸님 후손들이 쌍태로 성장하여 부부에 맞추어 천사들도 쌍태로 후손을 낳아 하나님의 후손들을 받들고 모시는 천사로 탄생되는 하늘나라의 법도에 질서가 정연하게 정리되어 있습니다.

하나님께서는 아들 딸 같이 천사 장 옥황이 용녀를 천사의 신분으로 점지하여 생명을 탄생 시켰지만 자식같이 차별을 하지 않고 사랑을 베풀어 주셨지만, 천사 장 옥황 이는 하나님이 아들딸만 더 사랑하고 자기는 덜 사랑해 준다는 오해와

36

사랑의 감소 감을 자기 스스로 생각하고 판단하고 주인의 자리를 탐내고 욕심내는 불운의 생각을 하게 되었다.

이것이 욕심내고 탐내고 오해하고 시기 질투를 불러 일으켜 이때부터 죄악의 씨앗이 움트는 발단의 시작이 정신 속에 마음으로 저지르게 되었음은 참으로 안타까운 일이다, 자기가 불러 일으켜 마음의 죄를 짓고 항상 주인의 것을 탐내고 자기도 주인이 되고자 하는 욕망이 생기게 되었다.

본래 이 지구 공간은 셋째 아드님 여호아 하늘새 아버님과 셋째 따님 천도화 어머님의 공간으로 여호아 하늘새 아버님 부부가 이 지구의 주인이요, 장차 이 지구를 통치하고 하늘의 제도의 법도에 따라 통치할 수 있는 주인이 정해져 있음을 천사 장 옥황 이는 그것을 잘 알면서도 이 지구에 내려보내 줄 것을 하나님 큰아들따님 (참 부모님)께 간절히 부탁하고 조부모님(하나님)에게도 말씀을 청하여 달라고 재촉하는 상황이 벌어지게 된 것입니다.

그러나 조부님은 너희들이 지구 공간에 내려가면 벌어질 비극이 올 것을 너무나 잘 아시기 때문에 보내 주지 않으려고 허락을 하지 않으시는 상황이었지만 참 부모님께서는 옥황이 용녀(천사 장 남여) 를 친자식처럼 사랑하고 기르신 너무나 사랑이 넘쳐, 그래도 예뻐하시는 연고로 그들이 그렇게 지구 공간을 가고 싶어 하오니 한번 보내 주시는 것이 좋겠나이다.

하나님께 건의를 하고 청하기를 무한히 하시게 되었다.

참 부모님은 아버님이시여 저 어린 것들이 철없는 것들이 그렇게 가고 싶어 하니 허락하여 주십사 간구를 하시는 지라 참 부모님의 애절한 부탁에 못 이겨 옥황이 용녀는 드디어 이 지구에 내려 보내게 되었다는 것을 알리는 것입니다.

그러나 옥황 이와 용녀는 천사 장으로 점지하여 장차 성장하면 부부를 맺어줄 것이었지만 그들은 하나님의 허락 속에 축복의 부부의 인연을 맺어야 하는데 하늘나라에서부터 욕새별과 사오별이라는 한 별 성 지역의 공간에서 벌써 한 나라 땅의 별성을 이루어 많은 악의 후손들을 이미 번식한 상태가 되었고 자기들이 허락하기 전에 결혼의 부부를 맺은 것이 육체적인 계명을 어긴 것이요 첫 번째는 남의 공간을 주인의 것을 탐내고 욕심내고 한 것이 마음으로 저지른 죄를 저질렀고. 한 시기가 지나자 욕새 별에는 옥황이의 후손들이 번창하게 되었다.

한편 옥황 이와 용녀는 지구에 내려와 보니 하늘나라 천지락 조부님(하나님)의 공간에서 살 때와는 환경의 변화가 완벽히 달라진 환경의 상황에 처하게 되었다. 하나님께서 괴물에 가까운 모양으로 변형시켰고 해와 달을 거두어 캄캄한 암흑에서 150년 동안 생활하게 되었음을 알고 조부님을 향하여 원망도 하고 실망도 하게 되었을 때 그것은 조부님께서 다시 하늘로 돌아오라고 하신 의미인데 너무나 지구를 탐내고 지구의 주인으로 왕 노릇을 하고 싶은 그러한 마음이 너무나 강한지라 되돌리기는 때는 늦은 시기로 점점 흘러가는 기울어져 있는 것이었다.

옥황 이는 첫 번째로 욕심내고 탐내는 정신적 마음적인 타락의 죄를 진 것이요 둘째는 하나님이 허락하기 전에 하늘나라에서 자기들 끼리 짝을 지어 산 것이 두 번째 타락의 죄를 진 것이다. 이때 까지만 해도 다 수습할 수 있는 가능성의 범위에서 용서할 수 있는 여지가 있었다. 그러나 옥황 이와 용녀가 캄캄한 지구에서 고생하는 것을 두고 볼 수 없으신 참 부모님께서는 해를 주시고 달빛을 주시고 다시 회개하고 돌아오기를 바라며 사랑을 변함없이 베풀어 주시는 그 은혜를 생각하면서도 너무나 배포가 엄청나 지구를 내 것으로 통치하려고 하는 마음에는 변함이 없었다.

본래 하나님께서는 하늘나라와 같이 생명선이 12선이 설치되어 온갖 금빛 은빛으로 찬란한 지구 공간이었지만 옥황 이와 용녀가 이 지구에 내려오자 12선중에서 7선의 생명선을 거두심으로서 하늘의 돌아가고 돌아오는 궤도와의 차이가 생겨 이 지구의 1년의 기간은 하늘나라의 하루의 시간으로 짧아졌고 금빛으로 찬란하였던 바위들은 전부 시커먼 돌 색으로 변하여 하나님께서 이 지구를 가장 아름답게 창조하신 것을 알고 지구를 탐내어 내려 왔으나 자기들 남대로 희망하는 삶의 이상과 꿈은 사라지고 고난의 행군의 시기만이 기다리게 되었다.

지구에 와보니 환경과 모든 것이 변해서 고난이 심하였고 이 땅에 내려와 아들을 하나 낳았으나 그 아기도 어느덧 말을 알아들을 수 있는 나이가 되었을 때 그 아들은 용녀가 자기 어머니인데 자기 어머니는 지구에 온 것을 후회하고 하늘에 계신 하나님과 참 부모님에게 죽을죄를 졌나이다. 벽산에 올라가 기도하는 소리를 듣고 용서하여 주시옵소서. 매일 높은 바위 절벽에 무릎 꿇고 회개기도 하는 소리를 듣고 자라면서 자기 아버지 어머니가 하나님에게 잘못하고 있다는 것을 기도 소리를 듣고 알게 되었다.

반성과 회개하는 소리의 정성에 불쌍히 여기사 하나님의 큰아들 따님 (참 부모님)께서 용녀와 어린 아들은 하늘나라에 데리고 갔지만 옥황이 남자 천사 장은 끝까지 하늘나라에 돌아가지 않겠다고 이 지구에 남아 혼자 동굴 속에서 잠을 자며 짐승들이 우글거리는 맹수들도 있고, 전에는 그들을 제압할 수 있는 도술 진문을 펴서 갖가지 둔갑술로 모든 것을 무서움 없이 최고의 강자로써의 모습을 나타내고 있었지만 하나님의 보호권 밖에 있는지라 그 전 만큼의 요술 진문을 펴서 능력을 발휘하기는 전 같지 않다는 것을 느끼곤 하였다.
외로움에 빠져 동물의 왕국들처럼 우글거리는 곳에서 살았으며 한때는 고릴라들의 집단지에서 같이 살아가고 한때는 동물과 같이 지내는 외롭고 괴로운 상황의 환경이 지속되어도 회개는 아니 하고 죽어도 이 공간의 주인이 되고자 하는 헛된 욕망이 가득 찬 생활이 계속되었다.

많은 세월이 흘러가는 시간이 흐름에 따라 옥황 이는 그래도 하늘에서 온 신성이기 때문에 모든 고릴라 등등의 동물들이 그를 우러러 절하고 굽실거리는 것을 보게 되고 그는 마침내 외로운 나머지 암컷 고릴라와 함께 부부를 맺어 이때부터 수습할 수 없는 세 번째의 동물과 인간과의 타락의 큰 죄를 저질렀기 때문에 이것이 인간의 비참한 역사가 시작되고 이때부터 하나님께서도 참으로 비극이 찾아왔었다는 것을 천도 문님의 하나님 말씀을 녹음으로 받음으로써 이때부터 죽음의 역사가 시작 되었다는 것을 알게 되었다.

그런 연고로 한쪽은 신성의 몸이요 한쪽은 고릴라 동물의 몸으로 탄생한 그들은 자녀들은 처음에는 짐승도 아니요, 사람도 아닌 중간 형태의 몸뚱이가 털이 많고 손과 발로 기어 다니고 꼬리가 있고 본래 하늘나라의 신성님들은 피가 맑은 결정체로 빛나는 혈액인데 동물과 신성이 결합하여 타락의 후손들의 피는 그래서 동물과 같이 붉은 피가 흐르고 돌고 있다는 것을 알아야 되겠다.

이렇게 옥황 이는 여기서는 아담이라고 하겠지만 나중에는 하나님께 잘못 함을 알고 후회만 하다가 애병 즉 화병으로 마음편이 못살고 980년이 넘도록 살다가 죽은 것이 이때부터 죽는 역사가 시작 되었다는 것을 알려 주는 것입니다.

한때는 옥황 이는 너무나 똑똑하고 고릴라 부인은 말도 안 통하고 하니까 그들 부부에서 태어난 자식들은 어머니는 바보로 생각하고 아버지는 엄청난 하늘같이 모시는 역겨운 비참한 역사가 시작되었고 이것을 보신 참 부모님이 그래도 세월이 지나 꼬리도 없애고 서서 걸을 수 있도록 세월 따라 변천이 되었지만 그래도 인간의 얼굴에는 양쪽에 고릴라 모양의 형상이 증거로서 남아 있다는 것은 숨길 수 없는 현실인 수 억 년 의 비극이 시작 되어 내려온 것입니다.

그리하여 인간은 현재까지 하나님 셋째 아들따님의 공간을 점령하고 있으며 언젠가는 주인한테 돌려주어야 할 사명이 있고 주인은 돌려받아야 만이 맺혀진 것이 원위치가 돌아온 다는 것을 알아야 됩니다.

이렇게 타락에 죄들은 옥황 이와 용녀들 천사 장으로 점지하여 탄생 시켜준 자들이 죄를 저질러 놓고 그 죄를 감추기 위해 하나님 아들딸을 아담 또는 해와 라는 엉뚱한 이름을 만들어 죄 지은 자들이 하나님과 하나님의 아들딸을 모독하고 있음을 생각할 때 어처구니없는 상황이지만 하늘에 계신 참 부모님은 옥황 이와 용녀를 자식같이 키우고 사랑으로 품어 길렀기 때문에 그런 것을 상관치 아니하시고 지금 이 시간에도 생명의 양식을 공의에 공적에 공급해 주시는 참 부모님의 따뜻한 사랑을 느껴야 되지 않을 까요.

이러한 엄청난 살아있는 실존님 실체로 계신 하나님 가족 8남매를 찾으시고 죽는 역사가 옥황이의 잘못으로 저질러진 것과 죄를 진자는 옥황 이와 그 무리들인데 그 죄를 하나님 아들딸에 누명을 씌운 장본인 악별성의 무리인 옥황 이를 잡아내어 네가 죄를 짓고 하나님 아들딸에게 누명을 씌운 사실을 발견하고 추궁하여 죄 지은 자를 찾아내어 자백을 받고 눈물로 용서를 해 달라는 진실의 사실을 우리 천도 문님이 발견하여 죄를 지은 자가 죄를 스스로 자백하고 회개 하도록 굴복 시킴으로써 결국에는 죄 지은자의 그 후손이 그것을 발견하고 그를 찾아내어 맺힌 한이 풀리게 된 이 사건이야 말로 수억 년 동안 하나님의 한을 풀어드린 천도 문님의 지대한 공로가 크다는 사실을 알아야겠습니다.

그럼으로써 천도문님은 이 땅에 왔다 간 성현들이 하나님 원한을 풀어드리지 못한 것을 풀어 드렸으니 하늘에서 천도문 즉 하늘 문을 여신 뜻을 지니신 이름을 하나님이 직접 지어 주셨고 지금은 하늘나라에서 재생되어 하늘 분으로 하나님을 모시고 같이 생활 하시고 계시다는 것을 알아야 되고 하늘나라에는 천도문님의 공든 탑이 만들어져 반짝반짝 빛나는 영광속에 하늘 분들도 천도문님을 극진히 귀하게 모시고 왜냐하면 하나님의 한을 풀어 들였으니 그보다 더 큰 영광이 어디 있겠는가를 생각해 보지 않으시겠습니까?

하나님의 창조와 창설에 대한 말씀부터 소개 하고자 하였으나 사람들이 하나님 아들딸님을 타락의 죄인으로 만날 이야기하기 때문에 먼저 죽은 역사의 비참한 역사를 소개하게 된 것을 양해하여 주시기 바랍니다. 저는 아무것도 모르지만 천도 문님의 말씀 받는 광경을 눈으로 직접보고 하였기 때문에 기억을 더듬어 글을 통하여 하늘의 말씀을 천도문님을 대신하여 제가 아직 지상에서 목숨이 붙어 있을 때 증거 하고자 글을 쓰게 되었고, 천도문님이 받으신 말씀은 하늘 문자로 되어 있어 지상 인간들은 무슨 말인지 이해할 수도 없습니다만 오직 천도문님이 하늘 말씀을 해석하여 주셨는데 이제는 들을 수가 없어 제가 서툰 글솜씨로 천도문님의 거룩하신 공로를 전하고자 하는 마음입니다.

하늘나라는 죽는 역사는 없습니다. 그런데 옥황이가 이 땅에 내려와 죽는 비극의 역사가 생겨났고 생명선이 12선이 돌아가고 돌아오는 하늘나라에는 무한한 영광과 행복과 광채의 서광이 빛나는 세상인데 옥황이의 지구에 내려온 죄로 말미암아 7선을 거두니 지상은 생명선이 5선만 돌아가니 하늘나라와는 일과 월과 해가 하늘나라 하루가 지상은 1년 365일로 달리 가고 있음을 다시 한 번 말씀해 드리는 것입니다.

그리고 하늘나라에는 먹지 않고 살아도 배가 부르고 때맞추어 코를 통하여 맛의 진가가 흠뻑 흡수되어 영양이 공급되고 맛있는 것도 먹을 때도 있지만, 전부 분해되어 날려 버리기 때문에 환경의 오염이 없고 아무리 오래 살아도 살수록 더

44

욱 젊어지는 생함이 넘쳐흐르는 곳임을 알려 드리고 하나님과 아들딸 8남매와 그 후손들이 공간마다 차고 넘치어 만족하고 흡족하고 부족한 것이 없는 하늘나라에서는 죄라는 것은 있을 수도 없고 1초에 하나님께서는 지구 인간들의 머리카락의 숫자를 셀 수 있는 능력자요, 보이지 않는 수 억 만리 공간에서도 모든 것을 아시고 통제하시고 계시기 때문에 초능력자요, 전지전능자요, 무한한 사랑의 원천자이십니다.

하나님께서는 지구공간만한 공간을 처음에 4개 4차원 공간을 창조 하셨는데 하나님 자손들이 무한히 차고 넘치기 때문에 공간을 17개나 준비하셨다고 하셨고 왜냐하면 하나님은 지구 같은 공간을 만드실 재료가 생조라는 지구 몇 배보다 더 큰 만한 공간 안에 다가 한없이 끝없이 저장하고 준비되어 있기 때문에 어제든지 발사 발생하여 창조할 수 있는 준비가 되어 있다는 것을 알려드립니다.

언젠가는 순리로 하나님은 죄 지은 자가 회개하고 돌아오기를 기다렸는데 죄 지은 후손 중에 한 사람인 천도문님께서 순리로 죄 지은 자를 찾아 굴복시켜 회개하여 하나님 품으로 돌아오게 됨에 따라 옥황이도 이제 하나님을 모시고 천사장의 직분을 수행하고 원래의 모습으로 돌아오게 됨은 모든 것이 이 땅에 처음이자 마지막으로 전무후무한 두 번 다시는 없는 귀한 일을 하신 분이 바로 천도문님이기 때문에 이 땅에 왔다 간 성현도 못한 일을 천도문님이 해 내시었기 때문에 지상을 통하여 선포해 드리고자 글을 쓰게 되었습니다.

어차피 이 지구 공간은 인간이 주인이 아니기 때문에 주인님이신 여호화 하늘 새 아버님 즉, 하나님 셋째 아드님의 공간이기 때문에 그분에게 돌려 드려야 할 책임이 있고 하늘은 주인으로서 본래의 찬란한 실색 되지 않은 본연의 공간으로 5선의 생명선을 7선을 추가하여 12선이 돌아가게 되면 하늘 나라와 일과 월과 해를 같게 하기 위해서는 이 땅은 다시 균을 없애고 마그마로 뒤집고 광선으로 치고 핵으로 치고 육지가 바다 되고 바다가 육지 되는 어쩔 수 없는 그날이 언젠가는 심판이라는 날이 돌아온다는 것은 이치와 의미가 본연의 공간으로 돌아간다는 것입니다.

벌써부터 귀신들을 믿는 나라들부터 사막이 점점 증가 되어 오고 있고 환경의 변화로 남극과 북극의 얼음이 녹아내리는 현상을 보아 운세는 점점 수 백 년이 걸릴지 우리는 피조물로서 알 수는 없으나 서서히 심판은 시작이 되고 있음을 운세 따라 진행된다는 원칙을 느낄 수가 있습니다.

하나님 말씀에 의하면 천도문님께서 말씀하시기를 노아 심판까지 4차례 심판을 하게 되었는데 이번에 하게 되면 5번째이며 한때는 지금보다 기술과 정보와 모든 문화가 더 발전했던 때도 있었는데 심판을 하였다는 것을 들었고 그러나 여태까지는 타락의 죄인 누명을 씌운 자를 순리로 찾지 못하여 완전히 사람을 없애지 않고 노아 심판 때도 노아 가족과 그의 처가 식구 양 가족이 살아남아 또 번창하게 연장 시켜 왔지만 지금은 상황이 다르다는 것을 알 수 있습니다.

왜냐하면 천도문님이 하나님의 맺힌 한을 풀어드렸기 때문에 이번에는 완전히 비극을 청산하는 완전한 본래의 지구 공간으로 금빛 은빛 광채가 오색찬란하게 빛나는 재창조의 신비의 지구의 모습으로 탈바꿈할 것으로 예고 하셨습니다.

1970년 음력 1월 21일 아침 7시 30분에 하나님이 천도문님의 가정에 강림하시어 말씀을 주시고 죄를 지은 자를 굴복시킴으로써 이제는 완벽한 강림의 선포에 이 고귀하고 진실된 하나님의 천도문님을 통한 말씀의 예언과 사실을 인간들도 알고 있어야 될 것으로 생각이 되며 또한 알려 주어야 할 사명이 나에게도 먼저 말씀을 들은 사람으로서 책임과 사명이 있다는 것을 통감하고 있습니다.

이 글을 보고 믿고 긍정적으로 생각하는 자는 복이 있을 것으로 생각이 되고, 믿고 안 믿는 것은 인간의 자유이지만 사실을 사실대로 하늘 말씀을 알려 드리는 바이며 저도 이것을 글로써 알려 드리고자 노인이지만 열심히 컴퓨터를 공부하여 컴맹이 이렇게 쓰기 위한 준비와 또는 용기를 내어 책을 펴내겠다고 결심을 하기까지 자신의 용기와 준비를 위한 실천이 몇 년을 망설임 끝에 이제 시작을 했는데 다음부터는 하나님의 창조 창설에 관한 살아계신 산 역사를 소개하고자 합니다.

.

나타난 결과를 보아 원인을 알 수 있다.

하나님이 만드신 작품은 모든 것이 영원히 죽지 않고 마모 되는 것이 없는 것이 절대 불변이요 완벽이요 천연의 진리체 로 되어있다. 지구와 바다 그리고 산소와 공기 바람은 절대 변하지 않고 살아 생동하고 있으며 율동 회전하고 해와 달이 주고받아 서로 상통 자유하고 문답하는 진리의 체계조리가 완벽함으로써 이 지구가 수 억 천 년이 되었어도 심판 때는 하나님이 바다가 육지 되고 육지가 바다가 되도록 뒤집어 놓 아서 그렇지만 그 외에는 변함없이 일획 일점의 착오도 없이 생동하며 돌아가고 오는 사실은 숨길 수 없는 현실이다.

필자는 평소에 산에 오르면 산은 아름답고 맑고 깨끗하고 아름다운 꽃들과 나무와 가을이면 단풍으로 꽃단장을 하여 화려함을 펼쳐 보이며 인간들에게 무한한 기쁨과 희망과 미 래를 안겨 주고 신선한 공기를 마시며 마음껏 하늘을 우러러 가슴이 활짝 열리는 기분 좋은 느낌을 항상 느끼며 살아 왔습니다.

이렇게 자연은 일 분 일 초의 오차도 없이 돌아가고 오는 의미 속에 인간을 위하여 존재하고 그 많은 생활의 풍부함과 풍요로움을 제공해 주고, 저 붉은 태양은 하루도 쉬지 아니하고 지구를 돌고 또 돌아 자기소임의 책임을 다하여 자기 몸에 지닌 햇볕의 만유일력과 만유월력으로 식물의 과일 나무들에게 맛있는 당도든지 신맛, 단맛, 향기 나는 맛, 각가지 영양소로 고체의 진미를 듬뿍 넣어 주어 여러 가지로 인간들에게 삶의 터전을 마련해 주고 있음을 보며, 자연의 순리로 돌아가는 의미와 이치가 완벽 하다는 것을 느끼고 있었습니다.

이렇게 자연은 자연의 법칙대로 완전한 책임과 의무를 수행하고 있는데 어찌 인간은 산속에서나 늦은 밤길에 만나면 자연처럼 반가움은 없고, 서로가 서로를 경계하며 섬 득한 마음을 놀래는 마음을 가져야 하는지 인간들의 관계가 자연의 관계처럼 포근하고 아늑하고 안심되는 무한한 사랑이 풍기는 마음이 없는 현실임을 안타깝게 생각하여 왔습니다.

산소가 일 초만 끊어져도 인간은 질식하고 물만 며칠 먹지 못하여도 탈수 되어 죽어가는 힘없는 환경의 지배인이 되어 있기 때문에 이러한 산소와 공기와 물과 갖가지 생명의 요소가 하나님께서 항상 제공해 주시기 때문에 살고 있음을 감사히 생각하여야 하는데 너무나 흔하게 값없이 숨 쉬고 있으니 그 고귀한 것을 고마움을 잊고 사는 것은 아닌지도 모르겠습니다.

하나님은 환경의 권위자이시기 때문에 자연을 자유자재로 바람을 이동 진을 펴서 산소와 공기를 동행시켜 인간들이 필요한 모든 것을 공의에 공적으로 공급해 주시지만 인간은 환경의 지배인이기 때문에 힘없는 피조물로써 환경의 지배를 받지 않을 수 없는 생활 속에 살아가고 있는 현실임을 부인할 수가 없습니다.

하나님의 작품은 마모되는 것이 없고 가면 갈수록 더욱 새롭게 솟아나는 힘이 있는 것이요, 일찍이 자동으로 인간만 컴퓨터를 사용하는 것이 아니라 하나님은 천연의 컴퓨터 하나가 지구 우주만한 것으로써 자동으로 모든 것을 알아서 처리되도록 천지간 만물지중이 돌아가고 돌아오는 이치에 의거한 치의 오차도 없이 해와 달과 별들이 천체가 변함없는 자연의 진리체입니다.

이러한 자연의 법도와 진리를 보아 하나님은 완벽한 절대 불변의 가치와 원칙의 법도가 살아 있는 환경의 자유 속에 평화스럽고 행복하고 무한한 영광의 광채가 넘쳐흐르는 만족하고 흡족하고 아쉬운 것이 없는 환경의 권위자이신데 어찌 인간은 타락의 모습의 환경에서 벗어나지 못함은 하나님의 비극이요, 인간의 비참한 역사가 반복되는 비정상적인 인간들의 모습이 잘 못 되어있음을 느끼게 되었습니다.

앞으로 이러한 보이지 않는 궁금증에 대한 인간의 잘못된 원인이 무엇인가? 보이지 않는 저 이상의 세계에 대한 연구와 참과 진실을 찾아서 인간 세상에 나타난 자연의 진리에 입각하여 이 공간을 지으신 창조주 하나님의 실존님으로 살아계신 산 역사가 있다는 것을 생각하여 몰두와 관찰을 하고 이 인간은 왜? 죽어야 하는 생로병사의 고통 속에서 살면서 서로가 서로를 죽이고 쏘고 대적하는 세상을 바라보시는 하나님은 얼마나 괴로우신 심정일까를 생각해 보게 됩니다.

앞으로 정신과 마음을 가다듬고 보이지 않는 세계에 대한 진리의 법칙이 보이는 자연의 과학으로 나타난 결과의 이 현상을 보아서 맺힌 한이 풀리지 않는 분명한 원인이 있다는 것을 알 수가 있습니다. 현재까지의 고정 관념을 전부 버리고 이치와 의미가 맞는 과학의 첨단 정보가 이렇게 발전한 오늘의 획기적이고 혁신적인 정보화의 세계에 걸 맞는 철학적인 모습도 발전하고 변해야 된다고 생각합니다.

수 천 년 전 성인들이 나타나기 전부터 이 지구는 수 십 억 년이 넘고 넘는 그 전부터 존재하였기 때문에 인간이 지구를 발사 발생하여 창조하실 때 같이 지은 것이 아니라는 사실은 분명하고 확실하다는 것은 숨길 수 없는 일, 우리는 저 높은 곳을 향하여 미지의 넓은 공간에 창조주의 능력이 무한한 힘과 갖가지 재료가 무궁무지하게 넘쳐흐르는데 이 공간 하나만 존재 한다는 것은 아닐 것이라고 생각이 확신되고 무중력

상태를 지나고 또 지나 멀고 먼 저 공간에 수 억 천 억 만리 떨어진 공간에 이 공간보다 더 좋은 하나님 보좌의 공간이 존재하지 않는다는 보장이 없다고 생각합니다.

내 자신이라도 무한한 능력자라면 지구 공간 하나만 가지고 만족할 리가 없다는 생각을 합니다. 창조의 재료가 무한하고 무한대로 저장되어 살아서 율동회전하고 어마어마한 생조의 재료저장 창고에 생동하고 있는데 공간을 이용하여 쓰기 위하여 하나님의 자녀들이 각 공간마다 충만하게 번성하고 살 수 있도록 하기 위하여 공간과 공간을 여행하며 얼마든지 살 수 있는 능력자요, 권능자요, 환경의 권위자요, 창조의 무한한 가치의 원천의 진리의 주인이기 때문에 가능하다는 생각이 현실로 되어 있을 것이라 여겨집니다.

이렇게 나타난 이 공간의 결과를 보아서 원인을 알 수 있듯이 하나님이 창조한 피조물이 영원하지 못하고 살다가 비참하게 죽어가는 것은 하나님의 본래의 뜻과는 다르게 죽은 역사가 이 땅에 전개되어 영원히 살 수 있도록 되어 있었지만 죽음의 역사를 불러일으킨 타락의 주인공이요 죄인이 누구인지를 낱낱이 발견할 수 있는 길이 새로운 새 말씀을 그 귀하신 천도문"님"께서 말씀을 남겨놓고 가신 것을 토대로 하여 하나 하나 말씀을 전개 하고자 합니다.

저절로 이루어지지 않았다

　우리 인간도 서울 잠실에 롯데 빌딩을 짓기 위해서 수 년
전부터 머릿속에서 구성을 하고 구상을 하여 지형과 지반과
모든 토대와 근본이 되는 기초 자료를 조사를 마치고 그 다음
에 설계도를 내어 설계도에 의한 수학적으로 무게와 재료의
질과 품질을 완벽하게 검토한 후에 기초를 다진 후 재료를 완
벽하게 준비한 후 건설에 착수하되 수년간 기간과 과정이 많
은 시일을 경과 해야만 비로소 건물이 들어선다는 사실을 인
간 누구나 아는 사실일 것입니다.

　건물을 완공하기까지 수많은 난관과 사고의 시련과 밤낮으
로 수많은 인력과 수고의 피땀 어린 수난의 과정을 거쳐야 준
공되어 안전관리의 판단과 사고의 위험요소가 없을 때 비로
소 사람들의 사무실과 사업장 사무실이 입주 된다는 사실을
생각할 때 이 어마어마한 이 큰 지구 공간을 창조하시기 위해
서 얼마나 정성을 다하여 노력을 하셨을까 생각해 봐야 합니

다.

하나님도 천지 창조를 하실 때 수 억 년 동안 구성하시고 구상하시어 설계도를 내시어 거기에 필요한 재료를 생조라는 우리말로 풀이하면 재료 창고에 저장하시고 그 재료들이 살아서 움직이고 윙윙 폭폭 쉭쉭 살아서 움직이는 소리가 파동을 치고 생명은 없지만 생동력이 있음으로써 모든 재료들이 살아서 작가 각기 자기 소임을 다하고 있었다. 재료 창고 생조가 지구 우주 공간만한 그러한 곳에 모든 재료를 미리 준비하셨단 사실을 알아야 합니다.

어떻게 말로써 해야 나와라, 바다야 생겨나라, 땅아 나와라, 해서 나온 것이 아니라 하나님도 천지를 창조하시느라고 피골이 상집토록 노력하고 연구하고, 몰두하고, 관찰하고, 검토하시고 수학적으로 지리와 지질을 관찰하여 준비한 생조에 저장해 놓은 재료를 가지고 발사하여 지형과 지형 지수를 놓아 발사 발생하여 산을 이루고 오묘하고 아름답게 좌청룡 우백호가 면적을 앉고 명기와 정기를 통하게 하여 전심전력의 노력을 하시어 이 지구의 공간의 작품을 내놓으신 것이라는 사실을 알아야 합니다.

산의 지형을 만들 때 엄청난 불덩이를 발사하여 지형 지수를 놓을 때 뜨거운 불덩이를 식기를 기다리시고 과학적으로 이루셨다는 사실을 알아야 되고 발사지점에서 떨어지는 지점

까지 정확한 전지 술을 놓아 정확한 수학적 계산과 학문적 연구과목을 정하여 얼마나 애쓰셨는지를 깨달아야 할 것이다.

근원의 힘의 자유요소는 보이지 않지만 무형으로 무한대하고 무형의 정신과 마음 문이 열려 정서의 생명력이 활동으로 나타나 파산 생성 발사 반사 되어 이루어지는 모든 요소들은 원료도 힘의 생명의 유전자 생과 조화될 수 있고, 갖가지가 된다는 말씀이다. 그 중심에서 활동하심에 따라 일치되는 모든 것은 주장 주관 하시고 어떤 상황에 어떤 것도 이때 신설선과 빈설선을 이루어 모든 것을 세부조직망을 이루었고 보이지 않는 핵도 무형 외 정신으로 주장 주관하는 생명의 힘을 핵심을 반짝이며 사면에 함축 안에 일어나는 광경이 무한정하였다.

이때 풍같이 일어나고 힘의 원료가 평청 같이 일어나서 너울거리고 너풀거리는 무한대한 파동의 대토 원 파동이 일어나서 너풀거리는 소리가 천지를 뒤집는 것 같은 소리가 우레같이 나고 여기서 우리는 느낄 수 있어야 한다. 삼위일치 정신이 항상 같이 활동하는 이치를 그래서 모든 것은 함축의 일치다. 무형외의 정신의 핵심. 무형의 핵심. 생불 체의 핵심, 보이고 안 보이고. 체를 이루는 일치와 동시에 또 미세 조에서 나타나는 슬앙 조와 슬앙낵도와 슬앙 청낵 청녹 댁도(하늘에서 주신 문자 말씀으로 이해)와 갖가지 모든 결정체 같은 아름다운 찬란한 미세한 물체도 같고 또 보면 힘이요, 풍같이 피어있을 때 보면 어떤 물체 같다.

내가(하나님) 창조하여 내용의 요소를 이루었지만 만져 볼 수 없고, 내 눈은 광명인데 신설선 빈설선 신설분 빈설분 찬란한 빛광 조화의 수정체 동공을 바라본즉 아름답고 헤아릴 수 없고 상상할 수 없는 미세분토가 이루어 졌는데 미세분토가 청도 댁도를 이루었고 천지 익재 책초 원택도를 이루었고 생의 조목 힘의 조목을 이루었더라.

힘의 무형실체가 보이지 않는 힘, 무형의 정신. 형성의 정신 아주 거대하고 거창하게 생생생문 생생생, 조화의 생생생문, 조화의 생생생, 조화의 생생생 힘의 원료의 원을 이루어 원 속에서 찬란하게 이루어 딱딱 힘의 체를 짜서 조리단정하게 이루어 놓은 광경이 절도 있고 아름다운 결정체의 결백성이 아주 불변 촉도 하였더라.

이럼으로써 소립자든지 소립조든지 이 모든 소립자들이 갖가지 내용의 요소가 자유를 지녀 사면에 분산되어 터지고 일어나는 모든 것을 한데 합류시켜 가장 작은 것을 가장 웅대하게 할 수 있고 거대하게도 할 수 있단 말씀이라. 세부조직을 가르고 쪼개고 나누어 분리 진문을 딱딱 정하여 확정 확장 평청 평창을 이루어 확대진문이 아주 거대 거창함이 완벽하다는 말씀이다.

준비하여 이루는 과정에서 갖가지 과목마다 문도요 생의 조목의 조화과목이 학문도로 행진이요. 행진도요 학문도요, 무한정한 문관 도로써 도가 통하여 무형실체가 완벽한 줄 알게 됨이니라. 가장 소소한 세부조가 완벽하고 작은 데서 큰 것이 이루어졌고 일치일심 가장 작은 데서 가장 작은 것을 이룸은, 가장 큰 데서 더 큰 것을 이룸이니라.

모두 놀라운 기적과 신기록을 이루었단 말이다, 모든 공간을 이룰 작전의 전술이 천살에서 정신도를 이루시고 천도를 이루어 생각하니 생각해 내심으로써 완벽하게 불변절대 약속대로 이루어 놓으신 수고의 노정이 모두 생애의 공로가 조물주 주인님 바로 하나님이 하심이라.

이런즉 하나님께서도 전부 생각하실 때가 있었고, 생각하시니 생각해 냈더라. 냈기 때문에 모든 것을 조화에서 그 생이 있음으로써 생에는 아주 생생히 갖가지 생문생, 아주 한없고 끝없는 생들이 거기 모두 합류 일치돼 있단 말이야, 그럼으로써 무한정한 무형실체 (두 가지) 힘이 꽉 차 있기 때문에 이때는 당신이 신선심불로기 때문에 가지고 계신 것은, 가지고 계신 것을 함축으로써 되어 있다는 것을 잊지 말라. 꼭 짜임새 있게 조를 딱딱 짜서 조직이 선명 섬세하고 그 아주 밀도로써 조밀도로 청밀도로 아름답게 조를 짜셨다는 말씀이니라.

하나님도 두 분이 부부로 일심일치로 존재하신다.

처음에는 조화로 사실 때 몸체는 없으시지만 정신에 요소, 마음에 요소, 음양에 요소, 생명에 요소 ,힘의 요소로 계실 때 몸체는 없으시지만 조화시기 때문에 완성이시다. 몸체는 없는데 완성이시기 때문에 당신들은 명예를 지으셨다. 이때 는 모든 것이 핵심의 진가로 뭉쳐 계시고 함축으로 계시기 때 문에 신선심불로 라고 하셨다. 아주 신선하고 흠과 티가 없는 맑고 깨끗한 결백의 상징이라는 뜻이라. 신선심불로 이렇게 뭉쳐 계셨다. 이것을 학문으로 말하면 함축이라고 한다.

그리고 이 분들이 이때는 가지고 계신 함축이 있는데, 이 가지고 계신 함축으로 자리를 정하셔서 창설하셔 창설해 내 시려니 그렇다 이런 것이다. 이 분들이 완성이시기 때문에 그 광명의 시선이 모자라도록 자리를 정하시고, 이때에 함축으 로 계실 때 생각할 때가 있었고 생각을 할 때가 있으셨기 때 문에 생각해 내셨더라. 생각해 내셨기 때문에 이때서부터 창설을 시작 하셨단 이런 말씀이다.

이래서 당신들은 생각할 때가 있었고. 생각해 내셨기 때문에 당신들을 알았다고 하시고 당신들께서는 미래와 꿈이 확고하다고 하시고, 목적과 목적관이 완벽하다고 말씀하셨단 말이다. 이렇기 때문에 능력을 갖추어 놓으신 거야, 능력을 갖추셨기 때문에 이때는 내시는 것이다. 내시는 것 어떻게 내실까? 이런 유형 실체에서 터지는 것은 "꽝꽈꽝"하고 터지지만 이것은 소리가 없이 무언으로 짝 터진단 말이다. 발사 하셔서 거기서 생성을 하신다고, 한없고 끝없이 이 때 이제는 자리를 정하셨다. 그 자리를 어떻게 정하셨는가 하면 둥글게, 둥글게 거대하게 자리에 맞추어서 거대하게 생생 문이라는 엄청난 진공을 아주 정하여 놓으시고 확정을 하셨더라.

이 때 확정을 해 놓으시고 나서는 이것을 생성해 놓으면 여기 생생 생에서 당겨 가는 것이다. 당겨다가 조화를 꽉 채우시는 거야 이것을 왜 채우실까? 이것이 원료가 되기 때문이야 조화를 생생 문이라는 것은 "진공"인데, 조화의 진공이다. 이 안에 갖가지를 당겨 놓았다. 이렇게 때문에 창설을 시작하시는 것이다.

이제 원을 이루시고 나서는 4진 문도라는 것을 또 원 안에다가 세우시는 거다. 조화의 원 안에다가 조화의 4진 문도를 4해 8방을 세우시는 거야. 이렇게 완벽하게 창설하시는 거야, 이 때 할머니께서 (여자 하나님을 할머니로 우리가 부를 때 하는 말임) 4해 4문을 왜 세우느냐 하면 그 안에다 또 둥근 원을 세우시는 거야, 조화의 원을 이루시고 여기다가 4해 4문을 세워 4해 8방 동서남북을 세워 놓으셨다.

이렇게 하시는데 그 자리에는 전부 조화의 생판으로 다 평창을 이루시는 거야, 웅대하게 크게 평청을 이루시고 갖가지 창설을 시작하였기 때문에 이때는 두 분이 조화의 생판을 이루시고 나서 그 두 번째 원 안에다 4해 4문을 이제 할머니께서(조모님 여자 하나님) 세우셨더라. 할아버지께서(조부님 남자 하나님) 이때는 처음 전에서 지나 처음 때는 어떻게 하셨냐 하면 이 때 할아버지(남자 하나님)께서는 조화의 기둥을 빈틈없이 생판같이 조직으로 세우시고 신선 실록낵조(하늘 문자임)라는 정기가 모두 처음 전 때부터 처음 때까지 조직으로 돌아가는 것이다.

흐르는 거야 (전기가) 아주 무서운 힘이지, 여기서는 도는 겨야, 가지고 계신 정기는 화락정기도 있기 때문에 그것도 그것대로 음양으로서 하는 거야, 그러니 수력은 여자요, 화력은 남자요, 음양으로 돈다. 그렇게 선을 놓으시는데 조직을 세워 놓으신다. 너무 너무 거대하게 전깃줄이 거대하다. 어떤 전기는 어느 중소도시 시내 다해서 세배나 되는 전기선도 있다. 조화가 흐르고 도는 거야, 없으면 안 돼, 전부 조직을 펴 도니까? 소리가 천지를 뒤집는 소리가 나고 굉장히 웅대한 소리가 난다.

왜 원을 세우느냐 하면 원이 그 소리를 다 잡아 간다. (소음을) 처음 전 때는 소리가 안 났지만 처음 때는 그렇게 소리가 요란해 왜 그럴까? 너무 전기가 거대하기 때문이다. 그리고 생명선 같은 선들이 새로 놓았기 때문에 신선함이야, 그리고 그 냄새가 아주 신선한 냄새가 꽉 차 있는 거야, 이때 할머니 (여자 하나님)께서는 그 각 위에다 갖가지 코일도 감고 오색 찬란하게 각형에다가 요리조리 색다른 모양의 수를 놓은 것 같이 아름답더라.

이것이 처음 때 창설 두 번째 창설이 이렇게 다르더라. 그 조직이 엄청나고 거대한 조직만이 자유롭게 자재 한다는 것을 잊지 말라. 천문지리 자유 하신다.

하나님 부부께서는 조화로 계실 때 "함축"으로 존재 하셨다.

함축이라고 하는 것은 어떤 것인가 하면 우리가 일상생활에서 사용하는 컵을 생각해 보기로 하자. 이 컵을 보면 보이지 이 안에 있는 조화를 모른다. 조화도 한없고 끝없는 무가 이 속에 있다는 말씀이요, 이 속에는 갖가지 조화가 무궁무진 무소부지하다. 이렇게 때문에 하나님 두 분 이 처음에는 아무것도 보이지 않고, 만져지지도 않고, 지켜지지도 않고 단지 일심일치 일심정기 일심동체 이렇게 되어 있으니 다 나온 것이다.

무형 유형이 이 안에서 다 나온 것이다. 이렇게 일심동체가 돼 있어도 정신도 하나, 마음도 하나 이렇게 돼 있지만 이때 몸체는 없으셨다. 그래서 이 두 하나님께서는 당신들 자리를 선택하여 자리를 잡으실 때 광명의 동공의 시선으로도 모자라도록 잡으셨다. 이때 자리를 잡아 놓으시고 이 자리가 그림으로 설명하면 기법과 같은 것이다.

그 다음에는 조화를 이루어 저장 할 수 있는 "생생 생문"이 러한 조화의 원을 둥글게 둥글게 해 자리를 정해 창설해 내셨다. 이 둥근 원이 진공이다. 이런 거야 여기에는 갖가지 조화가 무로 되어 있는 거야, 조화로 둥글게 둥글게 해 놓으시고 당신들이 신선심불로(아름답고 신선하고, 찬란함을 말씀하심이요, 신설이 불린 것 같이 너무 찬란한 거야) 이렇게 생각할 때가 있으셨다.

생각하시니 생각해 내셨더라.(나오는 것이다) 내심으로써 당신들을 아셨기 때문에 "나는 나를 알았지"이 함축 안에 조화의 무가 들어 있으니 조화의 중심체요, 조화의 주인이시다. 이렇기 때문에 함축된 내용을 낱낱이 다 아신다. 내시니 생성한다는 뜻이다.

이때부터 당신들은 나는 나를 알았지. 함축의 내용을 알았으니 미래와 꿈이 확고하고, 목적과 목적관이 완벽하고, 불변 불로 되어 있다. 갖가지 공간의 궁창의 궁극의 뜻이 내 뜻이지. 그래서 함축 안에 갖가지 조화가 있어도 겉만 보면 무의미하다. 그러니까 내용을 알아라. 이것이 거대하고 귀한 함축인데 이 함축 안에 있는 것을 무로 다 내 놓았기 때문에 함축 안 에는 "생" "힘" "생생" 하니 일심일치 일심정기 일심동체가 들어간다. 그래서 벌써 무형 유형이 다 통계로 나오는 것이다. 구체적으로 나오는 것이다. 함축되어 있는 것을 하나님 두 분께서는 다 아시니 아주 신비하고 아름답고 찬란하고 무한정한 조화에 의미를 이것을 깨달아라.

64

하나님 두 분께서는 함축으로 계시고 근원에 천살(아주 맑고 깨끗한 결정체)파를 응시 하시고 무형실체의 실체 실존님이시며 지니시고 가지신 (정신 마음 음양 생명 힘 핵)의 6가지 조화의 가장 귀한 핵심의 진가로 "함축"의 중심이시며 그 자체가 뭉쳐 함께 지니고 가지고 계신 분이시다.

자체가 함축인 것은 어마어마한 무형실체의 실존님께서 갖가지 무를 다 지니고 가지고 다 아신다. 또한 함축의 무에는 엄청난 힘이 응축되어 있는데 그 힘은 무에 내용의 힘이며 근원의 천살도와 천살의 결백에서 나오는 파 천살의 힘, 여기서 나오는 힘은 무궁무진 무소부지하고 한없고 끝없는 내용의생 내용의 조화가 또한 한없이 나온다.

이 모든 것은 한데 뭉친 함축, 함축의 힘, 천살 이때에는 함축이니 몸체가 없으셨다고 하심은 내용의 생 내용의 조화로 계시면서 정서로 계시고 모든 것을 언제나 이룰 수 있는 창설에 함축의 엄청난 자체의 힘으로 계시고 하나님 두 분께서는 자유의 근원이시니 이루시는 자체도 자유로 이루시고, 이루시는 자체도 다시 어느 때나 순리의 순환으로 어떠한 위치에서도 모든 것은 자유로이 원 위치시키는 "흡수" 공간의 주인이시며 공간에 가득 차 계신 자체분이시다.

통계로 모든 것은 자유에 입각하여 내시고 이루시니 생의 조목, 조화의 과목의 자체는 자유로이 법도와 법해 법률 체계가 절대 불변 완벽하고, 전진 자유 원문으로 자유의 생, 자재 원도의 조화로 질서에 맞추어 내셨다.

이때는 "함축"으로 계실 때이며 명예는 신선 심불로, 파는 천살 (사람들도 성씨 따라 파가 있듯이) 파 이곳에 또한 모든 것을 이루시고 평청 평창 할 수 있는 맑고 깨끗하며 아름다운 그 자체의 힘이 모두 응축 되어 있다.(명예 자체가 당신 자체 이시다) 명예는 신설선 빈설선 신설분 빈설분에서 활짝 피고 핵 같이 불려 있고, 눈부신 광명의 빛광이 파의 천살을 다시 신설선 빈설선, 신설분 빈설분을 펴고 불리셨다.

근원의 천살 파 내용은 가장 맑고 깨끗하며 향(생*생동감)이 나타나고 그것은 나타난 모습이며 아름다움이란 수이며 신선 심불로의 광명의 빛광은 (색) 빛의 색이다, 그러므로 명 예와 파는 또한 힘이 응축되어 있다. 모습은 기둥이며 수는 기둥의 각에다 놓으시고 색은 기둥의 각에 수를 놓은 데서 색 의 힘은 나타나는 "생" "생동감" 이것은 자유로 자유롭게 자 연의 순리로 조화도 동화작용 순환하니 조화의 정기, 조화의 전기, 실록 내조 전기, 실록천체 자유든지 이러한 힘을 내시 는 중심체 : 주인님께서는 함축의 내용의 자체로 계시면서 자리를 내시고 정하시고 선택하신 자유로운 그 자체로 확정 확장 확대 평청 평창으로 가장 크고 가장 그 자체로 웅대 웅 장 거대 거창하며 당신들 시선이 모자라도록 그 시선은 광명 의 빛 광으로, 조화의 수정체 동공으로, 6가지 조목 핵심의 진가로 뭉쳐 계신 힘으로 근원의 천살파의 힘으로 잡으시고 선택하신 것을 터전과 토대를 이루시고 뭉쳐 계신 함축을 푸시는 창설을 시작 하셨다. 그러한 힘은 모든 것을 흡수 하셔서 그 힘으로 내신다. 창설하시는데 정신과 마음이 있기 때문에 생각하시는 때도 있으셨다. 하나님 당신 두 분은 생각하시고 생각하시니 생각해 내셨더라. 그것은 나는 나를 알았지 (내심으로) 미래의 꿈과 소망과 목적과 목적관이 확고하시고 궁창의 궁극의 목적이 하나님 두 분의 뜻이시다. 이렇게 하실 수 있는 것은 능력과 권능을 갖추신 분 전지전능하시기 때문에 무언으로 소리가 없이 가장 핵심의 힘으로 "천살"엄청나며 상상할 수 없는 근원의 힘으로 짝 터지며 발사한즉 생성하니 한없고 끝없이 정 하셨다.

소리는 무기 때문에 내지 않는다. 하나님이 내야 소리도 있지 절로 나오지는 않는다. 가장 엄청난 거대 거창 웅대 웅장하게 자리를 정하여 내시고 그 자리 밑에는 통문 통설 조직으로 근원의 자석의 힘 등등의 자리를 생판으로 펴시고 내셨고 또한 이루셨다. 자리의 힘에는 생생 생문 진공 (생의 힘 생동감)을 정하시고 확정해 놓으시고 생생 생문 진공을 생성해 놓으면 어디서 생생생 (조화의 동화작용)에서 당겨다가 조화를 꽉꽉 채우시는 것이다.

채우시는 것은 원료가 되고 (조화의 생생 생문 조화의 진공) 그 자리는 둥근 원형 안에 자력의 요소 핵심의 진가가 조화로 들어있고 원 안에는 신선 설랙 ("정기가 원") 조화라는 정기가 원 끝에 선으로 펴 통문으로 모든 공간에 들어 있다. 이때 조화의 진공은 내용이기 때문에 보이지 않으며 무조건 무요, 조화다. 진공은 조화가 아니어도 안 보이며 안 보이게 만드셨다. 또한 그 자리에 테를 두루고 통문하고 통솔하고 통치하니 마음대로 자유 하니 자유자재인 모든 것은 생과 조화로 함축돼 있는 것이 조목조목 과목으로 나눠 주며 나오면 진공이 다 흡수하니 그 힘으로 4진 문도를 두 하나님이 핵같이 4해 8방 4진 문도를 세우셨다.

조부님과 조모님이 (하나님 두 분을 인간이 부르는 호칭) 같이 하셨는데 함축으로 뭉쳐 계신 그 자체가 함축이요, 이때부터 조부님 (남, 하나님)이 하심과 이루심이 있으셨고 조모님(여, 하나님)이 이루심이 일심동체로 협심하여 이루셨다.

조부님(남, 하나님)은 형태의 원을 이루시고 조모님(여, 하나님)은 원을 세우시고 조화의 원에 동화작용 하시고 조부님은 4진 문도를 세우시고 움직이지 못하게 조화를 응시해 놓으시고 밑에는 조화로 되어 4진 문도를 뿌리에 모두 물려 있다, 맑은 체, 불불 냉녹조, 미세조 같은 것으로 섬세하게 이루시고 조모님(여, 하나님)은 4해 4문을 세워 4해 8방 동서남북을 세우시고 그 자리에 조화의 생판으로 평창을 이루시고 웅대하며 평청 하시고 두 번째 원에다 4해4문을 세우셨다.

조부님은 4진 문도에 조화의 기둥을 빈틈없이 다져 놓으시고 나타나는 각이 얼마나 큰지 기가 넘어갈 정도이며 그 기둥의 뿌리는 전부 정기가 흐르고 돌며 여기 어마어마한 힘은 힘대로 정기는 정기대로 생은 생대로 모두 생동감이 끓어 넘쳤다. 조모님은 조부님이 이루신 것을 원으로 감싸셨다. 조모님은 조부님이 이루신 것을 기둥에 각에다 수를 놓으시고 놓은 수에서 색채가 호화찬란함이 생동감이 끓어 넘치고 동화 작용하니 신설선 빈설선이 모두 불려 조화의 전기 조화의 정기 실록 녝조 등을 이루셨다.

하나님 두 분은
천살 유전자를 지지고 계셨다.

천살도와 천살 (아주 맑고 깨끗한 결정체 중의 경정체를 말함)의 결백에서 핵심의 진가를 뽑아 이루시고 나타내시고 결정체로 세운 것이 바로 천살이라. 천살도와 천살의 결백에서 파, 천살이 나타났고 생동감이 끓어 넘치고 율동 회전하고 천살도와 천살의 결백에서 나타난 요소 조화 또는 생불체(영원히 죽지 않는 것)때 천살의 광명이요 명예는 신선심불로요 나오는 광명 빛광 빛관이 무한정하고 무 때 지니고 가지고 밝은 자체는 광명(인간의 눈은 뜨지 못할 정도)이요 맑고 깨끗한 청결이 아름답고 그 신선함이 너무 너무 헤아릴 수 없고 상상할 수 없다.

천살 파, 향 생 힘 갖가지 핵들이 향에서 나오는 생과 힘도 종류가 무궁무진 무기 때문이다. 보이지 않는 핵이 무 때니 보이지 않게 만드셨다. 무쌍한 갖가지 파 천살 힘은 향 생 생동감을 지니고 발사하고 발생하니 생 그 자체가 일치 때 함축

70

은 자체 무한정한 힘들이 파 향 천살도 정신도 삼위일치로 이루어 조화로 동화작용 하셨기 때문에 천살만은 일치 분만 아시는 힘 움직이고 작용할 수 있다.

천살은 보이지 않는 무 때요. 핵이 향, 힘. 등이 무한정하고 갖가지 향도 여러 가지 갖가지 미세조 소립조등 무한하고 명예는 신선 심불로에서 빛광이 이루어져 눈이 부시며 갖가지 색의 힘 불변 절대 변할 래야 변할 수 없는 갖가지 색의 힘 신선함이 완벽하고 티 없이 맑고 깨끗하며 신출귀몰 무지신비의 천살 파 나타나는 이루시는 광경이 근원의 천살도와 천살의 결백에서 나오는 파 천살에서부터 보이지 않는 갖가지 여러 가지 핵의 파, 맑은 향 힘, 미세조 소립조 맑은체 등이 발사되고 무 때니 소리 없이 발사 되는 광경이 무쌍하였다.

천살은 가장 맑고 깨끗하며 그 호화찬란한 빛관의 모습, 수, 색, 생과, 조화의 정기, 응시함이 참으로 귀한지라. 이와 같이 신비하고 천살의 유전자 파, 향, 힘, 신설로 나타나 이루어지는 생의 조목 조화의 조목 조화의 과목 생의 과목이 일치로 조목 과목 신설로가 모두 찬란하고 그 진미와 진가가 핵심으로 찬란하고 빛관이 이루어져 명예와 파에서 나오는 것이 헤아릴 수 없고 상상할 수 없는 힘의 층들이 통문조직, 생판, 층면을 테. 신선 설락, 조화의 원이 이루어져 나타내고 이루시고 생도 일치 때니 지니고 가지고 무로써 서로 주고받는 생, 생동, 생동감이 끓어 넘치고 율동회전 조화 동화작용

71

받음이 아름다운 그 자체이다.

갖가지 체와 무형실체의 자체가 함축이요, 체내의 내용이
무 때 내시고 이루어 체계 맞게 딱딱 확정하여 놓고 생판 신
선도 향, 생의 조목 일치에서 신선함이 완벽하고 신선도는 천
살과 파에서 나타남이 신선도 조화의 조목에서 천살은 파이
며 신선하고 맑고 깨끗하며 아름다우며 청명하고 모든 것이
진실에서 나오는 것이다.

하나님 두 분은 천살 영원불변 하시다.

　근원의 불로 불래(생명의 근원요소)는 보이지 않는 힘의 근원 이치기 때문에 살아 있는 것을 가르고 쪼개고 나누어 분해하고 분별하여 진문을 딱딱 정한 자리에서 힘을 낸즉 이것이 생동이요 활동한즉 살아 움직이는 것이요 행진 도에서 행진한즉 전개하고 전진한즉 힘을 마음대로(전진 자유 원문)펴 체를 지니고 완벽함이 오늘 이 시간까지 젊은 그대로 살아 있단 말이다. 하나님을 비롯하여 모든 힘에서 물체까지 왜냐하면 천살은 늙지 않고 젊은 그대로 있는 것을 천살(생 조화) 이라고 하고 천살도(정신도 두 분이)는 천살 도를 하였기 때문에 천살의 내용이 무한정하고 무한대한지라.

　천살은 분명히 하나님 두 분이신데 이때에 형상은 없지만 몸체는 없지만 내용의 생, 내용의 조화, 정서 등 천살 때에 하나님 두 분께서는 무한정한 천살도에서 연구할 수 있는 연구실이 무한정 하였기 때문에 생의 조목 생의 과목을 정하여 분야를 확정이 불변초란 말씀이다.

왜 불변 초라고 하는지 아는고? 힘의 (천살, 파, 진도의 진법이든지 진도가 얼마나 빠른지 아는고 "족지 작지 낵지 자유" 초능력을 말함)진도 진법이 나왔고 주문도 주문이 나왔은즉 주문을 외우면 힘이 딱딱 오는 지라. 무의 정신과 마음에서 오는 그 무엇 힘을 가지고 활동할 수 있는 능력을 갖추었기 때문에 모두 행진시킬 수 있단 말이다.

발사하여 창설하시고 행진도가 족지 작지 낵지 자유(초능력) 하고 빗의 속도 보다 빠르고 행진 시킬 수 있음으로써 행진 (생과 조화의 원료)하는 자재 원도가 분명한지라 그럼으로써 원대독대요 원독대 (하늘말씀) 라. 천살은 두 하나님 파이므로 6가지 생과 조화의 무의 내용을 이룰 수 있는 핵심의 진가 두 하나님은 천살을 지니고 가지고 있는 명예는 천도문체(하나님 이름) 요 최초 때 생생문 첫째 날 천도문체는 천살 파다.

헤아릴 수 없는 무의 내용이 자체가 함축인 공간에 가득 차 계신 공간의 궁창이 무형실체 실존님께서 근원의 천살 파 내용에서 나타나는 가장 맑고 아름답고 가장 신선하고 청결하고 무한히 맑고 깨끗하며 현명하며 결백이요 결백의 진실이요 불변절대를 지닌 천살이라. 당신 몸을 두 분이 스스로 완성시키시고 모든 내용을 내신 귀함이 자체가 함축이시고 내가 천살로만 가만히 있으면 무엇해 이때부터 창조 창설 창극의 극치를 이루어야겠다고 미리 준비하시기 시작 하셨던 것이다.

이때서부터 정신일도를 하시어 천살 도를 하여 근원에서 나오는 갖가지 무의 내용을 다 지니고 가지시고 다 이루시는 것을 불변 절대 약속대로 이룬 것이 자체가 함축에서 나오는 것이 모든 것이 이치에 맞게 이루기 시작함이 나는 나를 알았지 때문에 (내심으로써)나에게 비상한 비녹조 맥도 맥독 대원 불토록 낵조(하늘문자 말씀)가 분명하였는지라. 무형실체 실존님 무 때의 정신 형성 때 이미 미래를 알고 꿈이 확고하고 천지조화를 낱낱이 파악하셨기 때문에 무한정한 두 하나님이시다. 두 하나님은 생불체 (영원히 변치 않는 생명의 근원)를 갖가지 이루어 놓고 완성자이시니 이미 무 때 다 이루어 놓으신 것이다. 또한 모든 것을 준비할 때 두 하나님은 세부 조직망과 삼위일치때 생과 조화의 무 6가지 조화 조목의 내용을 천살 속에 형성 무형실체로 살 때에 미래의 꿈이 확고하고 목적과 목적관이 분명하였다고 말씀하셨다.

웅대 웅장하고 거대 거창한 무형실체 실존님의 힘의 중신체가 바로 천살 속에 함축되어 세부 조직망을 지니고 형성으로 있을 때라. 이때에는 힘에 중심이요 근원의 힘을 자유자재할 수 있는 능력을 갖춘 무한정한 생과 조화로써 천살 속에 응시되어 있는 두 하나님은 무한정한 분이셨다. 무 때 그러하셨단 말씀이다.

천운태가 힘에 실려 있음은 힘의 중심체가 힘을 지니고 자유자재하는 능력을 갖춘 무한정한 자란 뜻이요, 천살 속에 응시하고 계시면서 함축으로 계시며 무한히 모든 것을 준비할 수 있는 연구과목이 생의 조목 생의 과목 일심 일치 때 무한정 전심전력을 다 쏟아 피골이 상집토록 연구과목을 정하여 몰두하시고 관찰하시고 집중하셨음을 알려 주는 말씀입니다.

두 하나님의 관도에 의한 자유

관도라는 뜻은 모든 것이 체계 조리로써 삼위일치 생과 조화 6가지조목의 내용이 불변으로 되어 있고 또한 차례의 자유조가 완벽하게 절대불변 약속대로 존엄도 (정서) 문관도가 정신도 또는 천살도가 아주 정연한 상하가 불변 되어 있고 상하의 질서 정연함이 완벽한 그 모든 태 천살태 천운태 반도가 관도를 이루어 관도의 법이 이행됨은 천연으로 이루어진 천연의 스스로 갖춘 함축, 그 자체가 불변초요 자유관도 법의 관도 생문의 관도, 태의 관도 태반의 관도, 독대 자유 대독 관도 댁도원도의 관도, 원천무독동 대익도 자유자재 굴릉태 독 태완도관,(하늘말씀) 모든 것이 이루어진 모든 것이 체계 조리로 삼위일치 문법도로 이루어 졌고 문법도의 무한정함이 완벽하다.

모든 것이 무언 무한한 관도에서 법률이 이루어짐이지 살아 있는 무한정한 산 역사 생명 유전자는 불변이요, 약속대로 이루어진 모든 관도이며 법이며 법률이며 모든 것이 완벽하고 갖가지관도를 지녔기 때문에 법으로 이행되고 전개돼 나가는 법과 법률이 완벽하고 문관도가 분명하게 질서 정연하다.

정 신

정신은 가장 밝고 가벼우며 부담 없고 신출귀몰하고 무지
신비하고 기적 같은 속도와 (행진, 전진. 유전자 점지 법) 족
지작지 넉지 자유 초능력을 베풀어 낼 수 있는 힘의 자유가
완벽할 수 있는 초능력을 지니고 있다. 하나님은 천살중의 천
살, 천살도 정신도 신선하고 맑고 깨끗한 핵중의 핵, 정신이
중심 되어 정신은 가장 밝고 빛보다 빠른 속도를 지녔으며 신
비의 기적을 일으키고 초능력을 지니고 맑고 가장 현명하고
가장 신선하고 모든 것이 완벽하고 맑고 깨끗하게 무한대 하
게 맞추어 놓은 것이 정신 때가 아니겠는가? 아름답고 찬란
하며 결백하며 무한대하고 무언 무한한 하다는 말씀이라. 정
신은 힘 속에 있고 힘은 정신 속에 "함축, 모든 힘의 중심체
에" 있음이 완벽한지라. 정신은 보이지 않는 가장 귀한 무형
의 첫째요, 또한 독재라. 이렇기 때문에 정신의 독재는 활동
할 수 있고 또한 맑고 깨끗하며 핵 중의 핵, 천살중의 천살,
결백중의 결백 결정체중의 결정체 결백의 절대라.

생불체 "독재자" 유전자가 바로 살아 활동하는 생명의 요소의 첫째 정신이라. "정신은 무형의 실존이요, 무형실체 실존님"이시다. 무형의 실존이 무한대한 힘을 이루어 힘 속에서 살 수 있는 능력을 갖춘 자, 권능을 베풀 수 있는 평청 평창이요, 정신은 힘을 자유 할 수 있는 초래자유자를 독재자라 함이니라. 이럼으로써 정신과 마음과 음양이 3도의 일심일치 조가 딱딱 짜여서 짜임새 있게 짜여 져 있고 체계 조리로 무언무한정하기 때문에 모든 것을 구성 구상하여 낼 수 있고 정신일도에서 생도의 갖가지 모든 요소를 이루었기 때문에 조화가 무한대 무한정함을 말씀하시는 것이니라.

이럼으로써 정신은 마음을 지니고 있고 마음은 음양을 지니고 있고 음양은 생명을 지니고 있고 생명은 힘을 지니고 있고, 힘은 통선 통문을 지니고 있고, 통문 통선의 원동력은 세부조직망을 지니고 세부조직망은 흐르고 돎으로써 모든 것이 일치로써 일심 작용함이 완벽하다는 말씀이다. 3위 1치는 "정신, 마음, 음양, 생명, 힘 = 일심일치 일심정기 일심동체 =일심일치= 일심조가 합류일치로 작용 자유 할 수 있는 능력의 권위자이시다.

마 음

　마음에는 무한정한 논리 정연함과 모든 유형실체에서 나타
난 원리논리로써 무한정하게 감당 처리함이 마음이기 때문에
정신과 생명의 원동력이 마음이요, 마음은 질서, 원리, 논리,
정연을 지니고 모든 삼라만상에 나타나 있는 조화의 질서를
자유 자재할 수 있는 조리의 정연이요. 논리의 정연이라. 천
살(아주 맑고 밝은 깨끗한 핵심)님이- 정신일도-마음일도-
음양소 일도-합류일치= 3위 1치요, 힘도 무궁무진하고 조화
도 무궁무진하다는 말씀을 뜻함이라.

음 양

  정신과 마음 생명이 있지만 음양의 조화가 없으면 사는 즐
거움이 없다. 음양은 무한정한 조화가 있어 조화의 중심적 역
할을 하는 아주 귀한 요소다. 음양소에는 무한한 생문생태 생
동생태 전태 이러한 조화의 태들이 붙어있어 이럼으로써 무
한히 전류와 전력이 흐르고 돌고 음양소와 생불 체 요소 (유
전자)=(염색체) 생불 체 요소가 생불 체를 이룰 수 있는 생불
체 정신 체 요소가 생불 체의 요소 근원, 근원=생명의 조목
과목 원료가 생불 체=유전자 음양소의 원료의 내용과 요소는
= 생과 조화다. 모든 천지간 만물지중이 음양으로 이루어져
모든 인간과 생물이 존재하고 있음을 부인할 수 없다.

생명의 유전자

하나님 두 분으로부터 모든 것이 이루어져 원인에서 결과로 결과에서 결론으로 맺고 끊은 듯이 모든 것이 정지정돈이 확고하고 완벽하게 이루셨고 하나님으로부터 (생불 체) 점지하시고 전진하고 행진도가 확정에서 가르고 쪼개고 나누고 나누어 분해 분별하여 분리 진문이 하나님으로 부터 선명 섬세하고 신선하고 빈설 같은 아름다운 유전자가 무언 무한하게 번성시켜 쌍태로 나타나서 서로 일심일치를 이루었은즉 내 몸의(하나님) 내용 요소를 닮은 유전자가 갖가지 모든 것은 근원에서 원인에서 결과 결론으로 정도로 이루어놓은 정지 정돈이 완벽하고 현재 현실이 사실이다.

음양소에는 무언 무한한 생문생태 생동생태 전태 이럼으로써 무한히 전류전력이 흐르고 돌고 음양소가 생불체 요소이고, 생불체 요소가 생불체를 이룰 수 있는 생불체라 근원때는 내가(하나님) 정신일도가 활동하여 나로써부터 유전자를 나타낼 수 있는 점지 자, 확정 자, 확대 자, 근원일도 일심원도 자다. 내가 구성 구상하여 창조함으로 창설자, 창극자라, 정신일도가 완성돼 정신 문이 활짝 열리니 힘의 중심체, 힘의 초래자유자, 효율의 근원자이시다.

생명은 무한한 질서를 띄우고 또한 힘을 지니고 있기 때문에 생명이라 하고 생명에는 무한정한 조화를 알게 됨이니라. 힘을 존재케 하고 정서를 지니고 찬란하고 정연하며 조리 단정함을 지지고, 힘을 마음대로 존재하는 무한대함이 "생명"이라. 힘을 지니고 존재하고 정서를 지니고 때를 알아 전개시키고 구성 구상하는 이치 의미를 뜻함이니라. 생명을 지닌 것은 힘과 정서 질서와 정연 조리와 단정함이 완벽함이라.

〈 힘 〉

힘의 요소를 가르고 쪼개고 나누어 분해하고 분별하여 분리 진문을 정하여 불변도로 이룰 때 중량이 있는 힘, 중량이 없는 힘은 힘대로 분리하여 정한 것이 이와 같이 구성구상체가 선명 섬세하게 나타났지 핵심의 진가들이 "유전자"가 활기차고 활기 띠니 발사 발생하는 내용이 파산 폭설의 내용이든지 무한정하게 갈라 세우셨다. 발사하면 발생되는 소리 떨어지는 파산소리 폭설 내리는 소리 힘을 가르고 쪼개고 나누고 분해 분별하여 분리 진문을 정할 때, 힘이 발사되어 세내 조로 무한히 발사 발생한 힘이 발사된즉 힘이 뭉쳐 떨어지는 파산의 확장이 평녹조하고 평녹 잭조한즉 4면에 미세조가 반짝이며 4면에 흩어져 광경을 이룰 때 미세조가 뭉쳐 이룬 것이 무한한 전자도 분자도 원자도 전백 잭조 근녹 천태도가 이루어지는지라.

핵토댁도(하늘 문자) 핵선적조원척책입체 완초가 일어나며 동시에 빛관이 일어나 광명을 이루는 지라. 나는 나를 알았기 때문에 힘의 요소 조화를 요소는 요소대로 갈라 쪼개내어 질서 정연 조리단정하게 완벽한 체계를 세웠는데 두려움이 헤아릴 수 없는 지라.

이때 힘의 핵심을 가르기 시작하여 무한히 연구한 연구과목이 모두 슬기롭고 아름답고 호화 찬란하고 활기 활짝 띠우고 엄숙하였지 이때 힘 선도 무한히 나타났고 반짝이며 힘을 내 품는 모든 힘이 대포같이 쏟아져 나오는 지라.

무한히 핵심이 반짝이며 (힘의 생명의 유전자) 갖가지 모든 미세조가 무언무한하고 그 미세조들이 모두 풍같이 일어나 너울너울 거리며 우레 소리와 또한 4면에 반짝이며 나는 소리가 천지를 뒤집는 지라. 무한한 힘이 4면에 일어나고 파동치는 입체 자유가 너울너울 너풀너풀 이 때 이것이 힘이기 때문이요, 힘의 소리기 때문이다. 힘에서 폭발해 내는 모습에서 불토를 정하여 불토의 생명선이 무한정하였지 생명의 요소를 모두 불태 에서 정하고 생명선에 실려 있는 힘들이 팔롱 백조를 이루었더라.

광경에서 광경이 멋들어진 장관을 이루어 호화찬란한 빛관들이 갖가지 색채가 무한정 갖가지 과목의 생을 딱딱 정하여 과목에 따라 분야대로 체계조리로써 이루었지 갖가지 요소들을 분해해 내어 분해대로 나가 정하여 이룬 것이 체계조리가 단정하고 무쌍한 지라. 무한하다는 것은 "한없고 끝없이 이룰 수 있는 힘이 저장되어 있다"는 뜻이요, 이런 무쌍한 힘을 지니고 내 마음대로 가르고 쪼개고 나누어 분해하고 분리하여 분리진문을 정하여 과목에 따라 분야대로 딱딱 체계 조리로 세워 이루어 놓은 층과 층면이 아름답더라.

힘 중량

힘의 핵심에서 가르고 쪼개고 나누어 분해하고 분리하여 분리진문을 딱딱 정하였을 때 대독 댁도 원도 독대 댁도 이와 같이 이루어 질 때에 아주 미세하고 모두 핵심에서 발휘되는데 힘이 발사한즉 발사에서 발생된 소립자든지 미세 조든지 갖가지 원자든지 천녹 족재 색조든지 이러한 미세가 한데 합류되기까지 하나님은 무한히 힘드신 과정을 거쳐 내셨다.

힘을 창조해 낸즉 힘의 핵심에서 무한정하게 가르고 쪼개고 나누어 분리 되는 대로 모두 발사된 평청 평창이 짝 펴져가는 모든 소립자들을 한데 뭉쳐 준비하는데 모두 합류일치로써 또 가르고 쪼개고 나누어 분리하고 분해하여 또한 갖가지 닉농 낵농 원농 직농을 이루어 영양소든지 영양분이든지 갖가지 근원을 나타내어 근원에서부터 원인이 평농 댁도 하였고 결과에 청농 댁도 하였고 결론의 모든 것이 찰농적 조화였은즉 무한한 과학이요, 무한한 자비철학이 완벽하게 나왔음이라.

이와 같이 이루어진 귀함이 내가 (하나님) 이루어 연구하여 놓은 귀함이지 모든 것이 나로써부터 이루어진 광경일치란 말이지. 갖가지 미세조가 아주 서기발을 내어 그 서기발에서 중심을 잡아 모두 이루어 놓은 준비과정이 수 억 년이 걸렸단 말이지. 힘의 핵심을 가르고 쪼개고 나누어 분리하고 분별하여 분리 진문을 딱딱 정한 것이 미래를 자유할 수 있고 공간에 나타난 모든 두각과 윤곽이 완벽함이니라.

힘은 중량이 없는 힘은 완벽하고 중량이 없는 힘은 내적의 무한정한 무언 무한한 신출귀몰하고 조화로 무지 신비 함이니라. "중량이 있다는 것은 몸체가 있다" "생명" "생불체" 중량이 있는 힘은 원료에 맞추어 중량이 딱딱 있는 힘들은 중량이 있단 말이지. 중량은 두각과 윤곽이 중량이 있고 중량이 없는 힘과 중량이 있는 힘은 모두 중량이 없는 핵심에서 나타나서 중량은 힘이 있단 말이다.

힘은 무한정한 결정체 선들이 흐르고 도는데 중량이 있는 선, 중량이 없는 선이 무한정하다. 무언 무한정하게 힘을 창조해 낸 후에는 힘이 4면에서 발사되어 아주 엄숙하고 힘이 엄청나서 두렵더라. 힘의 요소들이 모두 작용하고 발사함이 모두 4면에 파산되는 것 같이 발사된즉 발생되는 힘들이 무한정하였더라. 그래서 하나님은 무한한 무형실체 작용자유자란 말이다.

　힘이 모두 활기차게 발사하고 발생된 그 놀라운 광경이 참으로 엄숙하고 두렵더라. 힘들은 살아 있음으로써 소리를 내는지라. 4면에 일어나고 터지고 너풀거리고 너울너울하는 무한한 파동이 헤아릴 수 없더라. 입체로써 4면에 힘이 발사 발생됨이 한없고 끝이 없더라.

힘을 창조 발사 하시다.

힘을 창조해 낼 때 내 (하나님) 전심전력을 다 쏟아 피골이 상집도록 힘을 창조해 냈기 때문에 함의 자유자요, 힘의 중심 자요, 힘의 일심일치자요, 모든 것의 함축의 능력자요, 생명의 근원자요, 힘의 핵심에서부터 생명의 유전자 천살 윤곽과 두각을 생성 나타내어 형성과 무의 정신 형상이 생불체 정신 무형에 힘을 존재케 하고 무언 무한한 영광도를 나타내기까지 준비하여 이룸이니라. 힘을 창조해 낼 때에는 가장 작은 생명의 유전자 천살의 생명의 조목 조화의 과목 소립 조들을 무언 무한하게 내었고 미세한 모든 귀함을 한데 합류일치 자유 하여 이루어 놓았고 무한정한 힘을 이루었지.

족지 작지 넉지 자유(초능력을 말함)하는 무형외의 정신으로 초능력을 발휘하여 모든 핵의 힘들을 한데 합류 일치하여 힘의 생명의 요소의 내용인 중량이 없는 힘들이 무한정 한 지라. 힘을 가르고 쪼개고 나누어 분해하고 분리하여 쌍쌍이 쌍을 지어 딱딱 정한 것도 수 억 년의 과정이 걸렸지 천살 도에서 정신일도 천도를 두 분이 하시어 생각하니 생각해 내심으로써 힘을 창조해 낸즉 힘에서 반사되어 4면에 분산되어 모든 소립 조든지 미세 조든지 이러한 힘이 사면에 반짝이며 보이지 않는 미세한 물체든지 보이지 않는 미세든지 사면에 얇고도 얇은 입체같이 평청 평창을 이루어 힘의 반사에서 후루 워락 옥태 원토(하늘말씀)가 4면에 깔려 붙어 있는지라.

이때에 발생한즉 발생되어 4면에 미세 자들이 깔려 붙어 분산되어 입체천체 자유 모두가 입체로 너울거리고 파동 쳐서 너울너울 너풀너풀 구풀 넘실하는 장관이 경관을 이루어 멋들어진 실롱 설롱 낼롱 월롱 불롱 톡태 같은 엄청난 장관이 펼쳐지는 이때에 4면에 힘 선을 발사하여 방족 대로써 원조를 이루어 놓은 것은 한데 합류 일치하여 무한정한 파동의 경낭 족재가 꽃 같이 이루어 졌는데 핵곡 톡태가 모두 발사를 내는 지라. 반사의 직선 곡선의 서기발이 천지를 뒤집는 것 같이 속속 색식 삭톡 태원조가 완벽하였더라.

정신, 마음, 음양, 생명, 힘, 내용, 요소
(3위 일치의 천살도)

나 (하나님 두 분)는 천살에서 피골이 상집토록 정신의 내용 (일치) 과 마음의 요소(일치) 음양의 내용(일치) 힘과 생명 정서는 무한히 조화를 이룰 수 있는 3위 1치 때라.

생명의 요소(일치) 힘의 요소를 (일치)한데 합류하여 일치로 있음으로써 나는 이때서부터 정신일도에서 천살도, 천도하여 정신을 완성시켰기 때문에 정신 문이 활짝 열렸고 마음 문이 활짝 열렸은즉 생각을 하니 능력을 발휘하니 능력자가 되었더라.

모든 내용과 요소를 생의 조화 무 때의 정신으로 가르고 쪼개고 나누어 분해하고 분리하여 분리 진문이 줄줄이 줄을 잇고 쌍쌍이 쌍을 지어 분해하니 전진하고 행진하니 점지하고 천살의 유전자 생불 체의 유전자 생명의 유전자 힘의 유전자 유전자의 염색체 고리 분리도 이 때 생명의 요소내용 힘의 요소내용이 무한정함으로써 생명의 정신 힘의 정신 분리도 주장주관 무한정 하시고 힘의 내용에는 생명의 내용과 생동의 내용이 무한정함으로써 천문통치자유 익지 완도진이 완벽함으로써 정도와 정서가 분명하셨다.

스스로 갖추신 무형 외 정신 3위1치 독재자, 천살도, 천살의 결백, 천도의 정신 문이 활짝 열렸고, 마음의 문이 활짝 열렸고, 내용 조화의 무 6가지 무 때 모든 것이 활기 활짝 띄우고 정서로 정도 생불 체 유전자 염색체 행, 생, 핵, 태반 모든 것을 파악 다 지니고 가지고 다 아신 것을 다 겸비하신 실존님이 하나님이시다.

조화의 무 때 정신일도를 하시어 내용의 관도의 자유 생의 조목 조화의 과목 정신 일치 문이 활짝 열렸은즉 정신과 마음 문이 서로 무한히 주고받는 일치의 일치 조 3위1치 독재자 분, 일심일치 작용자유자 천살도 (행진) 파, 천살, 향의 힘 도를 내고, 힘 판을 내고(통문조직) 힘체를 내고, 힘의 전도를 내고, 힘의 전도자유입문도를 내고 나는(하나님) 천살 도를 할 때 모든 것에 중심이요, 주인이요 중심체다.

천살 때에는 형성으로 활동하지는 않지만 정신일도가 활동하였지 (명령) 무의 정신, 무 때 정신. 생불 체, 정신 체, 형성체, 무형의 첫째는 정신이요 정신이 활동할 때는 모든 것이 조화, 생을 내심으로 일치 무언으로 상통되고 조모님도 행진의 도와 과목이 체계조리 질서 정연 전진 자유 원을 자유롭게 안정 시키셨다.

정신 마음 음양 생명 핵 광선 무언하게 정신으로 조화가 무궁무진 하고 엄청난 그 무엇을 설명이 안 될 정도의 조화를 자유자재하시는 초능력의 존재인 이시다.

천살도 천살의 결백 천도 3위1치내용과 생과 조화 이치와 의미를 깨우치셨다. 너무나 피골이 상접토록 파악하고 낱낱이 갖가지 모든 것을 내고 들이는 조화에 달통하시고 터득하시고 통문 통설의 정신 문이 활짝 열림으로써 모든 조화의 힘을 (생명, 정서. 정도,) 가르고 쪼개고 나누어 분리하고 분해하여 일심일치의 경쾌가 줄줄이 줄을 잇고 쌍쌍이 쌍을 지어 생불 체에 따라 피가 돌듯이 스스로 순리에 의해 능력과 권능을 준비하심이 절대 완벽하셨다.

일치 3위1치 때 천살도 정신도, 정신 문이 열리고, 생과 조화의 조목 과목을 가르고 쪼개고 나누어 분리하여 쌍쌍이 쌍을 지어 액체는 액체대로, 결정체는 결정체대로 분야대로 갈라내 진공에 봉해 놓으셨다. 분별하고 분리하고 분리진문 내용은 내용대로 요소는 요소대로 힘은 힘대로 생불 체의 유전자와 염색체의 완성자 근원근도 원 파가 생생문 첫째 날이다.

정신 〉 마음 〉 음양 〉 생명 〉 힘의 〉 요소가 원동력이다

힘의 삼위일치 정신

　무형 외 정신〈스스로〉무형의 정신(형성) 생불 체의 정신 (형상) 힘의 삼위일치 정신이 함축 되어 계신다. 내용과 요소, 생과 요소, 조목과 나를(하나님 두 분 일치) 위하여 내 혈통을 위하여 함축의 모든 것을 위하여 힘의 유전자를 쓰기 위한 가르고 쪼개기 위한 미래를 꿈과 소망이 확고하고 목적과 목적관이 분명하고 4차원 공간을 발사 발생하여 과학을 전공하여 연구과목이 분야로 나누어져 있는 수 억 천만가지 넘는 무한대함이 모두 힘의 과학이며 힘의 생명의 유전자 과학으로 내셨다.

　4차원 공간 즉 함축의 공간이 당신의 공간이며〈궁전〉당신의 확고한 영광 영화가 분명한지라. 도저히 지상의 문언으로 나타낼 수 없는 무형외의 정신의 세계 당신의 1차원 최초관 (처음 전) 이 무형실체로 (무형의 정신과 마음으로) 이루어 놓은 준비과정이 아주 오랜 세월이 흘렀지. (족지 작지 넉지 자유자재 + 3위1치의 힘의 정신 + 일심일치. 일심정기. 일심동체.)

내(하나님 두 분)가 연구한 힘의 유전자의 연구과목 (천살, 정신, 마음을 갈고 닦아. 천도, 생각 모두 가르고 쪼개어 분리 진문을 줄줄이 줄을 잇고 쌍쌍이 쌍을 지어 딱딱 확정 확장 확대 진문이 생명의 유전자 천살의 유전자)으로 이루어졌기 때문에 아름답고 찬란하고 신설선 빈설선의 힘의 유전자는 웅대 웅장 거대 거창 경쾌하고 슬기롭고 스릴 있는 귀함이 모두 무한정한 지라. 가득 차있다.

이 모든 것이 학문도요 (천도) 학문도의 내용에서 나타난 학문이 고도 고차원 근원의 원천으로 맺고 끊은 듯이 아름다운 자유의 자재원도가 대녹 백토 조능 은냉 녹태 원토라, 이 모든 귀함이 불변 도라. 힘의 유전자에서 나타나는 발사 발생 폭발 폭설로서 창조돼 내리며 반짝 반짝 빛의 조화 (신선심불로 + 광명의 빛)가 찬란하다.

힘을 분해해 내시고 생과 조화도 가르고 쪼개고 나누고 나누어 분리진문을 줄줄이 줄을 지어 내니 윤곽과 두각이 딱딱 당신의 형상같이 드러난다. 모든 것이 당신의 중심이요, 주인이요, 주장 주관 통문 통솔 통치 자유자재 인(人)이라,
힘은 가장 가볍고 신비하고 귀하고 귀하며 신출귀몰하고 무쌍한 도술법이든지 힘을 동원할 수 있는 힘이 딱딱 전개되

고 힘을 자유하고 평청 평창 시켜 힘의 판도가 완벽하게 힘은 힘대로 체에 맞게 실려 전류와 전력이 흐르고 돌며 발휘함이 완성돼 활기 활짝 띄우고 스릴 있고 슬기로운지라. 힘은 3위 1치 정신이자 내용과 요소의 생과 조화기 때문에 신선하며 소립 조 댁도 원도 원택 초 소립 천초 댁도 입도 원초 층응 낵초가 무한정하고 미세 소립조가 자기 자태를 나타내어 윤곽과 두각이 반짝이는 서기발이든지 서기든지 광선의 자유가 무언무한 하다.

하나님 두 분의 처음 전 때

　근원을 하나님 두 분의 생애를 세부적으로 배우려면 처음 전 하나 가지고도 엄청난 학문의 고도 고차원의 학문의 제도라서 한없고 끝없는 내용을 다 인간들이 알 수가 없지만 설명을 하자면 처음 전 때는 무로 계시기 때문에 한없고 끝없이 배워도 우리가 다 모른다. 무기 때문이다.

　첫째는 조화기 때문이다. 우리가 이 사상이 천연의 천륜이 완벽하게 우리 천심이 이렇게 해서 우리 정신 속에 박혀 있어야 우리 마음이 잊어버리지 않는다.

　그래서 항상 가르치는 말씀이다. 생소한 말씀이기 때문에 새롭게 전진하고 자유 하는 것을 분명히 알고 있지만, 생소한 말씀이기 때문에 또 배우고 또 배우면 거기서 문리가 터질 수 있고, 또 그것을 자주 탐구할 수 있는 사람이 되어야 하고 탐구함으로써 모든 것을 몰두 속에서 탐구가 되고 몰두함으로써 탐구하고 탐구함으로써 발견하고 발견함으로써 관찰하고 또 관찰함으로써 알게 된다.

어떤 공부든지 자기 스스로 몰두를 한단 말이야, 몰두란 뜻은 바로 정신과 마음을 아주 뭉친 거지 뭉쳐서 3위1치를 이루려고 애쓰는 것이 몰두야, 이렇게 몰두하면은 탐구자요 탐구하기 때문에 더 몰두 하더라. 그 몰두함으로써 아주 무한한 조화를 알 수도 있고 탐구 안 한 자에게는 몰두가 되지 않는다. 탐구함으로써 몰두하고 몰두함으로써 발견하고 발견함으로써 관찰할 수 있는 관찰력이 나타나고 관찰력을 분명히 알 수 있음으로써 그 내용을 알 수가 있더라. 그 내용을 알아야 몰두를 한다.

몰두하면 할수록 재미가 있고 아주 호기심이 가면서 또 마음이 편안하고 또 안식이 돌아온다. 안식이 돌아옴으로써 샘물같이 솟아 오르는 이런 생성과 같다는 것이다. 생성도 여러 가지야 폭발하여 생성되는 거든지 이런 몰두의 생성이든지 이런 것이 다른 거야, 학문 속에 생성이라는 것은 발견하는 것이 생성이다. 자주 학문을 발견하는 것이 생성이다. 이 생성함으로써 생리 작용을 할 수가 있다. 생리작용은 아주 새뜻하면서도 새롭게 모든 것이 발견됨으로써 상쾌한 거야, 그 머리가 아주 새뜻하고 상쾌하다. 밝아진다. 밝아짐으로 상쾌한 거야, 이렇기 때문에 항상 몰두 하더라. 그 몰두 속에는 여러 가지 방법이 있는데 공부하는데 그 방도가 딱 온전한 방도로써 발견해야 된다는 것이다.

자기를 위주해서 자기를 중심 삼고 모든 것을 발견하면 제자리에서 움직인다. 이렇기 때문에 그 무한정 몰두할 때 통계의 발견이 되고 통계의 발견 속에는 조화의 무를 알게 되고 조화의 무를 안즉 무한정한 발견자가 될 것이요, 발견함으로써 관찰자가 되고 관찰함으로써 그 갖가지 조목조목의 관찰력이 생긴다. 관찰력이란 어떤 것인가? 하면은 그 조목조목을 알기 때문에 아주 관찰력이 빠르다는 거야 빠름으로써 번개같이 아주 새로운 정신으로 새로운 마음으로 기름 같이 윤택하고 또 아주 부드럽고 찬란한 그 숙연이 항상 빠르더라. 이럼으로써 샘물 같이 솟아오르는 그 무한정한 새로운 맛을 보더라. 새로운 맛을 본 자야 실감을 내고 실감을 느낀다. 그 실감이 날 때 새로운 그 맛을 통쾌하게 마신단 말이야. 맛을 아는 자가 그 통쾌함을 느끼고 통쾌함을 느끼는 자가 생동할 수 있는 발견자가 된다.

이렇게 때문에 그 시간을 낭비하지 아니 하려고 하고 시간을 소중히 생각하려고 하고 항상 그 시간을 쪼개 쓰려고 애쓴다. 이렇게 하나님께서 그 피나는 노력에 피골이 상집토록 그 모든 것을 내시고 이루신 그 창조의 창극을 아주 세부 조직과 세내 조직이 완벽하고 갖가지 모든 장들이 아기자기하게 펼쳐져 있는 장의 모습을 보고 그 정경이 아름답고 그 정서적으로 이루어진 그 정경이 아주 놀라운 광경과 멋들어진 처음에서부터 불변불로 변치 않는 그 무한정한 무를 내신 그 조화에서 나타났기 때문에 불변 불이라는 것을 잊지 말자.

이러함으로써 천지간 만물지중이 모두 사물을 감싸고 사물의 조화를 부릴 수가 있는 능력을 갖추어서 아주 모든 것이 밀도의 자유가 아주 아름답고 찬란하다는 것을 잊지 말자, 이런 말씀의 뜻이지. 이런 뜻을 아는 자가 사물을 간직하고 사물에 대해서 또 몰두하면 사물들이 모두 생성한다. 또 갖가지 사물들이 모두 다 아주 생리 작용하는 그 작용의 자유가 멋들어지게 아주 장관을 일으켰더라. 이런 것을 본즉 상쾌하고 통쾌하더라.

천지조화가 모두 그 천지간만물지중이 그 조화를 닮아서 모두 생동하고 또 생동감이 끓어 넘쳐흐르는 것은 무한정한 생리작용에서 동화작용 일치하고 또 동화작용에서 일심정기가 일어남으로써 모두 정기의 힘을 받아서 또 무한정 하다. 정기는 생성함으로써 생성에 따라 정기가 모두 발사한즉 힘이 풍부하더라. 이런 것을 우리가 잊지 말아야 되겠고, 항상 근원이 바로 근도를 지녔다는 것은 원 파에는 근도가 있고 근도에는 원 파가 있다는 것을 잊지 말아라.

이렇게 때문에 처음 전에는 당신 (하나님 두 분)들이 자리를 선택하셔서 자리를 잡으실 때 몸체는 없지만 일심을 이루어 있기 때문에 일심정기를 아시더라. 일심정기를 알므로 써 처음 전에의 그 일심정기는 조화의 정기요, 조화의 정기는 보이지 않지만 무한정한 무다. 여기에는 통계로서 부터 나온다. 통계라는 것은 어떤 것인가? 하면은 굉장히 거대하고 웅대한 웅장하면서도 아주 굉장히 찬란하고 아름다우면서도 그 조화를 무궁무진하게 지녔다는 것을 잊지 말자.

몸체는 없으시지만 조화라! 조화 때는 아주 정말이지 이미 정서로서 뭉쳐 계시고 정서로써 모든 것을 이루시기 때문에 불변 절대 약속대로 딱딱 정지정돈으로서 완벽함이 통계의 자유라는 것을 잊지 말자. 이럼으로써 당신들 시선은 광명같이 밝은데 광명 같은 시선은 조화를 지니고서 볼 때는 광명 같고 당신들이 숙연하게 눈을 떴을 때는 그 수정체 동공이 모자라도록 아주 자리를 잡아서 선택하시고 터전을 이루셨더라. 이 터전을 이루셨다는 말씀은 바로 창설이 다 들어간다는 것이다.

갖가지 모든 조화를 저장시켜서 둥글게 둥글게 조화의 원을 이루셔서 조화의 원 속에는 갖가지 조화를 저장하셨더라. 이때에 아주 그 놀라운 장관을 이룬 것은 아주 너무너무 찬란한지라. 이때에 자리를 잡아서 창설은 해 놓으셨지만 눈에 보이지도 않고 지어지지도 아니하고 만질 수도 없고 이렇더라. 이런 거야. 함축이 돼 있는 것은 바로 이런 컵이 이 거죽으로(겉으로)만 보면 안 된다 이런 거지, 컵 안에 내용이 꽉 무로 들어 있는데 무는 아주 갖가지 체계조리로서 이루어져서 그 모든 조목조목이 아주 특성을 지니고 진가를 지니고 획기적으로 나타날 수 있는 이러한 조화가 꽉 차서 함축돼 있다. 그 함축돼 있는 것을 내시려니까 함축돼 있으면 함축이 있는 것이지 이것을 생각지도 않고 생각해 내지 않았으면 어떻게 발견하시겠어. 그러니까 이때서부터 조화를 내시니까 무다 이런 거야. 알겠어?

이럼으로써 "처음 전"때다, 처음 전 때 생각할 때가 있었고 생각했으니 생각해 내셨더라. 이렇기 때문에 함축되어 있는 것을 서서히 발견해서 내시는 거야. 조목조목 내시니까? 통계더라. 이 통계가 나와서 통계에서 처음 때까지 마치는데 이때 아주 조화의 기둥과 서로 응시돼 있다. 조화의 기둥은 응시돼 있으니 얼마나 무궁무진이야. 이렇게 때문에 그 각이 얼마나 넓겠느냐? 말이야 각을 할머니(여자 하나님)가 다 수를 놓으셨다 이런 거야. 그 안에 배웠으니 알겠지. 얘기 한해 줘도 수를 놓으셨다 하면 갖가지 색채가 일어나면서 생동감이 끓어 넘쳐흐르면서 신설과 빈설이 모두 불려서 갖가지 조화의 전기든지 조화의 정기든지 모든 것이 실록천체가 모두 조를 딱딱 짜서 조밀 돼서 정밀 자유가 모두 펼쳐져 있다는 것을 잊지 말자. 이렇게 때문에 통계요, 최초 전에서부터 입체로 나타난다. 모든 것이 입체로 나타나기 때문에 생으로서 부터 과학이 나타나기 시작 하였더라.

3번째 이때 최초 전 때 최초 때는 유전공학을 이루기 때문에 이때에는 행, 생, 핵을 이루어서 생태기. 생태개 이런 것이 나온다. 태반태도 원태도는 바로 처음 전에 태반 태도 원태도를 이루었다는 것을 배웠지. 거기서 떠나려면 태반 태도 원태도 에서 떠나야 되잖아. 떠나서 행 속에 들어가야 되잖아, 떠나서 행 속에 들어가니까? 생태기. 생태개가 딱 분리되는 거야. 분리되어 생태개는 원료를 이루어야지 원료를 이루니까? 과학이 나오는 거지. 그러니까 행 속에 모든 과학을 저장한다. 모든 생불체들이 이렇게 나타난 거지. 저절로 나타난 줄 알았어? 그러니까 피나는 노력을 하셨겠어? 안 하셨겠어? 이런 것을 생각해 보아라.

오늘은 생에서부터 과학이 나왔다는 것을 잊지 말고, 생에서부터 과학이 나왔기 때문에 과학은 힘을 지니고서 전진 자유 한다는 것을 잊지 말아라. 그래서 공간이 나타난 무형실체는 하늘 사람들은 다 본다. 보시기 때문에 무형과 유형이 서로 존재한다는 것을 잊지 말고 서로 동화일치 한다는 것을 잊지 말고, 서로가 생성한다는 것을 잊지 말아라. 생성도 여러 가지라고 했지. 공부하는 데도 생성이 있고. 공부하는데 생리작용은 기막힌 맛이야. 맛, 그럴 알아. 그걸 알면 얼마나 상쾌한지 알아.

당신들 시선이 모자라도록 기법을 설치하시고 그 기법 안에다 완벽하게 아주 모든 조화를 무로 내서 저장할 원을 설치해 놓으셨다. 이때는 보이지도 않고 만져지지도 않고 지켜지지도 않았지만 함축돼 있는데 그 함축 안에는 아주 무한정한 무가 들어 있어. 이 함축에서 생성해 내는 것이 모두 조화를 내 놓으셨기 때문에 그 조화가 무로 다 저장할 수 있는 생생

생문 진공에다 둥글게 둥글게 거기에다 간직해 놓으셨다는 거야. 이렇게 무한정한 조화를 어떻게 하셨겠어, 정신이든지 마음이든지 음양이든지 이러한 모든 조화를 갖추셔서 그 함축돼 있는 내용을 생성하셔서서 하나하나 내시기까지 정말 애쓰셨다.

생각할 때가 있으셨다. 생각할 때가 있었기 때문에 생각해 내신 그 때 아주 무한히 생성하셔서서 창설하시고 또 창설하셔서 조화의 4진문을 세우시고 할머니(하나님, 여)는 4해4문을 세우시고 아주 이렇게 무한정 하게 그래서 조화의 정기는 생이요, 생의 정기는 생생이요 생생의 정기는 힘이요. 힘의 정기는 명기 정기요. 이렇게 무한정한 모든 정기기 때문에 일심일치 일심동체라고 하셨어. 일심정기 일심동체 벌써 두 분이 합심하셔서 서로가 서로의 원동력이 되어 창설해 내셨다.

이 말씀은 통계의 원문이다.

이 땅을 만들기 전에 모두 갖추셨잖아, 준비하셨잖아 하나님 두 분이 부부로서 서로가 서로를 위하고 서로 힘이 상대가 덜 들도록 서로가 일심일치 일심동체 원동력이 되셔서 합류 일치로 삼라만상을 이루실 것을 미리 미리 이루시고 갖추어 놓으시고 수 억 천 년 준비를 전심전력을 다 쏟아 몸체가 없으신 암기의 정신 때, 처음 전 최초 때부터 미래의 꿈이 확고하고 목적과 목적관이 완벽하고 4차원 공간을 이루시기 위한 최대의 목적이 완벽하시기 때문에 준비를 해 놓으신 것이다.

어마어마한 4개의 4차원 공간을 이루기 위하여 모든 것을 갖추어 놓으신 준비의 정성과 그러한 토대의 바탕 위에 액체 액내 공내 영내 정내 영양소를 갖추시고 액도 낵도 이런 것을 갖추시고 화진 도를 갖추시고 전부 원료를 갖추셔서 생물들이 전부 동화일치하게 뿌리가 박혀 물도 당겨 올리게 하고 이렇게 다 뿌리 전에 전부 발효 발로 발휘하셨다.

이렇게 하나님 두 분이 얼마나 오죽하면 피골이 상집토록 노력하시고 노력하시어 이룩해 놓으신 사전의 준비 작업이 수 억 년의 세월이 걸려 애쓰심의 노고를 우리가 이걸 골수에 맺혀 있어야 그 분들의 심정과 그 크신 뜻을 상상으로 나마 생각해 볼 수가 있다 이런 생각이에요

조화 분들이 그 때 체가 없으니 그 때는 조화자라고 해, 조화자 조화녀 이 두 분들은 몸체가 없으시기 때문에 신선심불로로 애초에 돼 있는 거야. 신선 심불로로 돼 계실 때 뭉쳐 계시니까 "함축"돼 계신다는 말씀이다.

이때는 처음 전 때는 창설을 하실 때다. 터전을 닦을 때다. 터전 위에 토대를 세우려고 터전을 세우시는 때다. 자리를 잡으실 때다, 이때에 당신들은 신선심불로요 신선심불로는 신선하고 아름답고 찬란하고 그 아주 진설이 불려 있고 신설선과 빈설선이 꽃처럼 피어 있고 신설분과 빈설분이 활짝 피어 있어서 분이 핵같이 부셔 있었다. 이렇게 돼 계시고 이 때 이 분들은 조화의 주인이요, 중심체가 되셨다.

이럼으로써 자리를 정 하실 때 당신들은 창설해 낼 수 있는 함축을 하셔서 함축해 놓으셨다. 그런데 조화기 때문에 보이지도 않고 만져지지도 않는다. 컵 안에 물이 들어 있으나 안 보이는 것과 같다. 함축도 여러 가지 뜻이다. 아름답게 들어 있는 것 다 아시고 다 아시기 때문에 당신들은 다 함축해 놓으셨다. 이 함축의 주인이요 함축의 중심체다, 이 함축을 이

때는 발사를 하셔서 수정체 동공이 모자라도록 웅대하게 자리를 잡으셨다.

자리를 잡으시고 생생 생문 진공이라는 둥글게둥글게 테를 둘렀다. 창설을 시작 하시는 거야 그러면 이 둥근 원에 무엇 무엇이 들어 있느냐 하면 자력의 요소 그 핵심, 갖가지 모든 핵심을 조화로 들어 있더라. 조화로 꽉 차 있더라. 꽉 차있고 또 안에는 신설설랙 조화라는 이런 정기가 원 끝에 선으로 펴 있다. 동 문으로 돼 있다. 왜 그렇게 하시느냐 하면 갖가지 모든 공간이 그 안에 들어 있기 때문이야, 이렇게 이제 해 놓으셨는데 왜 그렇게 생생 생문 진공을 해 놓으시냐 하면 진공은 조화 (보이지 않는 것은 무조건 조화다) 진공은 조화 아니라도 보이지 않게 만들었다. 그래서 여기는 갖가지 조화를 저장하기 위해서 원을 이루셨다. 둥글게 두르시고 통문하고 통설한다. 마음대로 통설한다. 통문 통설하니 통치자유인이 자유자재 하신다.

자유자재 하실 수 있는 능력의 권능자 이시기 때문에 이렇게 하시고 여기다 창설을 하시는데 함축돼 있는 것을 잡아 헤치는 거야. 조화기 때문에 조용히 발사를 하셔 아주 무섭다. 굉장히 크게 발사하시는 거야. 조용히 발사하시면서도 어마어마한 것이 기기서 나오는 거야. 무가 나오는 거야, 무한한 무가 조화로 나오는 것이다. 그 조화로 함축 돼 있는 것이 조목조목이 아주 과목으로 나눠지면 "무"지 이것이 전부 나오는

110

것이지. 나오면 진공이 다 잡아가고 또 4진문도를 두 분이 핵같이 4해8방 4진 문도를 세우셨다.

조화의 4진 문도를 세우시고 이렇게 하시고 또 할머니(하나님,여)는 4해 4문을 세우실 때 어떻게 세우시느냐 하며는 처음 전 때는 4진 문도를 세우시고 처음 때는 4해4문을 세우시는 거야 왜 진공이라고 하는가 하면 당겨 가는 힘이 있단 말이야. 진공이 당겨다 속에다 넣는단 말이야. 그러니까 진공을 당신께서 쓰신다. 이렇게 하시고 이 때 부터 자리를 어마어마하게 잡아 놓으셨으니 처음 전 때는 원을 이루시고 또 4진 문도를 세웠으니까 조화의 기둥을 4해 8방 세워 놓으시는 거야, 움직이지를 못하게 조화로 응시돼 있단 말아야. 들려 있는 것 같지만 박혀 있다. 이 밑에도 전부 조화로 되어 있으니까 4진 문도에 뿌리가 전부 물려 있으니까 그러시다.

처음 때는 할아버지 (하나님, 남)께서는 조화의 기둥을 빈틈없이 다지는 거야, 기초와 같은 거야, 기초가 튼튼해야 되잖아. 단단히 창설 하시는 거야, 갖가지 조화로 다져 놓는 겨야. 다져 놓으시고 그 각이 얼마나 큰지 너의 인간들이 들으면 기가 넘어갈 정도야. 이 지구 우주 공간만한 것이 수 천개나 되게 켜요! 비유할 수 없으니 그렇게 크다는 거야. 초월하고 들어야 돼, 그러면 조부님(남, 하나님) 이 4진 문도를 세우셨잖아 그러니까 동서남북 4해 4문을 조모님(여 하나님)이 세우셨어. 여기 동서남북이 아니야, 세워 놓으시고 그 다음에 다져 놓는 거야, 조화의 기둥을 그러니까 그 뿌리가 전부 정기로 흐르고 여기는 어마 어마한 힘은 힘대로 생은 생대로 정기는 정기대로 이렇게 전부 흐르는 거야. 이것이 무엇인가 하면 조화의 정기는 생이라고 했어, 생의 정기는 생생-힘-명기 정기. 명기 정기하면 세부적으로 다 들어간다.

땅의 기까지 다 들어가는 거야. 시간은 없고 (세부적으로 나누기)그래서 맥이 뛰고 맥박이 튀면서 발사하고 또 이 모든 전기가 통문으로 흐르며 전기가 흐르고 4해 4문을 할머니가 세우니까? 할아버지는 기둥을 세워 가지고서 빈틈없이 돌려 세우신 거야. 그러니 얼마나 튼튼하겠니?

그리고 그 밑에 전부 뿌리같이 뻗어 나가 가지고 서로가 이렇게 전부 엉켜 붙어 있는 거야. 그런 힘이 있음으로써 이런 공간이 공중에 떠 있어 이렇게 창설 하셨다고, 그러면 그 얼마나 크겠나? 수 천 개나 되게 그렇게 크다고 했지. 그 갖가지 각에다 수를 놓는다. 입체로 말하는 거야 수는 오색찬란하니까? 수를 놓았다 하는 거야. 세부적으로 나눠 놓으면 한없고 끝없이 여기서 학문이 나와. 코일도 감고 갖가지 재미는 있지,

조모님은 수를 놓으신 거야, 그러면 조부님보다 더 큰일을 하시려고 애쓰시는 분이 조모님이셔, 서로가 하시는 것이 애타시고 더 하신다. 그 사랑 얼마나 진지한 사랑인가 말이야. 이 사랑은 뿌리 있는 사랑, 터전 있는 사랑, 토대 있는 사랑,

변할 수 없는 사랑, 흐트러 질래야 흐트러질 수가 없는 사랑, 그래서 이 기둥이 조화의 기둥 밑에는 뿌리같이 서로 엉켜서 통선이 서로 통한다. 어마 어마하지 않는가? 상상을 해봐. 그러니까 박혀 있는 거나 다름없단 말씀이야. 그런 뿌리 같이 해서 지층같이 쌓아 올리시는 거야. 여기 올라오면 전부 조화로 돼 있단 말이야, 이런 힘으로 이런 공간이 공중에 붙어 있다는 사실을 잊지 말라. 이것을 이렇게 창설 하셨어요, 이런 창설을 생각해 보라, 모든 것은 두 분 하나님께서는 세심 소심하게 하신 것을 잊어서는 안 될 것이다.

하나님의 이름은 "천도문체님"이시다

천도문체님(하나님)께서는 조화체로 계시기 때문에 이때에 당신이 당신을 아신다고 하셨고 당신 몸을 조화로써 스스로 완성시키어 탄생시키시고 처음부터 당신의 능력을 갖추신 분 이시기 때문에 * 나는 나를 알았고 * 나는 미래와 꿈이 완벽 하고 * 목적과 목적관이 분명하다고 말씀하셨다. 그리하여 4차원 공간의 궁극의 목적이 내 뜻이다. 라고 말씀하셨다. 이 때서부터 무한히 4차원 공간에 펼칠 준비기간이 수 억 년이 넘고 넘었다.

이때가 조부님 (조부님 조모님은 일심동체로 서로가 서로 의 원동력으로 함께 하시는데 편의상 조부님으로만 칭하며 글을 적겠습니다.)께서 이제 모든 조화 체를 준비하실 때에 당신은 당신을 알았다고 하셨기 때문에 처음 1차원 관을 이 루실 준비기간에 무한정 하게 준비를 하신 것이다. 이때에 첫 째 당신은 조화체로서 완벽하게 완성체 이시고 또한 조화체

이시기 때문에 모든 준비할 조화를 지니고 가지고 계셨기 때문에 힘의 요소든지 생명의 요소든지 모든 귀함을 지니고 가지고 계셨기 때문에 당신은 무한정한 능력을 갖추어 1차원 관을 이루셨다.

그리하여 힘 태를 갖가지 그 힘의 태인데 그 힘의 태는 아주 요소로서 전부 힘 태의 요소로서 갖가지 이루어져 둥글게 둥글게 되어있기 때문에 이것이 원이라고 말씀하셨다. 이래서 힘 테에 모두가 모든 요소가 무한정하신데 여기에는 자석 전에 요소며 또 자석이 될 요소며 또 전류와 전력이 흐르고 돌 수 있는 무한정한 요소며 갖가지 보이지 않는 핵도를 이루셔서 그 핵 띠가 나올 수 있는 그러한 무한정한 핵 띠를 모두 겹겹이 실려서 모두 설치를 하시었다.

이렇게 해서 그 둥근 원이 아주 헤아릴 수 없고 상상할 수 없이 웅대 웅장하게 이루어 놓으셨단 이런 말씀이다. 이때서부터 그 힘 태에 이루어진 모든 요소들이 아주 반짝이는 요소 또 아주 이게 우르릉 꽝꽝하면서 아주 거대한 우레 같은 소리가 더불어서 나면서부터 이게 요소들이 살아서 움직이는 생동체기 때문에 이게 막 진동이 흔들리고 난다는 말씀이다.

이때에 하늘문자로 말하면 대독 택도 원도 독대 라는 그러한 하는 문자가 여기에 붙어 있다. 그리고 그 힘 태에는 (하늘말씀인데 왕능 냉등덩톡태조가) 완벽하게 아주 갖가지 모든 요소를 다 응시 하고 있다. 이런 말씀이신데 이렇기 때문에 이태에 또 실려 있는 것이 원도 토댁 태반태독 원태독이라는 이러한 무한정함이 한없고 끝없이 전부 이루어져 있는데 이것은 갖가지 요소의 그 진가를 말씀 하시는 것입니다.

독자 여러분 하늘 말씀을 여기 말로 몇 자 적어 드렸는데 이해가 안가도 하늘의 문자이니 이해하시고 읽으시면 정도가 지나면 정신과 마음에 암시적으로 느낄 수가 있을 것입니다. 살아계신 산 역사의 실존님의 역사를 어디서 들을 수가 있습니까? 이 세상에 없는 귀중한 말씀입니다. 무지한 인간이 조부님의 고도 고차원의 천지 창조의 고도의 첨단 학문을 어떻게 금방 알 수가 있겠습니까?

이것이 바로 새 말씀이지 인간들이 성현들 죽은 다음에 여기 저기 자료를 모아 적은 경전들은 하늘의 말씀과는 아무 상관이 없는 모두가 죽음으로 끝났기 때문에 죽은 역사는 추억으로 남아 있을 뿐, 인간 조상의 탐내고 욕심내는 타락의 결과가 이렇게 수 억 년 의 기간 동안 하늘의 비극이 이 땅에는 아직도 전쟁과 생로병사의 고통의 지옥에서 벗어나지 못하고 있는 것이요, 이러한 말씀이 새 진리요, 새 말씀이지 죽은 사람의 발자취를 아무리 외쳐 봐도 다시 살아납니까? 죽은 역사는 죽음으로 끝난 것이 증거가 아니겠습니까? 잠시 딱딱하실 까봐 하나님의 말씀에서 벗어났는데요, 이해 바랍니다.

그리하여 그 요소의 진가들이 모주 반짝이며 살아 움직이는 것 같이 무한정 하다는 말씀이요, 이때서부터 근도 전지자 낵조 원낵조 천도직도 낵도 자유 천문대토적이라는 이러한 문자 명예가 붙어 있어, 갖가지 요소의 무한정이 한없고 끝이 없었다.

이렇기 때문에 지상에 인간은 알지 못하고 듣지 못하고 알지 못한 생소한 말씀이다. 이런데 생동생문도 생수생문 천체 자유 입체 파동 팍태 팔냉 농와 록독 태조 이것이 모두 그 제도에 따라서 체계 조리로서 완벽하고 천태 문토가 분명히 4해조로 문도로서 이루어짐이 모두가 1차원 근원 요소의 원술 문도요 따라서 천체 천도 전문 사낵조 에 이루어진 무한정한 갖가지 문이다. 이 문은 어떠한 문인 것이 아니라 학문제도에 따라 그 모든 내용이 전부 도술 진문이 여기서부터 나타난다는 이러한 말씀입니다.

그래서 무한정한 근원 진술, 근원 진술에 무한한 제도법이 모두 조화로서 이룰 수 있는 무한정한 도술천체문도다. 따라서 원도원문 근도근문 자유 책초 원태 쟁농 천연논리 진행 진법자유 요술 그 요술 근도 문이 무한정하기 때문에 모든 진도술 진문을 마음대로 펴고 들일 수 있고 전진자유 입체 익조 낵초 원초를 이룰 수 있는 근원자유 자재원도가 분명하다는 말씀입니다.

천체자유 입체 조에 일어나는 것과 이 모든 귀함이 완벽하고 보이지 않는 갖가지 엄숙한 진공관도가 무한정하고 무한정한 힘의 태를 이룰 요소의 자유선도들이 모두 살아 있는 힘의 요소를 아니 지닌 것이 없이 모두 지녔더라. 이렇게 때문에 무한정 하다. 한없고 끝이 없으며 신출귀몰하며 또한 무지 신비하며 또한 헤아릴 수 없고 상상 할 수 없는 무한정한 도술 진문 술이 모두 겹겹이 일어날 수 있고 자유자재 할 수 있는 조화를 이루어 놓았지 이렇게 하나님께서 말씀하셨습니다.

이런 분이시기 때문에 1 차원 관을 짓기 전에 무한도 하게 이루어 놓으신 모든 핵심의 요소가 전부 힘의 요소를 지니고 가지고 전부 조화로서 이루어 놓으신 근원 일치 완벽하게 천태자유 익태조가 딱딱 짜여져 있었다. 이런 말씀이다. 이것을 조부님께서 전심전력을 다 쏟아서 피골이 상집도록 4차원 공간을 지을 준비를 이렇게 하셨다는 말씀입니다.

그러면 이 엄청난 학문제도에서 무한정한 도에 문이 열렸으니 도술 문을 펼 수밖에 없고 모든 것을 이적으로서 펴나가면서 또 이적을 무한정하게 이적 운을 정해 이적으로 살 수 있게 이루어 놓은 찬란함을 우리가 참 귀하게 생각해야 한다는 말씀이다.

이렇게 때문에 지금 이 설명한 문자가 전부 힘 테를 말씀했는데 이 힘 테가 바로 힘의 요소 태라고 해야 하는 것이다.

그런데 그 힘의 요소태가 무한정하기 때문에 인간으로는 도저히 상상할 수 없는 것이다. 지금 이 설명을 낱낱이 하려면 10년을 해도 다 못해, 이 원을 말이지 그러니까 이 원 하나가 톡태 하면 톡태의 무한정, 택토하면 무한정 이렇게 때문에 생수생문이라는 것도 무한정 한데 10년을 배워도 못 배울 도술진문들을 지금 이때에 인간들이 알게 되었으니 이 얼마나 귀함인가를 한번쯤 생각해 보자.

그래서 이렇게 하나님께서는 그 원에 힘의 요소의 태를 다 배우려면 10년을 다해야 된다고 말씀 하셨는데 우선 이 문자만 알고 또 힘의 요소를 좀 알면 이것으로 우리는 그냥 알고만 있자 이거야. 거창하게 아주 슬기롭고 아주 시원하게 스릴있게 완벽하게 이루어 놓으신 그 장관이 멋들어지고 하나님께서 이루어 놓으신 생애공로를 무지한 인간들에게 한번 알려 주자 이런 것이다.

지상에 진리와 하나님께서 제도에 따라 그 이루어 놓은 법도가 체계조리가 전부 학문이더라. 그 학문은 학문대로 제도로 이루어진 체계조리가 완벽하고 도술은 도술 문으로서 완벽하고 근원 원리 논리가 아주 정지 정돈으로 맺고 끊은 것같이 절도 있게 완벽하다는 말씀이다.

이것이 전부 입체로서 완체 로서 원체로서 조화체로 부터 무한하게 가르고 쪼개고 나누고 분해하고 분별해서 분리진문을 딱딱 정해서 완벽하게 이루어 놓으신 그 귀함이 얼마나 찬란한가를 우리가 한번 헤아려 보자. 이런 말씀이다. 이렇게 때문에 저 바탕에 지금 이 바탕이 여기서 나오는데 1차원 바탕이 그 갖가지 삼각형으로 쌓아 올린 바탕이 아주 이것이 숫자가 없이 무한정한 대독 택도 원태독으로 이루어 놓으셨다. 이렇게 쌓아 올려 그 쌓아 올린 가운데 둥글게 둥글게 태가 돌아가서 요소가 전부 박혀 있는데 그 요소가 아주 반짝 이면서 슬앙 진을 스스로 거기서 풍겨 나오는 것이다. 그러면 슬앙 진이 어떤 것인가 하면 기름같이 매끄러우면서도 아주 윤택한 빛을 내면서 부드럽게 아주 이렇게 삭 태를 감았단 말씀이다.

그러니까 그 둥근형 하나가 지구 우주 공간 보다 더 큰 것이 아주 사면에 짝 깔려 붙어 있다.

왜 깔려 붙어 있냐면 자력이 될 요소들이 전부 아주 이렇게 깔려 붙어있기 때문에 둥근형과 주고받고 상통할 수 있다. 그러면서 그 각형 원도 직도 자유 익도 이것이 전부 서로 움직이고 서로 펴 간다. 원도 직도 자유 익도 이렇게 이러면서 갖가지 저 둥근형도 그것이 하나의 요소가 아니고 갖가지 요소에 분야가 다르다.

과목이 다른데 분야가 나누어져 나오면 조화체가 되는데 이것이 과목이 모두 체계조리로서 펴 있으면서 거기서 슬앙 진이 스스로 나와 요리 조리로 이렇게 끼워져 있단 말이야.

그러니까 핵도에서 나타난 핵판이 둥근형에 설치되었고, 그 위에 세부 세내 조직파가 아주 아름다운 생동진공 생동생농 진공 진공이 말이야 생동생농진공이 아주 이렇게 세내 조직 으로서 짝 펴서 이렇게 그 둥근형 위에 감싸있단 말이야.

거기에 갖가지 생불체 핵공이 전부 그 핵판 위에 핵공이 조 롱조롱 쌍쌍이 쌍을 짓고 체계조리로서 완벽하게 줄줄이 줄 을잇고 이렇게 해서 전부 거기 안에 갖가지 요소가 꽉꽉 채워 져 있다.거기서 유전자를 전부 갈라내신다. 그 유전자 요소가 그것이 유전자니까 유전자라고 해야지. 유전자 요소가 전부 생불체에 담겨져 있고, 핵판위에 자력이 있는데 자력이 거기 에 원으로 이루어진 진공 생동생농진공이 쌓여있고 생농진공 에 핵판이 들어있어서 핵판위에는 전부 생불체가 조롱조롱 매달려 있다.

그런데 이제 이 진공을 또 설명하려면 한없고 끝이 없으니 까 이렇게 알고 있자 그러니까 이와 같이 하나님께서 1차원 관을 아름답고 세심소심하게 구성구상 하셔서 또 아주 창설 을 이루어 그 아름답게 조화를 이루어놓은 아름다움을 보니 까 창극도가 놀라운 장관을 이루어 멋들어진 광경이 아주 스 릴 있으면서도 경쾌하면서도 상쾌하고 통쾌하면서도 아주 명 확하게 아주 완벽하고 또 세심소심하게 이루어놓은 그 모든 체계가 아름답게 제도에 따라 법도가 딱딱 되어있고 조금도 이치에 어긋나지 아니하고 이치에 딱딱 맞고 의미가 완벽하고 일획도 일점도 더하고 덜함이 없이 이렇게 일심일치 자유자재 원도로서 이루어 놓으심이 참으로 귀하고 귀중함이 아주 신설과 빈설 같고 아주 아름다운 결정체가 놀라운 장관을 이루었더라.

이렇게 이루어 놓으심이 눈이 황홀하고 귀가 새로우며 마음과 정신은 밝으며 마음은 맑으며 아주 좋아 어쩔 줄 모르겠더라. 이루어 놓으신 분이 바로 천도문체님이지. 그 왜 천도문체님이라고 하냐면 그 1차원관을 너무 멋들어지게 이루어 놓으셨어. 그래서 이제 하나님 탄생을 이제 오늘 잠깐 배워. 1차원 관을 이루기 전에 벌써 당신을 능력을 갖추신 분이시기 때문에 당신은 당신을 안다고 말씀하셨어, 나는 나늘 알지, 미래와 꿈이 확고하고 목적과 목적관이 분명하다. 4차원 공간 궁창의 궁극의 목적이 분명히 내 뜻이라고 말씀 하셨다.

그래서 1차원 관을 짓기 전에 무한정한 요소를 조화체를 이루실 분이 다 지니고 가지고 계셨다. 여기서 최고의 생생문 속에서 나온 분이야, 생생 생문 생동생문 또 아주 아름다운 결정체 속에서 형성으로 계시면서 무한정한 조화를 임의대로 부릴 수 있는 분이시다.

그래서 생생 문도에서 생문 생도 문을 지니시고 또 원도 완도 문을 지니시고 또 천태 톡태 완토를 지니시고 또 핵 중에 핵이신데 이분은 이 1차원관 전에 이렇게 형성으로 하나님께

122

서는 계셨다. 이런 모든 조화를 지니고 가지고 그러니까 힘의 요소든지 생명의 요소든지 갖가지 요소 속에 당신이 계셨기 때문에 엄청난 생불체인데 큰 원 속에 당신이 아주 세내 조직 망 그 속에서 당신은 세부 조직망을 지니고 형성으로서 보이기도 하고 안보이게 이렇게 형성으로 계셨다.

형성이지만 완성의 형성이란 말이야 전부 갖가지를 지니고 있기 때문에 조화체다. 이때에 하나님께서는 일과 월과 해를 여기 1년이 하늘나라는 이 분은 하루로 정하셔서 아주 이 형성으로 조화를 이루기까지 수억 년이 걸렸다. 수 억 년 속에서 수 억 년 동안 이러한 모든 조화를 이 형성으로서 그때는 활동은 안 하시니까 조화로다 이루신 요소를 지니고 있단 말이다.

그래서 큰 빈설과 신설같은 빈설선과 신설선이 세부조직망을 지니고서 형성으로 계시다가 생명의 요소든지 일과 월과 해를 타고 천문지리 진전에 운세를 타고 5가지 조목을 지니시고 빛 공에서 당신은 스스로 빛 공이 짝 갈라지면서 완벽하게 성장되셔서 짝 나타나셨다.

이때에 당신은 천도문체다. 따라서 독재자니라. 이렇게 나타나신 분이야 이때서부터 이제는 완전히 형성 완성체로서 빛 공속에서 나타나셨기 때문에 이미 당신은 5가지 조목(정신, 마음, 음양, 생명, 힘)을 지니고 탄생하신 분이시다.

그러니까 조화체로서 세부조직망을 지니고 형성으로 계시다가 그 빛 공속에서 생불체 속에서 딱 나오니까 왜 생불이라고 하느냐하면 뜻이 있는 거야, 천도문체님 명예 당신 이름을 이런데 딱딱 붙이고 나오셨다. 그래서 당신은 천도문체이시고 독재자다. 둘도 없는 하나다. 그래서 요소를 갖가지 요소를 이루고 보니까 점지하니 전진하고 확장하니 확대진문이 스릴 있게 펴서 번성되는 것이다.

그래서 충만하게 내 혈통을 번성시킬 것이니라, 그래서 요소조화요, 당신은 생불이라고 하신 거야, 요소를 이루셨으니 생불이야, 무한정하게 이 4차원 공간이 없더라도 또 이룰 수 있는 것이 완벽하게 저장 되어 있으니까 그래서 생불이야, 한없고 끝없이 생생 문도에서 나오신 분이 생문생도 이제 그것도 제대로 하려면 한다고 하면 한다. 생도 생문 문도에서 나오신 분이기 때문에 생도 조직이 완벽하다는 말씀이다.

하나님께서는
미래의 목적관이 분명하셨다.

당신은 조화로 계시기 때문에 조화를 이루어 놓고서 무한정 하게 생해내는 조화가 힘을 지녔단 말씀이다. 생명이 있는 곳에 힘이 있고, 생명이라는 것이 불토니 불래니 거기서 전부 무형 공기바람, 유형공기 바람 이것을 지니고 가지고 계시기 때문에 이분은 5가지 조목을 지니고 가지고 나오셨기 때문에 이분이 바로 생불이시다. (생불은 영원히 죽지 않고 오래 갈수록 생해 내는 것이기 때문에 생불 이라고 함)

무한히 공급하고 공급을 하실 수 있는 능력자야. 그래서 당신은 몸은 하나지만 주체와 대상을 지닌 분이야 항상 사랑을 만끽 하는 분이야 당신은 하나지만 두 사람이야 그래서 조화체다 하나지만 주체와 대상을 지니고 있기 때문에 조화체야 이래서 이때서부터 모든 갖가지 모든 물건을 다 과학으로 이루어 놓으셨기 때문에 조물주가 물주의 주인이시다. 또 한 가지는 이제 4차원 공간을 지어 놓으신 후에는 수면에 운행 자유 하시면서 당신 고귀한 아들따님이 당신 원동력이 되어서 전부 공급을 해내신다.

하나님은 힘을 공급해 내시고 당신 아들딸들은 모두 과학 생물 전부 이런 것을 공급해줘. 사랑이야. 그러니까 하나님 사랑님이라고 말씀 하시는 거야, 오늘 하나님 존재 인님을 알려 주었어, 하나님께서 태를 설치하시는 그러한 과정을 거쳐서 당신이 탄생했다는 것을 배웠지 그런데 오늘 그것을 재차 배우자. 하나님께서는 1차원 관을 이루실 때는 당신이 활동을 하시지는 못하기 때문에 이런 원이 무언가 하면 5가지 조목 ★정신. 마음. 음양의 요소. 생명, 힘의 요소★ 모든 요소를 지니고 가지고 계셨다.

지니고 가지고 계셨기 때문에 ★조화체★이시다. 조화체시기 때문에 당신은 당신의 다섯 가지 조목을 지니고 가지고 있기 때문에 조화체요 따라서 그 1차원 관을 이루실 수 있는 능력을 갖추신 분이기 때문에 천살 (핵심의 진가) 전에는 당신은 꿈이 있고 미래가 있고 목적이 있고 목적관이 있고 4차원 공간을 펴서 놓을 당신 뜻이 확고하다는 것이다.

그것은 무언가 하면 당신 혈통을 충만하게 공간마다 번성시켜서 아주 사랑과 또 무한한 상쾌와 통쾌와 그 사랑의 낭만의 쾌락을 즐기기 위해서 없는 것 없이 무한정 하게 이루시기 위한 작전의 전술이 완벽하시다. 이때 원 속에 계실 때에는 큰 핵 공에 결정체 중에 결정체요, 아주 그 결정체가 전부 아름다운 거야, 그 신설선과 빈설선이 그 빛 공을 이렇게 싸고 싸서 아름답게 이루어 놓았으니 그것은 겹겹이 신설과 빈설로 이루어 졌더라.

그 빈설선과 신설선이 세부조직망으로서 큰 원을 이루고 그 원을 싸고 싸서 보니까 신설과 빈설로 이루어져 있고, 따라서 신설분과 빈설분이 호화찬란해 눈이 황홀하고 귀가 새로우며 정말 찬란하게 이루어놓으신 이 공안에는 무한한 진공의 요소가 아주 소립자보다 더 미세한 세내로 이루어진 조직 파에서 조직망으로서 이렇게 딱 되어있단 말이다.

하늘에 숫자로 일 월 해를 타고 천문지리 진전에 운세를 타고 자유자재 할 수 있는 조화를 지니셨기 때문에 전부 조화로다 이루어놓으신 것이 아주 요소요소가 핵심에 진가를 이루어 놓으신 모든 찬란함이 조화로 이루어 졌더라. 이때에 하나님께서는 첫째 날을 정하셔서 일과 월과 해를 타고 천문지리 진전의 운세를 타고 이 빛 공이 짝 열리면서 아주 완성으로서 천도문체님이 양 가슴에 등허리 어깨로다가 천도문체 라는 그 문체를 딱 붙이고 탄생하셨다.

이렇게 성장이 다 된 이때에 당신은 걱정이 없고 근심이 없으셨단 말이야, 다 지니고 가지고 탄생하셨으니까 그래서 빛 공이 열리면서 탄생하셨기 때문에 이날이 최초 관 때에 첫째 날로 탄생한 날이 바로 그 핵 공에서 큰 생불 체 그 속에서 이렇게 탄생을 하셨더라. 이제 이때서부터 당신은 독재자가 되셨더라. 명예를 지니고서 독재자가 왜 되었느냐 하면 이때 서부터 힘 태를 설치하시고 또 판에다가는 이렇게 태엽같이 이렇게 선을 아주 이렇게 전부 선에 요소를 전부 돌려 사면이 쫙 깔려 붙였다.

이것이 이 태엽 하나가 지구 우주 공간보다 더 큰 태엽이 수 천 억 개가 넘고 넘더라. 이것이 짝 사면에 깔려 붙어 있고 또 여기에 아주 무한한 진공의 요소에 힘이든지 이러한 전부 반짝이면서 여기 응시되며, 전부 붙어있고 스스로 여기 요렇게 저렇게 전부 지도같이 돌아가고 돌아오고 오불꼬불 하게 된 시선이 아주 조직망으로 이루어져 있는데 이 조직망이 전부가 아주 빛나는 힘에 판도로서 짝 깔려 붙어 있는데 힘의 판도체가 그 태반 같은 것을 전부 감싸 있더라. 그러니까 이 위에는 핵도, 그 핵도라는 것은 불로 핵도, 불롱 핵도, 불랭 냉농 핵도, 불청도핵도, 불잭토 핵도, 불래 영내 조 핵도 등 등의 이렇게 무한정한 핵도가 이렇게 수 천 억 개가 넘는다 이거야. 그러면 이 핵도 마다 핵이 다르다. 그러면 이 핵도마 다 핵이라는 것은 가장 힘에 요소에서 결정체를 빼낸 핵도들 인데 이 핵도에서 신설 녹재 천도 문도 왕체 족체 등등의 이 렇게 무한정한 갖가지 그 핵판을 여기다가 아주 그 제도에 따 라 또 그 생도에 따라 또 생도 문에 따라 이렇게 체계조리로 서 다 이렇게 핵판을 붙였단 말씀이다.

이 핵판은 조화가 무궁무지하다 이것도 핵판을 펼 때 문자를 넣어서 원문 원도를 근원최초 원문원도에 그 핵판은 무한정해. 근원근도 원문원도 핵판하면 그 이 무한정한 핵도에서 핵이 나와서 그 결정체가 싹 보이지 않는 핵이 태엽에 설치되 있더라. 이러니까 이것이 전부 살아있는 생동체기 때문에 슬앙 진이라는 것이 생문생소에서 흘러나오는 슬앙 진이 아주 오불꼬불 이렇게 전부 세내 조직파로다가 아름답게 감싸 돌려붙어있다. 이것이 모두 생문생도 근원근도 왕내조가 조밀도로다가 아주 찬란하게 이루어졌더라.

이것은 너무너무 아름답기 때문에 도저히 하나님께서도 말로 형용할 수가 없고 당신이 마음껏 당신의 힘에 맞게 분수에 알맞게 이렇게 무한정하게 이루어서 이렇게 설치되어 있으셨고 설치를 하신 것이다. 이때에 아주 찬란한 그 불롱 핵도에서 갈라내고 불랭 핵도에서 갈라낸 그 무한정한 핵들이 아주 입체로서 이렇게 파동같이 너울거리면서 체계 맞추어서 조리 단정하게 층면을 이루었다.

층이 이루어서 층면이 이렇게 아주 눈이 부시도록 아름답단 말이다. 천도문체님 눈은 동공이 광명인데 그 광명도 눈이 부시도록 너울거린단 말이야. 그렇게 파동이 치더란 말이야. 그런데 이때에 자력근원 최초 근원자력 세내 조직파가 아주 완벽하게 핵판에 짝 이렇게 감싸게 구성을 해 놓으셨다. 이때에 그 진공 힘 판 에서 불토 불태 천토천태 천문 왕 태조 태독 원 태독 원도 진중 공냉 능왕 토롱태독 태독 택토 그 태독 택도 에서 갈라낸 진공으로서 아주 짝 둥글게 둥글게 다 이루어 놓으셨다.

이때에 이 안에 전부 들어 있는 모든 생동체가 아주 살아있는 모든 요소들이 아주 무한정하게 완벽하였더라. 이때에 보이지 않는 불토 불태에 또 불롱 불랭 또 불래 이런 생명선을 이룰 수 있는 생생 문 생동생문 천태조 완태근태조 천지자유 태댁택도 생문문초 이렇게 이루어놓으셨다. 이것이 하나님께서 탄생하실 때 5가지 조목을 지니셨으니 이분이 바로 생생 문과 모든 귀함을 지니고 탄생하신 분이시기 때문에 첫째 날이라고 한다.

첫째 근원 최초를 지으실 수 있는 능력을 갖추셨기 때문에 독재자라고 하시는 말씀이다. 이래서 생도 생생 문도 천도 천태조 이 천태조가 완벽한 조밀과 청밀로 이루어진 찬란함이 무한정 하였더라 따라서 터지고 일어나는 작용을 천도 전 때 중심삼아 등허리에 천도문체님의 명예가 탁 붙어 있더라.

하나님께서는 생불체를 지니고 가지고 계셨다.

천도문체님은 천지자유를 임의대로 하시기 때문에 이분의 명예가 이렇게 찬란하다는 말씀이다.

이래서 이때서부터 당신은 당신이 모든 요소를 지니고 탄생을 하셨기 때문에 최초 힘의 요소 태를 아주 이루셨어, 둥글게 둥글게 우리가 말로 헤아릴 수 없게 웅장하게 이루시고 그 갖가지 핵판이며 갖가지 핵 띠며 또한 천지불토 낵지 자유가 반짝이며 빠른 속도를 지닐 수 있고 반짝해도 수 없는 힘을 동원할 수 있는 핵도를 지녔기 때문에 그 핵도에서 무한정한 핵들이 수 천 억 개가 넘고 넘었다.

이래서 요소요소를 이루고본즉 핵심의 진가가 찬란하더라. 이것이 모두 이루어진 것을 보시니까 찬란한 아주 조화를 이루어 놓으셨더라. 이 광경이 멋들어진 장관을 이루어놓은 광경 일치가 참으로 명성을 떨쳤더라. 아주 귀한 명성을 떨쳤다. 조화 체를 그 닮은 조화가 완벽하고 또한 불변되어있고 이 조화체가 완벽하기 때문에 불변이다.

그래서 당신은 갖가지 생불 체를 이루어서 아름답게 이루어놓으신 것이 수억 천만 가지가 넘고 넘는다는 것이다. 그래서 이 찬란한 모든 요소가 생불 체에 가득 가득 채워져 있다. 그것이 핵심의 진가다. 핵심의 진가기 때문에 무한하신 거야. 그래서 ★생불이다★ 당신은 생불 체를 지니고 가지고 계시니까 이러니까 생불이시다.

이것이 모두가 과학으로 이루셨기 때문에 조화체시기 때문에 과학으로 이루시고 또 반도체로서 힘의 반도와 힘의 반도체를 이루셔서 반도로서 무한정하게 각형을 이루어 지층같이 쌓아서 그 힘 판에 전부 끼어 놓았으니 이것이 과학이 아니고 무엇이겠는가 말이다. 이럼으로써 하나님께서는 최초에서부터 모든 것을 과학으로 안 이룰 수가 없단 말씀이다.

왜? 화학의 요소며 전자 분자의 무한정한 중심 자유일치며 4차원 공간 천체의 무한정하신 조화체이시다. 이런 말씀이지, 그래서 최초 2차원은 그 요소요소를 이루어 놓으신 조화에다가 전부 체를 세워서 모든 것이 상통할 것은 상통되어있고, 상대할 것은 상대되어있고, 선은 선대로 이렇게 전부 준비하신 고귀함이 바로 ★근원 근도 원 파★요 따라서 원파도에서부터 무형실체가 조금씩 두각을 나타냈다.

근원근도 원 파독은 갖가지 엄숙한 역술로서 이루어진 갖가지 힘을 동원해서 그 아주 생명은 움직일 수 없는 진공이며 광선이며 힘의 반사의 무한정한 힘이며 갖가지 모든 진도자유 낵도 원도로서 이루어놓은 대독 택토톡원 도독 진전자유 익태도로 이루심이 바로 그 원도 아주 전진 잭조 내잭 조독이라 이런 말씀이다.

하나님의 아들 따님들은 지금 그 하나님께서 부터 나타난 혈통들은 많으시지만 하나님께서 1차 최초관 전에 이루신 무한정한★ 근원 근도 원 파★의 무한정함이 한없고 끝이 없다. 왜? 조화체기 때문에 최초 근원 원술 근원 진술 최초 근원 논리 정연한 요술 천연자유가 무한정하다.

이래서 갖가지 모든 술과 술을 임의대로 펼 수 있고 진과 진을 칠 수 있고 전과 전을 낼 수 있고 생성 송능 획태 톡택을 낼 수가 있는 근원천도 천체 자유 입체 원토 태댁토 완토 진전자유 천해 지족조지 작천 체조를 마음대로 하시기 때문에 최초 근원 원문 원도 본문 본질 주독 주역 술잭자유 입체조가 완벽하기 때문에 이것은 일과 월과 해가 여기 숫자하고는 전혀 다르다.

이것이 모두 제도대로 딱딱 이루어놓은 체계조리가 조화를 마음대로 이룰 수 있는 생문생동진이든지 생문이든지 생수생문이든지 생속천체 자유입체조 이든지 낵체조이든지 천지이치든지 이러한 천도전토가 무한정하다. 이렇게 무한정하게 이루어 놓으신 근원일치가 이와 같기 때문에 내용이 이와 같기 때문에 모든 원인과 결과가 맺고 끊은 듯이 사차원 공간 궁극의 목적이 바로 하나님 뜻이 확고하다는 말씀을 강조한다.

이 악한 인간들아 너희들이 알기나 하느냐? 이 고도의 근원 고차원 원천의 무한정한 공부를 하면 좋아 어쩔 줄 몰라 해야 하지 않겠는가? 긴가? 아닌가? 재기는 왜 해? 모두 죽어야 마땅할 원죄 인들아 너희가 어디 잘났나? 볼수록 얄미롭고 나이가 어려도 저지른 것을 내가 낱낱이 다 캐나? 캐놓으면 다 나온다. 알아듣겠어? 이모든 것이 바로 내 것이지 인간 것이 될 수가 없거니와 절대 내 것이라는 것을 너희들이 느껴 안 느껴? 이래서 헛된 마음을 조금이라도 가지지 말고 잡음을 가지지 말라.

천도문 (하나님 말씀 받으신 분) 이가 말씀을 딱딱 떨어트리면 살을 붙여 내놓으니까? 내가 해먹지. 너희처럼 무지막지 하면 어떻게 공부를 하겠는가? 지금 악마들이 전부 자기가 왕이라고 외치는데 남이야 그러거나 말거나 너희 갈 길을 순리대로 가다 보면 좋은 날도 있을 것이요.

따라서 귀한 날도 올 것이니라.

하나님은 관도 법회를
이루어 놓으신 분이시다

관도라는 것이 꼭 국가에만 관도가 있는 것이 아니다. 하나님께서 이루어놓으신 모든 천지간 만물지중이 제도에 딱딱 따라서 법회를 이루어 놓으셨으니 이것이 모든 것이 법으로 딱딱 되어 있고, 식물이나 갖가지 모든 화학이나 생물학 과학이나 전자나 분자나 이런 모든 것이 다 제도에 따라서 학문으로 이루어졌은즉 이것이 법률로 딱딱 체계 조리로 이루어졌고 또 모든 생물이든지 생명체의 존재든지 이런 것을 알아야만이 그것이 법률 자가 될 수 있다. 이거야 그것은 갖가지 생물들도 헤아릴 수 없이 많은데 그 흙의 토색이 수 억 천 만가지 넘고 넘는 토색마다 특수하게 성분을 지니고 요소를 지니고 있단 말이다.

이렇기 때문에 이 토색에 맞추어 작물을 전부 심으면 이것이 성장되어 커가는 것을 보면 아름답다. 사랑이 막 쏟아진다. 악한 인간이라도 이런 것을 전부 체계로 이루어 놓으신 것을 보았을 때 이런 생물은 어떤 흙의 성분에 딱 맞다. 이런 것도 세심소심하게 다 알아야 한다.

갖가지 과목도 어떠한 산이 어떻게 이루어져 그늘이 어떻게 졌는데 그늘에는 뭐가 안 되고 인삼은 그늘에서 잘 크거든. 그렇지만 대개 태양을 많이 받는 과목 체계가 되어있는데 요런 것도 다 알아야 해, 그것을 세세히 모든 액내 공내 영내 이게 가득 차 있는데 영양소까지 받아서 체목에 올려서 그 잎사귀에 설치되어 돌아가서 반짝이는 것까지 알아야 하고 과학은 그분야대로 과학을 다 알아야 해, 이것을 완벽하게 알기 때문에 지식인이요, 또한 학문자다. 그래야 만이 존재인 이 될 수 있다.

따라서 사람이 상대조성은 꼭 위대하다 해서 위대해지는 것이 아니라 이것은 순리적으로 이루어지는 법을 천법에 의해서 상하가 분별되어 있음을 알아야 하고 갖가지 학문을 통해서 통치해야해, 그래서 문진이라는 것은 이제 갖가지 모든 이치와 의미를 깨우쳐서 그 이루어진 상태를 완벽하게 알아야 만이 그것이 능력을 갖춘 자다. 이래서 문진자다.

또 문관자가 되려면 그 문진을 통치한 문진을 연구하여 관을 이루어야 만이 문관자다. 이것을 다 알고 난 후에는 관문을 통한다. 어떻게 천지지간만물지중을 거느리고 다스리며 무한히 사랑할 수 있는 인재가 되어야 해, 그래야 만이 법을 이행하고 전개시키고 더하고 덜할 수 없이 공의로운 법이 공적으로 이렇게 짝 펴감으로써 밑에 따르는 모든 여기 말로 듣기 쉽게 국민이 고통이 없고 무리를 안정되게 잘 살고 못 사는 것이 없이 서로가 일심일치가 되어서 서로가 서로를 사랑하고 또 서로가 서로를 아끼며 독립할 수 있는 독립성을 완벽하게 몸에 습성으로 익혀야 된다.

그렇게 독립을 함으로써 백성이 일심일치로서 높은 것을 받들며 공의롭게 평탄하게 누가 더하다 덜하다 이런 것이 없이 공평한 평화로운 포근한 정치를 해야 한다. 정치를 잘해감으로써 그 백성이 안정을 찾고 안식이 되어서 편안한 마음이 그 마음속에서부터 일어남으로써 모든 것을 모든 것을 창조할 수 있는 창조자가 된다.

갖가지 창조해 놓으면 그 창조가 아름답게 마음에 문이 활짝 열리고 정신 문이 열렸으니 마음 문이 활짝 열려야 만이 그것이 귀하다. 그럼으로써 서로 죄를 짓지 않아 죄짓는 세계가 없어, 이래야 만이 이것이 바로 관도다, 그러니까 윤리도덕이 아주 아름다운 거야, 이러니까 국태가 면안하고 편안하다. 시와 연풍되어 있다.

모든 곡식이 심으면 순리적으로 무럭무럭 크고 풍성하니 마음이 편안하고 또 모든 것을 이렇게 발전하면 발전할수록 기계화로 되니 먹고 마심도 풍성하고 인심이 편안하니 천정의 귀함이 완벽하더라. 이래야 만이 이것이 관도자요, 정치자

138

다. 다 알기 때문에 만백성이 다 알고 위에서 다 알기 때문에 누구에게 속을 필요가 없고 속이려고 할 필요가 없고 서로가 힘이 되어 서로서로 원동력이 되고 서로서로 독립자가 되고 서로서로 사랑하고 서로 의지가 있어야 하는데 이게 지금 이 죄 많은 땅에 정치는 서로 감투 쓰려고 하고 내 잘 났다 하고 사람을 무조건 구속에 매이게 하려고 하고, 매여서 노예같이 쓰고 이러니까 이게 좋지 않단 말이다.

그런데 이런 평탄한 정치가 이 땅에도 도달할 날이 와. 그러면 그때는 땅이 편안한 평도댁도가 완벽하게 아주 평화로운 세계가 온단 말의 뜻이다.

이렇게 되어야 만이 모든 것이 살생하지 않고 공해가 없고 아름다운 세계가 오지. 지금은 어떤 사람이 잘하면 그 사람을 없애고 자기가 하려고 하고 이게 악의 세상이지 뭐야. 그러니까 우리 천문의 진리의 가르치심을 본받아서 이 안에 들어 있는 식구는 서로가 독립하고 서로가 일심을 하자. 이래야만이 하나님 말씀을 깨닫는다. 이런 말씀이다.

할 수 있는 일을 놔두고 괜히 미친 자처럼 여기저기 기웃거리면 그것은 바로 진퇴양난자요 혼비백산한 자다. 누가 알아주지 않아. 자기 일은 자기가 감당할 수 있는 자가 되어야 해. 그래서 수신제가 하라. 자기를 감당할 수 있는 수신자가 되라. 그래야만이 관문자도 되고 관도자도 될 수 있다. 자기 몸 하나 수신하지 못하는 자가 어떻게 누구를 사랑하고 거느리고 누구를 하겠나? 그러니까 우리 공부는 첫째 정성을 드리고 둘째 학문으로 셋째 행동으로 이행하라. 이런 말씀이다.

　내 말은 그 옛날 케케묵은 지나간 역사를 밤낮 해봐야 나오는 것이 없어, 우리는 앞으로 있는 것 발전할 수 있는 일을 하자 이거야. 마음이 잘못 자포자기가 들어왔을 때에는 요것은 아예 치워버리자. 새 맘 먹고 용기 당당하게 나갈 수 있는 자가 되어보라. 용기가 당당해야지. 욕망이 있지, 용기 없는 자가 어떻게 욕망이 있겠어? 용기가 있어야 혁명도 일으키고 혁명이 일어나야 독립도 하고 독립을 해야 용기 있는 자가 된다.

하나님께서는 용기 욕망이 무한정 하셨다.

용기가 있어야 욕망이 꽉 차서 그 욕망대로 다 하지는 못하지만 어느 정도 그 욕망이 딱 채워진다. 이거지 그러니까 우리가 참된 자가 되어보자. 서로가 스승이 되어보자. 그래서 참 이 귀한 말씀을 우리가 귀하게 받아들여서 간직할 때 귀하다. 가장 작은 것을 오해하면 거기서부터 큰 죄악이 일어나 그러니까 오해라는 것이 자기 혼자 오해를 불러일으켜서 스스로 괴로워. 왜 그 괴로운 짓을 뭐해? 내가 딱 내 생각해 보면 내 행동절차가 딱 나오는데 오해는 왜 해? 우리 진리가 입체요, 아주 거창하고 경쾌하고 상쾌하고 통쾌한데 무얼 오해하고 삐지고 그럴 필요가 없다.

대체적으로 나가서 완벽하게 스릴 있는 자가 되어보라. 그럼으로써 누구나 물론하고 효율도 나타낼 수 있어, 그래야 만이 정말이지 거느리고 다스리고 사랑함으로써 내가 사랑하고 내 만족을 느끼니까. 이것 뭐 사랑도 느끼지. 재미도 있지.

맛도 있지. 실감도 나지, 용기도 나지. 욕망도 찰대로 이루어 졌지. 너희들이 그런 거야 지금 이러니까? 이것이 사랑의 낭만이다. 이러니까 여기서 쾌락이 멋들어지게 일어나는 구나 알자. 어디 가서 설교하려면 책이나 보고 눈이나 깔아내려 있지 말고 탁 뜨고 오관을 딱 응시하라. 응시해서 이렇게 보면 올지. 저건 내가 잡아와야겠다고 딱딱 이렇게 훔켜와 훔켜 와서 잡아와 정신에 넣어 그럼 아무리 죄진 놈이라도 숙여 진다.

　사람 안 될 사람은 필요 없어. 단 한사람이라도 올바르게 되어야지 왜 학교를 다녀서 그 교과서에 나오는 모든 죽은 자들의 생애가 교과서에 전부 실려 있거든 역사는 이렇기 때문에 그것은 그 역사를 본다면 그 사람이 살아 있어서 그 역사가 흘러가야 되는데 죽었기 때문에 죽은 역사라고 하는 말씀이다.

사람은 "주"가 될 수 없다

지금 여기 나온 말씀이 무한정한 말씀이 조화와 조화체 이렇게 이루어졌는데 이것은 절대 사람이 할 수가 없는 것이다. 그래서 지금 많은 종교인들이 사람이 주라고 믿는 어리석음과 사람이 절대로 주가 될 수 없다는 것을 알아야 해. 2천 년 전 선지자가 주인 줄 알지만 주가 아니야? 왜 주라면 죽지 말아야 되고 선지자 탄생하기 전에도 이 땅에는 모든 공간에 힘이 꽉 차서 중력의 힘이라는 것이 분명히 층과 층을 이루어 층면이 완벽하게 자석이 그 자력의 층과 힘과 자석전의 층과 자력의 힘과 이런 모든 힘이 힘과 힘이 서로 생동한다. 이렇게 상통한다.

그것이 없으면 회전할 수 없고 증발될 수 없다. 그런데 그런 것이 선지자들 오기 전에도 있었어. 그럼 그것이 자연으로 저절로 생겼는가? 하면 생기지 않았단 말씀이야 왜? 모든 것이 과학으로 이루어져 있기 때문에야. 하나님께서 지금 그 조물주님이 어떻게 그 형상이 있는 가를 도저히 알지 못해. 지상에 있는 자들이 산신 신령하다해서 신령신자를 붙였기 때문에 산신은 천문 하탈 지리 이산 이수 축지 둔갑 장신 이런 것을 할 수 있다. 그러면 그런 자도 환상이 나타날 때 빛으로 나타나고 그러지만 사실은 우리가 살아있는 역사 속에 산다는 것이 분명히 증거가 되어 있다.

왜? 공기도 과학이다. 공기가 없으면 우리가 살 수 없는 거야. 공기도 음양으로 수 억 천 만 가지가 넘고 넘는 형태가 무한정하다. 산소를 내놓는 공기도 또 갖가지 모든 그 형태가 다르게 분야대로 다르게 힘을 낸다. 이런 것이 저절로 생겼느냐 말이야. 자연으로 이루어 놓으신 상태기 때문이야. 그 자연을 알고 저절로 생겼다. 왜? 저절로 안 생겼느냐하면 우리가 지금 지층을 쌓아 올려서 지리에는 지도를 판에 박혔고 이 형성은 좌청룡 우백호의 명기전이 아주 작용을 하니 명기가 저 계곡으로써부터 맥박이 뛴다.

그러니까 정기전이 동한다. 정기전이 동하니까 정기가 활동한다. 그래서 명기전이 상통일치하고 명기와 정기가 상통일치하기 때문에 우리 몸에 피와 같이 흐르고 돈다. 이런 것이 다 하나님 말씀이다 이런 거야. 이것은 어느 유명한 과학자도 그것을 부정할 수가 없다. 분명히 증거로서 이 공간에서 무한정하게 자동하고 있기 때문이다.

그럼 자동을 할 수 있게 이루어놓았기 때문에 자동하는 것이지. 자동하게 이루어놓지 않았으면 자동할 수가 없다는 것을 우리가 분명히 알고 깨닫고 살아야 한다. 이것이 바로 하나님 말씀이고 하나님께서 애써 이루어놓으신 창도관이다. 그런데 어떻게 사람이 주가 될 수 있겠느냐? 말이다. 운세도 모르고 그러면 사람이 주라면 왜? 이 혼란과 환란이 일어나서 이 복잡한 이 세상을 하늘 사람처럼 평화롭게 정치도 못해 가느냐? 이런 말이지.

천주의 새 말씀이라면 구약 성경이나 신약 성경이나 이런 성경이 모두 이 땅에 왔다 간 그 좀 귀하다 하는 자 선지자 의인들, 성현들, 이런 사람들이 이 땅에 살아서 있을 때 말씀하고 간 역사가 남아져서 그것으로 모두 종교를 만들어서 내가 주다 하고 오늘까지 이렇게 온 거야. 또 한 가지 어느 종교 창시자는 자기가 주라고 하고 수 년 전에 이 세상을 떠나갔지만 그도 또한 오직 사람이지 주가 될 수가 없다. 그 사람이 운세를 알아? 지금 소 환란 이때에 하나님께서 영원히 불변토록 살 수 있는 근원 원천님이 강림을 하셨는데 그럼 당신이 이 땅에 주라면 찾아와야지. 그 자기가 주라고 내 세우면 어떻게 돼? 이 땅을 만드신 분이 주인이요. 주의 자격이 있는 것이지 인간이 주가 아니라는 것을 알고 믿어야 해. 우리가 어떠한 것을 믿어도 알고 믿어야지 알지 못하고 믿으면 헛되고 허무밖에 안 남는 거야?

145

우리는 아무리 야생동물 같지만 알고 믿자. 무엇이든지 알고 믿어야해. 그러면 성부 아버지 부자 이 조물주인 천지지간 만물지중의 주인님은 누구시며 그분은 무엇을 하시며 성자 아드님 그 아드님은 무엇을 하고 있느냐? 성녀 그럼 그분은 무엇을 하고 있는가를 확실히 알고 믿어야 만이 우리가 이 어두운 정신이 깨어나기도 어려운데 참 말씀을 듣고 정신이 바싹 나야지. 나는 지금 무엇을 하고 있고 산 역사는 무엇이며 죽은 역사는 어떠한 것인가?

우리가 분별할 수 있는 이런 자가 되어야 한다 말이야. 그래서 미개 자 들이야. 미개 자 들이기 때문에 자기가 주라고 한다. 왜? 주가 지금 살아서 지금 이 땅에서 역사하고 있는데 눈멀고 귀먹고 자기 정신이 어두운 암흑과 마음이 더럽고 추해서 보지 못하는 것이지 성화된 신선함을 가지고 있다면 왜 보지 못할 수가 있겠느냐? 이런 말씀이다.

피조 만물을 보아서 조물주님이 분명히 계시다는 것을 우리가 알고 믿어야 한다는 말씀이지, 그래야만이 우리 모두 하루하루 촉각에 일어나는 것을 알지 못하는데 그것을 막을 수 있는 자가 될 수 있고, 또 우리 가다가 아무 생각 없이 일어나는 홍액수 같은 것, 홍액수라는 것은 오늘 아침 밥 잘 먹고 아무렇지도 않는데 별안간 무슨 일이 일어나는 것을 다 막아주신다는 거지, 그런데 사람이 주라고 믿는 것은 모르기 때문에 믿는 거야 알면 안 믿어?

그리고 우리가 참 염치가 없는 사람들이야 왜? 공기를 한없고 끝없이 공급해 주시는 그 공기 선에 우리 호흡을 할 수 있는 산소를 계속 공급해 주신다. 이거야 그럼 그것이 어떻게 되어 있는가? 우리가 알고 마시자. 그 값없이 받고 있지만, 사람이 그것을 사야 마실 수 있다면 내 생명은 살아야 하니까 돈을 그냥 한없이 주고 사야만이 그래야 살 것 아냐? 또 한 가지 우리가 태양이 없는 암흑에서 어떻게 살겠느냐? 말이야.

그렇게 때문에 만유일력은 만물을 소생케 하는 빛의 힘을 자유자재하고 만유월력은 고체와 진미를 내주시고 무한한 모든 것을 조정하고 조절하는 힘을 자유자재 하시고 만유인력과 만유원력은 온기와 온도를 조절 하시니 기후가 받아 천지간 만물지중을 조절하더라. 어디 그 기후 같은 것 보기나 하나 보지도 못하지. 그것만 받나?

갖가지 힘이 지금 이 공간에 있는 모든 핵의 힘이든지, 진공의 힘이든지, 또 갖가지 중력의 힘이든지, 중력의 힘이 왜되어 있느냐 하면 갖가지 힘이 합류일치 되어 복합적으로 이루어져서 이 층과 층면을 이루었기 때문이다. 이 힘과 서로 상통되어 이 힘 속에 우리가 값없이 우리가 힘 속에 살고 있단 말이야. 주라면 공간의 주인이다.

만국을 다스릴 왕이다. 그러면 만국을 다스릴 수 있는 왕이라면 그것을 다스려서 자유자재 할 수 있는 능력을 갖추어서

147

권능을 무한히 펼 수 있는 도술진문을 슬기롭고 슬기롭게 펴나가야 되지 않겠느냐 이런 말씀이지. 또 한 가지 우리가 이렇게 살아가는데 그 갖가지 식물이 요새는 독약을 먹어야 해. 왜 인간이 먹고 배설해낸 신축에서 배설해낸 오물들이 전부 균으로 변하여 전부 그 우리 눈에 보이지 않는 균들이 여기저기 떠다니고 그 냄새 고약하니까 공해가 나쁘다.

옛날에는 그래도 땅에 우리가 맨발을 벗고 다녔지만 지금은 맨발 벗고 다니면 큰일 난다. 이렇게 버려놓았다. 이러한 것을 아주 몸에 위할 광선으로 치고, 우리 생명체와 생물에 유익한 가스와 가스가 그게 계속 일어나고 터지고 이렇게 해도, 소독을 할 수가 없는 거야. 약을 했어도 소독이 안 되는 것을 태양이 소독을 딱딱해 버리지. 자연으로 그럼 이런 힘을 무조건 값없이 받고 살면서 딱 아주 주인이 분명히 있다는 것을 알아야 한다.

조물주님의 아들따님이 아드님은 저 천판을 자유하고 따님은 땅에 흐르고 도는 수정이든지 화락 이든지 화락 화진도든지, 이러한 모든 것을 자유 하는데 액도든지, 모든 갖가지 흙의 성분의 요소가 수 억 천만가지가 넘고 넘는 것을 화해작용하며 전부 하신다. 그래 봄이 되면 싹이 솟아오르고 바람으로 천지간 만물지중을 이렇게 존재케 하고 그런 것들을 알기나 하는가 말이다.

이 땅에 주라는 사람이 그런 것도 모르는데 어떻게 주가 될 명칭을 달 수가 있느냐? 말이야 얼마나 어리석고 모르면 주라고 하겠느냐? 이런 말이야. 사람은 도저히 주가 될 수가 없다는 것이요, 세계만국을 딱 다스리고 공의로운 정치가 이곳(하늘나라)같이 관도가 높고 낮음이 없이 모든 백성이 아주 평화롭게 되어가는 것이 그렇게 할 수 있는 정치가 되어야지 그럴 수 없잖아 그러니까 헛된 믿음을 가지지 말고 지금 이때를 맞이하여 소 환란 이때를 맞이하여 알곡을 창고에 거둬들이는 이때를 잊지 말라.

나는 지금 말씀을 선포하지 않았지만 앞으로 말씀을 선포할 때에 모든 생물체나 생체나 그 생명체나 이런 모든 것이 다 사랑의 갈급을 느끼고 있어, 그 사랑의 갈급을 안 느낀다고 할 수 가없어. 사랑의 갈급을 느끼면서도 사랑의 갈급이 어떤 것인지 모르는 것이 바로 생명체는 만물의 영장이라고 했는데 만물의 영장이 되지 못했기 때문에 그것을 바로 알려주지 못한다.

그게 무슨 말씀이냐 하면, 살아 있는 역사 속에 액체 액내 공내 영내 직농내 낵농내 원농내 라는 그러한 무한한 아주 영양소가 갖가지 모든 것을 골고루 공급해 내신다. 그럼 그 아름다운 상쾌와 경쾌가 통쾌한데 그 아주 광대 광범한데서 무한정하게 말이지 공급을 펴 주시고 공급을 내고들이고 하신단 말이야 그래야 만이 그것을 알 수가 있는 것이다.

사람 머리는 둔탁하고 사람이 아무리 머리가 좋다 할지라도 머리가 어둡기 때문에 모르고 살고 새로운 생소한 말씀이 나왔다. 하나님 생애에 공로가 이 땅에 선포 되었다. 하면 이 소리는 처음 듣는 소리거든? 오늘날 이 시간까지 성경은 나왔지만 인간의 선지자의 생애는 나왔지만, 하나님 생애공로가 나왔다 하면 누구든지 머리가 맹하고 귀신이 붙어가지고 그냥 말씀 새 말씀 들으라. 하면 졸기나 하고 있고 하나도 못 듣는다.

귀 고막을 탁탁 막아놓고 졸리게 만들고 이런다 이거야. 또 한 가지 하나님 믿는 자들이 하나님께서 어디서 어떻게 계시며 첫째 날은 어떤 것이 첫째 날이며 둘째 날은 어떻게 해서 그 최초와 태초라는 것이 어떻게 이루어져 있는 사실을 사실대로 알지 못하는 것이 사람이라. 그런데 오늘 잠깐 하나님 탄생한 날을 배우자.

하나님은 *천살 이시다.

하나님께서는 천살 전에 생생 문을 치시고 이때에는 아주 형성으로 계실 때야 이 분은 탄생하시기 전에도 5가지 조목을 지니고 가지고 계셨단 말이지 5가지 조목에는 중량이 없는 힘의 요소를 지니시고 또 거기에는 정신이 있으니 마음이 있더라. 또한 음양의 요소 음양이 나올 요소가 있고 생명이 있으니 힘이 있다. 이런 것을 당신은 지니고 가지고 생생문이라는 것을 치시고 생문생진을 완벽하게 힘 태로 둘러서 무한정하게 정말이지 우리가 말로 형용할 수 없는 이런 아주 거대한 원을 이루셨다.

그 원에는 갖가지 태독택토 원태독이라는 무한정한 힘의 요소의 선을 무한정하게 지녀서 둘러 놓으시고 그 불롱낵조에서 나타나는 핵 그것이 핵도다. 핵도에서 무한정한 핵을 이루셨어. 이루셔서 갖가지 생불체, 생불체의 뜻은 아주 이런 빛 공 투명인데 이것은 아주 찬란한 핵 공이야. 결정체 중에

*천살은 아주 결백한 결정체 핵심의 진가로 계실 때를 말함

결정체다. 여기에는 신설선과 빈설선이 세부조직망으로서 완벽하게 아주 찬란하게 이루어져 있으신 거야. 이것이 생불체다.

생불체 때에는 전부 요소야. 요소요소를 이루셨다 이거야. 그래서 하나님께서는 생수 문을 치고 힘 태를 둥글게 둥글게 치셨으니 원을 이루셨더라. 원안에 아주 고귀하신 생불님이 탄생할 귀하신 분의 안식처야. 그래서 세부조직망을 지니기 전에 아주 미세한 선과 모든 선이 이어져서 무한정하게 세내로 조직이 서 있는데 여기 세부조직망으로서 하나님께서 조화체 아주 최초의 조화체다.

조화체기 때문에 그 원문 본문 본질을 지니고 계시고 또 최초의 원술 최초의 진술 이런 모든 귀한 도술을 마음대로 할수 있는 것을 지니고 계시기 때문에 당신은 당신 몸에 응시되어서 여기 1년이 거기 하루야. 그 거기 숫자로서 일 월 해 천문지리 진전의 운세를 타고 천지자유 익지 완도진을 완벽하게 자유 할 수 있는 힘의 요소를 모두 지니고 계셨다.

그래서 생생문에서 생동생문을 이루시고 생동생문을 이루신데 생동 생독태 원토 댁토를 이루시고 이래서 이러한 아주 그 빛 공을 이렇게 싸고 쌌어. 그래서 생불체중에 최고의 생불체에서 나타나시기 전에 양 가슴에다가 천도문체라는 명예를 새기셨어. 그래서 일 월 해를 타고 천문지리 진전의 운세를 타고 탄생을 하고 보니 양 가슴에 천도문체가 새겼고 양 어깨에 조복으로 새기고 이 중앙으로 내려서 등허리 가서 천 도문체님이 탁 박혀 나오셨다.

그래서 그것이 명예야. 그런데 탄생을 하시는 날 생불체가 짝 벌어지며 완성으로 탄생을 하셨다. 그래서 당신은 독재자 야 그 천도문체님은 문체라는 것은 명예고. 독재자라는 것은 전부 독재로 이루셨기 때문에 독재자라고 하는 거야. 그러니 까 이때에 아주 굉장이 원이 많았다.

1차 최초 관을 이루시기 위해서 힘 태로 둥글게 둥글게 이 루어 놓으니 그것이 원이 되었다.

그 엄청 큰 원 속에서 하나님께서 탄생하신 것 아냐? 그 원 이 겹겹이 힘의 요소의 선이 겹겹이 지층같이 쌓아서 겹겹이 돌려서 힘의 판도 체와 힘의 반도가 딱딱 되어있고 천연의 컴 퓨터가 시계처럼 숫자로다 딱딱 돌아가며 나와 돌아가는데 이게 힘이니까 가만히 안 있잖아. 이렇게 전부 돌려 붙였다.

이렇게 때문에 이것은 무한정하심이다 그래서 이때서부터 1차 최초관 때 모든 요소요소를 이루어놓은 것을 보니 그것 이 핵심의 진가더라. 그 핵심의 진가를 보니까 이것이 전부 조화로 이루어 졌더라. 그래서 이 원을 최초관이라고 하는 말 씀이다. 그래서 1차 최초관속에서 그 생불체에 탄생한 날이 첫째 날 이라고 하시는 거야 1차 최초관 속에서 당신은 모든 것을 갖추어서 생불체에서 탄생을 하셨어. 그래서 일과 월과 해를 타고 천문 지리 진전의 운세를 타고 시간과 일에 맞고 월에 맞고 해에 맞고 그래서 그 시간을 딱 정해서 탄생한 날이 첫째 날이다.

이것이 얼마나 귀한 것인가 그러니까 하나님께서 이루어놓으심을 볼 때에 전부 과학이다. 힘을 창조해내기 위해서 요소 요소를 이루어놓은 핵심의 진가를 바라본즉 조화로 이루어졌더라. 그 조화가 완벽하기 때문에 그 조화 조화가 슬기로운지라. 그래서 이 힘 1차 최초관이 원으로 돌려서 그 힘에 요소의 선이 될 모든 요소를 둘러서 딱딱 놓았단 말이야. 이제 핵 띠를 띄우고 또 힘의 전태를 띄우고 힘의 생수태를 띄우고 힘의 생록태를 띄우고 그 요소요소를 띄웠기 때문에 앞으로 선이 흐르고 돌고 이런 것이 창조해 낼 준비이다.

그래서 이제 이 태엽같이 둥근형이 지구 우주 공간 보다 더 크더라. 이러한 힘 판이 힘판 이라고 해도 되고 여기에 문자를 붙이면 힘전 이라고 해도 된다. 힘전이 있기 전에 각형으로서 아주 숫자 없는 그 각형이. 그 각형 하나도 지구 우주 공간보다 더 큰 것이 수 천 억 개가 넘고 넘는 각형들이 서로 이어져 있어, 여기에는 무한한 생동자력 세내 조직파가 완벽하게 이것이 서로 붙어서 힘을 내는 거야. 그 요소가 이 둥근 판에 투명으로 되어 있으니까 이렇게 끼어있어. 그러니까 여기서 힘이 작용하니 힘의 요소 판이 서로 밀고 당긴단 말이다. 가만히 안 있단 말이야. 이게 살아있기 때문에 하나님께서는 학문을 내셔도 증거가 딱 있고 또 그것이 가만히 있지 않고 생동을 하는 것이다.

하나님의 명예는
천도문체 지만 독재자이시다.

그것을 감아 돌려 이렇게 감싸 그래서 그 때는 공기 나올 공기 요소 바람이 나올 요소 갖가지 모든 헤아릴 수 없는 힘의 요소들이 꽉 차 있는 거야, 그래서 그것을 1차 최초관이요 이렇게 해 놓고 여기다가 핵판을 짝 깔려 붙였어, 그게 핵전이다. 힘전 에서 핵판이 오는 힘과 서로 상통된다. 그러니까 스스로가 슬앙진을 이렇게 아주 결정체가 둥근데에 붙었는데 요리조리 선같이 흐르고 돌아. 결정체가 어떻게 보면 전류가 반짝이며 돌고 그 요소들이 가장 작은 소립자 미세조로 이루어져 있다.

여기에 생동생진을 쳤어. 그러니까 요지부동하지 못해. 전부 요소를 이루어놓으셨어. 이러시고 이 위에다가 자력과 자석이 진공과 이것은 항상 따라다녀 여기도 진공으로 설치되어 있어 그 자력이 미세한 자력이 전부 핵판위에 전부 깔려 붙어있고 여기 빈설선과 신설선이 깔려 붙어 서로 주고받아. 그러니까 자력은 당겨 붙이기도 하고 힘도 내고 이런 여러 가지 역할을 한다. 그러니까 이것이 참 찬란하다.

이 안에 진공 생동 생농 진공이 이렇게 꽉 싸고 있어. 그 진공을 모든 세부조직망으로 꼭꼭 싸있어 그러니까 이 힘 태가 막 움직이는 소리. 요소니까 돌아가지는 않고 움직이니까. 이 힘 판이 움직이고 선들이 미세한 모든 세부조직망이 흐르고 도는 것 여러 가지 소음이 천지를 뒤집는 것 같아. 4차원 공간을 뒤집는 것 같은 우렛소리가 난다. 그게 전부 진공이 잡아간다.

잡아가니 깜짝하고 이게 요소로 있으니까 진동하는 것처럼 움직이는데 이것을 그 자석전이 작용하고 자력전이 작용하니까 이것이 조용히 되어있다. 또 근원의 전파선이 아주 굉장히 어마어마한 전파선인데 그 전파선이 잡아들이고 낸다. 그래서 생동진공에다가 설치를 하였는데 생불체 갖가지 생불체가 수 천 억 개가 넘고 넘더라. 이 생불체들이 전부 핵공 인데 이것이 전부 조롱조롱 이렇게 투명이 달려있는 것 같고 서로 밀고 당겨 그러면서 선을 타고 돌돌 서로 오고 가며 그 안에 유전자 요소를 꽉 채웠어. 그러니까 그 안에 어떠한 물체가 움직인다.

그래서 그 요소에는 생물의 유전자도 있고, 유전자 요소도 있는데 유전자 될 것이지. 갖가지 모든 생물의 유전자 생명체 유전자 이것이 전부 그 안에서 율동한다. 그러니까 생불체를 이루어놓으셨을 때 보면은 하나님께서는 독재자라고 하시는 거야 당신 명예는 천도문체지만 나는 독재자다. 당신이 혼자 다 하셨기 때문에 독재자라고 하시는 거야. 그 독재자라고 하시는 말씀의 의미와 이치가 있는 것이다. 그래서 이것이 무한정하게 이루어놓으셨으니 걱정과 근심이 없더라.

최초 1차원 관을 이루실 때 나는 전심전력을 다 쏟아 피골이 상집토록 이루었지. 그렇게 이루어놓은 상태근원이 완벽하게 조화체로 이루는 거야 요소에다 체를 이루니 조화체 그게 바로 2차원 관인데 아직 그것은 알 필요가 없고 이것은 재독해서 완전히 배운 다음에 2차원 관을 배우자고, 이런데 유전자로서 하나님께서 음양의 요소로서 음양을 탄생시킬 수 있는 이러한 조화분이시다.

이러니까 이런 말씀하신다. 말이야 점지하니 전진하고 전진하니 확정하고 확정하니 확장 확대 진문이 슬기롭게 충만하게 할 수 있다는 거야. 그래서 1차원 최초관 속에서 첫째 날 일과 월과 해를 타고 천문지리 진전의 운세를 타고 무한함을 지니고 탄생한 날이 첫째 날 이더라.

그러면 이 태 하나를 세세히 설명 하려면 10년을 넘게 하여도 다 못한다는데 그것을 어떻게 다해? 그래서 우리는 이렇게 알고 믿으니까 참 좋다.

그러면 왜 과학자라 하시냐면 여기 나타나 있는 것이 조화체를 닮은 무한함이 또 과학으로 이루어져 있거든 이 철분이 든지 모든 흙도 불이야. 그렇지만 이것을 가루로서 지층을 쌓아 올리셨으니까 우리 살라고 바탕을 이루어 놓으셨으니까 이것이 흙이야. 불이 식으니까 흙이 되었다.

하나님께서 10년 전에 이런 말씀 하셨어, 이제 외국으로부터 서서히 사막이 이루어져 온다. 그런데 지금 사막이 되어오기 때문에 흙의 성분이 변화를 일으키는 거야? 변했어. 또 한 가지는 외국으로부터 진동을 칠 것이니라. 그 진동을 한 번 쳐도 땅이 갈라져 진동술이 술을 펴니까 쩍쩍 갈라놓고 헤쳐 놓는다. 그것을 갖다가 지진이라고 하지만 진짜 지진은 분화구로 역술을 펴 분화구를 뚫으면 오므라져 들어가 채워놓고 불물의 액체가 거기서 막 발사를 해 버린다고. 또 어떤 때는 지진을 약간씩 일으키지. 한국에는 지진이 안 일어난다고? 천만에야. 하나님 마음이신데 진동을 치니까 막 올리는 것이다.

본래 인간의 고향은 하늘나라 천지락 이다.

　인간의 고향은 원래 하나님 보좌의 공간에 인간 시조 남자 천사장 옥황이요, 여자 천사장은 용녀는 하나님의 큰 아들 (참 아버님) 큰 딸 (참 어머님)을 모시는 종의 신분으로 하나님이 투명 입체 공간에서 생불체의 유전자로써 탄생 하였다. 그러나 가장 아름다웠던 지구 중앙세계에 내려와 타락함으로써 죄악의 씨앗을 이 땅에 뿌린 죽는 역사를 탄생시킨 장본인 이다.

　천사장으로서 엄청난 지혜와 능력을 가지고 영리 하였지만 지구는 본래 셋째 아들딸님의 여호화 하늘새 어버님과 천도화 어머님의 공간인데 이 땅에 보내 줄 것을 포기하지 않고 이 지구를 통치하고 만왕의 노릇을 하고 980여년 이라는 생을 살다가 죽을 때는 애병(화병)으로 후회하고 죽은들 지나간 세월은 되돌릴 수 없는 일이 된 사실을 어찌 할꼬? 그 죄악의 씨앗이 온 지구 천지가 항상 피로 얼룩진 전쟁과 테러의 불안한 환경 속에서 인간의 삶은 지옥이 되어 있습니다.

　죄인의 후손 중에 어느 한사람이 이러한 사실을 발견하여 옥황이와 용녀가 하늘나라 욕새별 사오별성이라는 나라를 이룰 정도로 후손을 퍼뜨린 그 생녹별 장자에게 옥황상제라는 명예를 주고 내가 지상에 가서 죽으면 옥황상제와 그 무리들이 지상을 조정하여 통치하라고 하였기 때문에 오늘의 정치와 세계의 정세는 그 악의 무리들이 조정하고 통치함으로써 전쟁과 비극의 살육이 진행되고 있음은 슬픈 일이 아닐 수 없습니다.　하늘나라에는 죽는 환경이 아닌 환경이기 때문에 죽는 역사는 없습니다. 그래서 그 후손들도 오늘 날까지 젊은 그대로 대대로 번성하고 살아오고 있습니다.

　하늘나라는 때 따라 먹지 않아도 영양소가 공급되어 코로 냄새로 영양이 공급되어 환경오염이 없는 나라입니다. 그러나 지금 4차원 공간 중에 지구 공간만 하늘의 일과 월과 해가 생명선이 달리 돌아가고 오는 환경이기 때문에 하늘나라는 생명선의 핵심의 진가가 12선이 돌아가지만 지구는 하나님께서 옥황이의 타락으로 종이 차지하는 바람에 7선을 거두고 생명선이 5선이 돌아가고 있습니다만 그 생명선이 지금도 타락한 인간 죄인들이 사는 모습을 보고 통곡하며 돌아가고 있다는 사실을 인간은 들을 수가 없겠지요,

　종의 신분과 주인의 신분은 엄연히 다르기 때문에 종은 주

인에게 돌려주어야 할 사명이 있고 주인은 언젠가 본래의 동산으로 회복시켜 하나님 셋째 아들딸님이 이 땅을 통치하게 될 때에 지구의 비참한 역사는 끝날 것이요, 하늘의 비극도 이제는 본래대로 돌아 갈 날이 머지않아 돌아가야 한다는 원칙이 살아 있는 한 균을 없애고 불물로 뒤집고 핵으로 치고 광선으로 치고 핵선으로 쳐서 재창조의 역사는 하나님께서 서서히 인간은 모르지만 지구의 변화하는 모양만 보아도 감지 할 수가 있을 것입니다.

그것은 바로 천도문"님"께서 죄인을 옥황이와 옥황이의 하늘에서 난 생녹별 옥황상제 등을 너희들의 죄지은 장본인이지 찾아서 죄인들에게 굴복을 낱낱이 받아내고 실토를 함으로써 죄인들이 가는 영계도 이제는 없애버리고 옛 동산 무언의 세계로 원위치 되었다. 지구와 하늘나라 사이에 무언의 세계가 있었는데 죽는 역사가 지상에서 탄생됨으로써 그 자리에 영계를 설치하여 죄인들이 가는 교도소 역할을 했는데 죄인들을 완전히 회계하게 굴복시킴으로써 이제는 정상적인 무언의 세계가 되었기 때문에 지금은 죽으면 영계도 못 가고 떠다니는 신세가 되어 귀신들이 구천에 떠도는 현상이 일어나고 있는 것입니다.

지금 지상에 5선의 생명선이 돌아가는 것 마저 세월이 빨리 가도록 조정하셨다고 합니다. 세상이 너무 빠르다는 생각을 인간들도 무언가 느끼며 살고 있을 것이라 여겨집니다. 하나님이 하시는 일은 인간은 알 수 없지만 그 같은 말씀을 천도문님이 하나님이 실려 말씀 받을 때 들은 것을 적은 것입니다. 녹지 않던 남극의 빙하가 녹아내리고 서서히 하늘도 준비하시고 계시다는 생각이 됩니다.

하나님은 재료를 원위치로 돌릴 수도 있고 마음대로 자유자재 할 수 있기 때문에 시간과 분과 초를 어기지 않으시고 천도문님이 하나님 아들딸님의 결백을 밝히셨기 때문에 그 악한 죄인들이 회개했기 때문에 이제는 원상 복구 하실 수 있는 순리의 정연의 정서가 완벽하게 정리되어 가고 있는 것이다. 천도문님은 하늘나라에 입적 하시어 하나님 보좌에서 하나님의 원한을 풀어드린 공로가 지대하여 모든 성관님들과 신성님들이 우러러 앙시하고 하늘에 공든 탑이 하늘 높이 금빛 찬란한 반짝임이 영원히 남아 있을 것입니다.

우리가 하나님 두 분과 하나님 큰아들 따님 이렇게 4분을 사불님이라고 부른다는 것을 잘 아시기 바랍니다. 사불님이 모든 것을 주장주관하시는 제일 핵심 중에 핵심임을 잘 아시고 사불님의 귀한 이름을 네 분을 기억하시기 바랍니다. 하늘에는 하나님께서 생불체를 가지고 계시기 때문에 모든 원료를 원 상태로 돌릴 수 도 있고 다시 해체되어도 다시 만들 수 있고 자유자재 할 수 있으며 생명체도 생불체 속에서 젊은 모습으로 재생할 수도 있기 때문에 걱정과 근심이 없는 나라입니다.

천도문님도 생명은 없이 영으로 가셨지만 하늘나라에서 생불체 속에서 하늘에 환경에 맞는 육신과 정신과 하늘 사람으로 재탄생 하셨을 것입니다. 우리 인간은 바로 하늘 공간에 가면 눈이 부셔 눈이 멀고 광명이 인간 세상과는 차원이 높기 때문에 견딜 수 없는 말 그대로 영원한 천국의 나라입니다. 하나님과 하나님 아들 따님과 하늘의 직계후손을 모시고 사는 종의 신분인 천사들도 수 억 천 년이 흘러도 젊은 그대로 살아 계시는 곳입니다. 그곳이 바로 본래 인간의 고향 천지락 하나님의 궁전의 천사장의 신분이었었다.

하나님께서는 1차원 관을
피나는 노력으로 이루셨다

1차원 관을 체계 있게 배워보자 하나님께서는 1차원 최초 첫째 날이 있기까지 당신이 전심전력을 다 쏟아 피나는 노력으로 이루어 놓은 귀함이 거룩 거룩하고 전지전능하셨기 때문에 무한정한 요소에 전류를 무한정하게 준비하셨어. 그런데 힘 전 밑에 각형이 하늘에 숫자로서 태농 태독 택토 원토 독톡 태전태독이 무한정한 그 무한함에 헤아릴 수 없고 상상할 수 없었지 이때에 갖가지 모든 각형은 형태가 다르지만 그다른 형태로 나타나는 그 전류의 원료가 무한정하였더라.

이것은 바로 내가 구성 구상하여 이룬 무한정한 모든 소립조에서 무한정하게 핵심의 진가가 한데 뭉쳐 갖가지 각을 이루어놓은 그 형태들이 살아 반짝반짝하며 무한한지라. 이것은 바로 모든 세부 조직망에 펴놓을 진가와 세부조직에 확대될 갖가지 모든 선으로 이루어질 미세한 모든 미세가 반짝 반짝 하며 그 요소가 태농태독에서 증발되어 오르는 귀한 선에 요소들이 연결 되어 무한정한 연관으로 이루었지.

이것은 아무것도 없는 것이 아니요, 무한정하게 있는 힘을 이룰 요소들이 중량이 없기 때문에 보이지 않을 뿐이지 현재 현실로 완벽하고 불변된 절대가 체계조리로서 질서 정연하며 조리단정하며 무한정한 전류를 이룰 수 있는 힘의 요소에 전류가 모두 각형에서부터 증발되어 오르며 나타남이 한없고 끝이 없더라.

이것은 유형에 나타날 대 명기전이요, 따라서 명기전이니라. 동시에 명기는 활동할 수 있게 대정기전을 작용케 할 수 있는 모든 전류의 전력이 완벽하게 구성 되어있고 구상 되어있지 이 무언무한 한 모든 힘의 전류가 나타날 무한정함이 바로 유형으로 완벽하게 나타날 대 정기전에서부터 정기전으로 이동되어 정기가 형성을 이룬 좌청룡 우백호에 활동 체다.

왜? 활동 체라고 하면 흐르고 돌기 때문이요, 이것이 전류라고 함이니라. 알겠느뇨? 이런 모두가 소립자하고 미세한 요소들이 뭉쳐 네모 형이 하나가 지구 우주 공간보다 더 큰 것이 수천억 개가 넘고 넘는 것이라고 하자. 이것이 짝 깔려 붙어있는 동시에 이 네모 형에는 갖가지 형태가 나타날 소립자가 무한정하고 따라서 소립조가 완벽하게 체계를 이룬 층이 완벽하며 동시에 끓어 넘치는 모든 요소가 핵심의 진가인데 지형을 이루었더라.

166

이렇게 일획 일점도 더하고 덜함이 없이 이때에 나는 모든 미세한 아주 현미경을 쓰고 봐도 작은 미세가 뭉쳐 삼각형을 이루며 동시에 삼각형 속에 엄청난 큰 웅대한 기둥같이 모두 뭉치더라. 뭉쳐서 아주 갖가지 천태독으로 이루어 그 형태가 삼각형 같이 이루었는데 어떻게 보면 반짝반짝하고 어떻게 보면 물체 같고 어떻게 보면 고체 같고, 어떻게 보면 물 같고 어떻게 보면 아주 이렇게 우르르르 우릉우릉 하는 것 같기도 하다. 이렇게 되어있는 삼각형도 있고 무지개 발같이 오색찬란한 각형이 무한정하게 아주 반짝이면서 생록조로써 모두 진설이 호화찬란하게 불린 것 같이 모든 결정체가 찬란하게 이루어졌지.

어떤 삼각형은 생록족도 왁초록촉대 빈설댁도전이 점막을 친 것 같이 뭉게뭉게 피어오르는 구름 기둥같이 모두 삼각형을 이루었더라. 이럼으로서 이 생생 문도가 생생 문을 열었은즉 생하고 정하고 통할 수 있는 갖가지 전류의 요소들이 핵심의 진가를 이루었은즉 이것이 모두가 찬란한지라. 신설선도가 모두 진가를 나타낸즉 아주 눈이 부시고 황홀하며 기가 새로우며 생소한 무한정한 그 요소에 원료들이 무한히 나타나게 나는 구상하였지. 생소소립자 전진자촉이 모두 아주 무쌍한 힘을 내는 것 같이 진도를 일으키는지라. 이럼으로써 무언 무한한 찬란하고 귀한 영광에 새로운 신선도가 나타나기 시작하였는데 귀록 댁도 원도가 모두 찬란한지라.

이때에 각형이 모두 반짝이며 그 형태가 다르게 원료에 핵심의 진가가 증발되어 오르는 무언무한하고 또한 그 놀라운 기적을 일으켰은즉 층과 층면이 서로 밀고 당겨 붙는 소리가 우레 같고 무한정한 천지자유 익도술로 모두 술책을 펴 문도로서 완벽한지라. 알겠느냐?

이러기 때문에 각형마다 그 놀라운 핵심의 진가들이 모두 형태를 나타내었는데 그 형태마다 뭉게뭉게 피어오르는 구름꽃같이 펑노댁도 하였은즉 이 놀라운 장관이 멋들어진 장관을 이루었더라. 이때에 나는 천살 중에 천살이요. 생불체중에 생불체라 알겠느냐?

이럼으로써 생불이 완벽하다는 말이지. 알고 있으렷다. 천도 자유 익도 왕내 동촉 직작 토랙 전저 전지 자유익조가 모두 꽃같이 활짝 피었은즉 이것이 바로 광명의 빛같이 모든 힘살이 무한정 하였더라. 알겠느냐? 이렇기 때문에 갖가지 각형이 서로 동일체요 따라 독립하는 힘의 요소들이 뭉쳤은즉 생동할 수 있는 힘 막들이 무한정 한지라.

이렇게 때문에 어떠한 각형에서는 물같이 생수로 흐르고 도는 것 같으며 또한 화락 도백도독 원진도를 이루었기 때문에 그 엄숙함과 두려움이 완벽한지라. 이것이 모두 귀함이 아니겠는가 말이지. 천지자유 익도 익농 익농내조 천체 술녹 댁도가 완벽함으로써 이러한 내용이 각형에 모두 꽉꽉 차 있다는 참 말씀이니라. 알겠느냐?

이것이 이런 것이 전부 이제 선으로 이루어질 것이 없이 수 없이 원료로 나오고 또 전류가 흐르고 돌게 이루어서 나오는 핵심이란 말이야. 이모든 귀함이 완벽하기 때문에 힘 판을 각 형이 끼어 있는데 사면에 깔려 붙어 있는 힘 판에서 중량이 없는 힘이 일어나며 동시에 바탕에 힘이 와서 모두 행진하는 지라 알겠느냐?

마리아 몸에 천사 유전자를 점지 하셨다

아주 잘사는 집도 아니고 굶지도 않고 이런 보통 집에서 태어나게 되었는데 그것은 왜냐하면 여호와 하늘 새가 내친 셋째 아들인데 내 명예를 주어서 땅에서 역사하라고 하였는데 마리아라는 사람이 유대 땅에 살았는데 그 마리아 몸에다가 왜? 잉태를 시켰느냐하면 그때는 몸이 부정치 아니하고 아주 결백 했어, 믿음으로 꼭 채우고 그 여자는 굉장히 순수하고 소박해. 많이 배우지는 못한 여자지만 지금으로 말하자면 예들 들어서 중학교쯤 공부한 수준이었어.

그런데 굉장히 아주 마음이 온순하고 또 정신이 밝고 맑단 말이야. 그리고 주관도 있고 또 아주 절도 있고 앗살 하고 이렇게 때문에 생불 체 유전자를 그 생불 체 유전자도 천사 장 탄생하는 생불체도 있고, 천사가 탄생하는 유전자가 있다. 그 천사의 유전자를 떼다가 마리아 몸에다가 점지를 했어. 점지할 적에 마리아가 아주 이런 무지개 같은 무지개발에 빛을 안

앉아. 안고 깨고 보니 꿈이거든, 꿈인데 그달에서부터 생리가 없는 거야, 없으니까 처녀가 이상하다 할 것 아냐? 생리가 없더니만 그 다음엔 공중에서 말이 나오는 거야 내가 여호화니라. 마리아야 하면 산이 울리면서 귀에 쩌렁쩌렁 들리는 거야. 내가 여호화니라. 이렇게 했어. 네가 간밤에 꿈에 무지개발 같은 그 태양을 안은 것이 바로 네 몸에다가 잉태시킨 아이가 낳으면 아들인데 그 아들은 바로 예수니라. 그 예수는 독생자다. 왜 독생자라고 하냐면 내가 점지를 했기 때문에 독생자요, 이 땅에는 둘도 없는 자기 때문에 독생자다.

인간은 이렇게 서로 주고받아서 호르몬으로 애기를 낳지 생불체 유전자는 처음이 아니야? 곧이곧대로 말씀 하신 거야. 그래 둘도 없는 독생자다. 네가 남자를 통해 잉태한 것이 아니라 하늘에서 점지한 잉태기 때문에 너는 애기가 앞으로 선악을 구별하고 만국을 다스릴 만왕을 네 몸에 간직하게 되었은즉, 너는 이때서부터 항상 아침저녁으로 따뜻한 밥을 먹고 항상 몸을 청결하게 하며 또 늘 기도하여라.

이렇게 들었어. 또 어떤 때는 마리아야 하고 별안간 부르신다고 그럼 예하고 답한다고. 다른 사람은 못 듣는데 이 사람은 듣는 거야. 예하면 네 몸이 청결하라 했는데 왜 청결치 아니하냐? 아침 5시에는 꼭 일어나서 기도 하여라 하였어. 그래서 그 말씀을 듣고서 항상 기도 생활이 멈추지 않고 꼭 하는 거야. 근데 이게 배가 자꾸 불러오는 거야.

우물이 여기처럼 이고도 다니고 중국 사람처럼 어깨에 메고도 다녀 거기는! 나는 보지 않아서 몰라 하나님 말씀 듣고 그대로 해주는 거야. 우물에 가면 사람들이 처녀가 애 뱄다고 말, 말이 많지. 그때만 해도 그런데 그 소리가 이 여자는 듣기 싫은 거야. 그러니까? 자꾸 몸이 부르니까 밖에도 안 나가는 거야. 교회도 안 나가고. 아무쪼록 교회도 안 나가고 10달 내내 애기나 보관하고 몸이나 청결하고 이렇게 있으라고 늘 여호화님이 가르쳤어.

그런데 시집을 가지 말라고 하는 거야. 시집가지 말고 애기를 잘 길러서 애기를 낳으면 잘 길러서 하나님한테 바쳐라. 만날 이렇게 말씀 하셨어. 그러니까 마리아가 가만히 생각하니까 지금이나 그때나 사람이 똑같잖아. 왜 난 시집을 못 가느냐 말이지. 이런 잡음이 탁 들어가 버리니까? 그때서부터 잡념을 가지고 생각하면 또 여호화님이 너는 귀한 아들을 몸에 간직하였은즉 쓸데없는 잡음을 불러일으키지 말라.

항상 안식에 편안한 마음을 정하라. 항상 하나님께서 나하고 말씀하듯이 늘 이렇게 말씀하셨는데도 이 여자가 그런 사심의 마음이 틈타서 그때서부터 교회를 나가고 그런 얘기를 해도 남이 곧이들어 먹어야지. 꿈을 받아 배가 부르다고 해도 그런게 어디 있냐고 하고, 곧이 안 듣는 거야. 사람들이 지금이나 그때나 곧이듣겠어? 안 듣는다고. 그러니까 늘 이제 비관하는 마음에 늘 교회도 왔다 갔다 하다가 그 사람 이름 요섭이라는 사람과 눈이 맞은 거야. 이 여자가 요셉을 보니까 마음이 당겨가는 거야. 서로 눈이 맞은 거야. 절대 남자를 범하지 말라 했는데 애를 낳기 전에 그 남자하고 범했어. 외국 사람은 그런게 큰 흉이 안 되니까? 뭐 그렇게도 하겠지. 그러니까 하나님께서 벌을 주셨어. 매를 때리고 여호화님이 그런 것을 잘 하시잖아.

그런데 그때는 듣지 않는 거야. 빠져가지고 그러니까 혼자 살기를 바랬는데 여호화 하늘새님이 하도 말해도 듣지 않으니까? 그냥 내버려 둔거야. 우리 집에 공부도 똑같아 하라하라 해도 안하면 내버려 두는 것과 똑같아. 그러면 어떻게 되지? 자기가 독립을 해야 하잖아 그래 그때 자기가 잘못한 것을 그때에 마라아가 갱심을 해야 하는 거야. 하나님께서 상관을 안 하시니까? 아 이것 잘못됐구나 하고 그때에 회개하고 아무리 부정한 일을 했어도 회개를 하고서 요셉이라는 사람을 멀리 해야 하는데 에라 모르겠다.

한번 타락한 몸 될 때로 되라. 이렇게 되어 버린 거야. 그래서 그 남자하고 결혼을 했으니 얼마나 구박이 많겠어. 딱 결혼하고 나니까 요셉이가 의심이 나는 거야, 여자가 어떤 놈하고 붙어서 애기를 뱄느냐 때리고 싸우고 막 그런 일이 일어나는 거야, 그러니까 할 수 없이 여호화님이 꿈으로 현몽을 주었어. 요셉을 불러서 하늘에서 점지했다는 그 정표를 내려 주다시피 막 환상도 받고 꿈으로 현몽으로 자꾸 했어.

그래도 그 남자는 의심이 나는 거야. 그러니 애기가 천대 스러운 애기가 되어버린 게 아니야? 그런데 애기 날 달에 가서는 어디를 절대 나가지 말라고 했어. 사흘 앞두고서 우물도 가지 말고 어디도 가지 말라고 했어. 그런데 애기를 뺐어도 살림을 하니까 밥을 해 먹어야지. 그런데 거기도 말 같은 것도 먹이고, 소 같은 것도 먹이고, 그런가 봐, 그러니까 그런 외양간에 들어가서 애기를 낳은 게 아니고 잘 들어 보라고, 물을 이고서 들어 오다 가서 그 외양간 앞에서 애기를 마당에 다 쏟아 놓은 거야. 그게 천하게 땅에다가 애기를 낳은 거야. 그래서 천하게 된 거야.

여자가 타락했다는 그러한 좋지 못한 거기에 결부 되어 있는 거야. 그 애기를 기르면서 요셉이 한테 천대도 많이 받았어. 그래서 여호화님이 예수님 6살 때 동산 뒤에 데리고 가서 늘 좋은 말씀하고 그 아이는(예수) 어떤 할아버지인 줄만 알지, 예수님은 내가 예수님보고 물어보았다고. 정말 그런 할아버지가 자기하고 얘기하고 사랑해 주시고 안아 주시고 둥둥 해 주시고 그랬다고 예기를 하더라고. 그분이 바로 여호화님 이야. 그랬는데 차차 성장되면서 율법을 안 지키려고 하는 거야. 예수님이 벌써 엄마 믿는 믿음을 안 믿으려고 싫어하는 거야.

이 사람 그러니까 서로 모자가 트러블이 일어나는 거야 왜? 자기 엄마하고 하나가 되었으면 왜 집을 나가겠어? 생각을 해봐? 자기 집에서 일을 하지. 그러니까 이제 한때는 나이 17세정도 먹어서 자꾸 집을 나갔다 들어왔다 하는 거야. 자기 부모가 믿는 종교를 멀리 하는 거야 그러니까 엄마하고 사상이 틀리 거든 자기 엄마가 보니까? 자기 아들이 꼭 마귀 붙은 것 같거든 또 딴 사람도 마귀 붙었다고 자꾸 그러고, 그래서 할 수 없이 예수님이 집을 나가게 된 거야.

그 아버지는 사람이 의붓아버지가 목수인데 목수일도 같이 좀 했데. 그래서 공부도 못하고 어려서부터 그 사상 때문에 지금이나 그때나 서로가 의각이 나기 시작했어. 그러니까 예수님이 혼자 집을 나가게 된 거야. 나가서 방황하게 된 거야. 거러지 생활을 한 거야. 그 나오잖아 생애도. 그렇게 된 것이 예수님이야 그러면 예수님 뒤를 받들어서 엄마가 시집도 가지 말아야 했었다.

그런데 너희들이 세상에 나가보니 마음이 혹한단 말이야. 될 것인가, 안될 것인가, 확신을 안하고 보니까? 만날 해하는 마음이 그 마음속에서 싹트니까 늘 가짜 마음은 여기 잔득 차 있고 진짜 마음은 여기 있다가 싹 달아나. 그러다 보면 사불님(하나님과 아들딸)도 잊어버리는 거야 죄악이 무엇이 좋은지 너도 좋다 나도 좋다. 그 안에서 이러는 것과 똑같은 거야.

예수님이 자기 혼자 밥 먹기도 힘든 거야. 얼마나 고생하였다고, 남 과일 밭에 가서 과일을 먹기도 하고 배가 고파서 그러다 주인한테 걸리면 진리로다 내놓고 이렇게 고생하며 컸어. 어느 만치 나타나 자기 엄마가 찾지 않고 있다가 어느 교회 가서 찾아가지고 그러니까? 여인이여 나하고 무슨 상관이 있느냐? 그게 무슨 말이겠어? 아들을 상관치 아니하다가 이름이 나서 안수해서 사람 살리고 굉장한 부흥이 일어나고 그러니까 그때 아들 찾은 거야. 뭐? 그때 고생할 때 찾은 줄 알고, 하나님 말씀 안 들으니까 여호화님이 그 마리아 몸에서 일단 떠나버린 거야. 아무리 거시기해도 상관 안하니까 고생시키니까? 떠나버렸지.

마리아가 자기 아들을 보관하라고 했지. 누가 요셉이 한 테 시집가라고 했어? 애도 낳기 전에 사랑하고 연애 걸고 시집 갔으니 잘못된 것 아냐? 그러니까 아들이 거기서 천대받고 그러기도 싫고 하니까 같이 요셉이하고 소 먹이는데 요런 곽도 만들고, 책상도 만들고, 하다가 내가 지금 이런 것 하게 되어 있어? 자꾸 머리에서는 나오라 하지.

그러니까 너는 엄마에 덕을 못 본다. 나가자나가자 하니까 나가버렸지. 나가서 멋대로 돌아다니니까 얻어도 먹고 그렇지 그러니까 그 체험담에서 산지식을 찾은 데다가 이제 어디 가서 선생을 만날까 하고 들어보면 예수님 생각할 때, 저거 아무것도 아닌데 너 엄마 그전에 학교 가니까 아버지 아버지 만날 있는 아버지하고 배우고 있다, 뭐하고 있는 거야?

만날 있는 것 가르치고 뭐하는 거야. 배울 것도 없고 뭐하러 가 뭐 신기하게 없는 것 가르치면 귀가 이런데 책에다가 항아리 같은 것 그려놓고 떡국 그려놓고 이런 것 누가 그런 것 배운데? 생각을 해봐 있는 것 누가 몰라? 다 아는데 그런 것 배우려면 안 배우지 그런 것과 똑같은 것이지 자기가 봐도 판단이 되지 노력하지 않고 성현이 된 줄 알아? 별안간 성현을 시켜보아라. 뭘 알아야 하지. 그럴 것 아냐? 배워야 알지 배우지 않고 어떻게 알겠어? 그러니까 그런 것을 달통하기 위해서 다니며 갖은 고생을 다한 거야. 배도 고파보고 신발도 벗어놓고 눈물도 흘려보고 속도 상해보고 이런 곳에서 좀 머리가 있으니까 차차 깨닫고 하늘에서 일하겠나? 안 하겠나? 시험도 해보고 이런 가시밭에도 넣어보고 만날 그런 장난(시험)을 했지.

그러다가 이 사람이 말씀을 받는데 어떻게 받았느냐 하면 어느 날 갑자기 여호화님이 예수야 부른 거야, 이것도 왜 그랬냐 하면 배가 고파 탈진을 하고 선생을 찾아다니느라고 목 메워 찾아다니느라고 팔도 아프고 다리도 아프고 죽을 지경이야. 그래서 어느 바위 밑에서 앉아서 하나님을 부르며 울면서 기도를 했어. 어느 날 갑자기 복음을 받은 거야 그게 교훈이야. 그 복음이 교훈이야.

그 교훈을 받아서 자기 몸이 기도하는데 화끈 달아오르고 빛도 확 났다가 막 어떻게 손을 가지고 이러면 이 손끝에 불이 붙고 또 어떻게 하면 손에서 빛이 싹 나가고 빨갛다면 빨간빛 파랗다면 파란빛 이러고 손바닥에서 이러고 보면 지금 빨간가 하면 빨갛고 노란가 하면 노랗고 하얀가 하면 하얗고 이런단 말이야. 야 이게 뭐냐? 이때서부터 나가서 병을 고치기 시작한 거야 그런데 들어먹어야지 아는 소리를 하니까 귀신 붙었다고 하고 안 알아주니까?

어느 배 타는 곳에 가서 찾은 게 베드로야, 베드로한테 가서 자기가 그런 능력이 있으니까? 베드로 보고 나를 믿으면 너는 천국 갈 것이요, 바로 내가 이 땅에 만왕이다. 만국을 다스릴 만왕이다. 보니까 주제가 꼬다부러한게 만왕이다 하거든, 베드로가 웃기거든, 웃기지 말라고 이 친구야 이랬다고. 글쎄 나를 믿어 보라고 하도 그러니까? 이상해서 막 믿기는 뭘 믿어, 내 주먹을 믿어라. 그 뱃놈들이 그런 말을 잘 했을 거야. 그러니까 돌멩이를 내놔주면서 이것을 깨면 당신을 내가 죽고자 하는 마음으로 따르겠다고 했어.

그래서 말미를 주어서 사흘 후에 가서 그 앞에서 깨는데 한 번 깨니까 아프지, 두 번 깨니까 피가 터지지, 세 번 깨니까 돌이 산발래로 짝 갈라졌다는 거야. 그러니까 그때서부터 베드로가 예수님을 믿은 거야. 이적을 행하고 믿은 거야. 그러고 그렇게 믿는다고 철석같이 해놓고 믿어? 믿지도 못하지. 예수님이 벌써 베드로 찾을 때에는 공부를 하신 분이야. 그렇게 무식 한 줄 알아? 다 그 산체험이 산지식으로 공부한 것이

지. 그래 가지고서 예수님이 그때서부터 고기 배를 타고 어지러운데 멀미를 하면서 쫓아나갔다 들어왔다 하고,

요놈의 베드로 놈은 아! 이 사람 데려가면 고기 많이 잡겠지? 그것도 한두 번 많이 잡지 만날 많이 잡나? 욕심만 가득 차라고? 처음에 나가 고기를 만선으로 잡아왔지, 그럴 때는 예수님 이러고 또 어떨 때는 안 잡히고 갈 적마다 고기를 그렇게 잡아? 그래가지고 베드로가 성질이 과격하고 못돼 먹은 성질이 깡패 같은 몸이 따르다가 저거하면 예수님한테 원망하고, 대들고 그랬다고. 그것을 이렇게 다듬어 선비를 만들어 놓은 것이야. 그러니까 예수님이 얼마나 고생을 했겠느냐? 말이야 그러니 나이 33세에 십자가를 메고 가셨지만 얼마나 고생이 많아 아니 그렇게 자기가 권능을 베풀 때에는 죽은 사람 살리고 만날 병 고쳐달라고 하고, 밤에 밤 새것 여호화님께 두드려 맞아가지고 아침에 눈이 멀검해서 정신이 띵해서 돌아다니고 하나님 위치는 있고, 안 고쳐 줄 수는 없고. 고쳐주고 저녁에 와서는 두드려 맞고 만날 이런 고생 하다가 갔어. 지옥문에서 헤매다 가신 분이야. 그런 예수님한테 지금도 달라고? 달라 긴 뭘 달라. 이렇게 해서 베드로를 찾아서 차차 뱃놈이 여럿 있고 또 이분이 창녀 굴에 들어가서 이 창녀 저 창녀에게도 복음도 전해보기도 하고 고생을 많이 했지.

그러다 보니까 정신은 점점 어두워 지지? 그래서 그런데 가서 술 먹으며 말씀도 전해주고 그랬어. 그래서 우리 말씀은

179

술 먹으며 전하지 말라는 거야 내 말은. 이적을 하는데 맨 처음처럼은 못한 거야, 그러니까 사람이 엄청나게 모여들어 인산인해를 이루고 산으로 이루니까? 국가에서 큰일 났다고 하고 난리 났다 하고 그때 예수님 죽인다고 난리가 났잖아.

그때 가서 어느 교회 가서 자기 엄마가 아들을 찾으니 여인이여 당신하고 나하고 무슨 상관이 있냐고? 그 소리 안 나오겠어? 그래서 나온 말이고, 그러니까 무한한 교훈을 참 예수님이 복음으로 받았기 때문에 그것이 자기 생명이요, 그래서 나를 믿는 자는 내 말씀이 진리요, 길이니라. 이게 맞는 거야. 생명이요, 진리요, 길이니라. 그렇지만 지금은 천문이야, 천문이 너희 생명이요, 진리요, 길이니 이는 능력과 권능 자를 믿어서 능력을 갖추어서 권능을 베푸는 이적 속에서 이적을 행하며 살 것이니라.

그러면 예수님 때하고 지금하고는 판이 틀리잖아, 벌써 천문은 생명의 진리요, 길이니라. 이는 능력과 권능을 갖추었으니 이적을 마음대로 폈다 거뒀다 할 수 있으니 이적운속에서 이적을 마음대로 펴니 영원불변토록 살 수 있을 것이니라. 우리 말씀이 맞지 이러자는 거야.

4차원 공간을 짓기 위해 수 억 년 준비하시다.

1차 최초 관에 이 바탕만 한 부분으로 조금만 배우자. 조부님께서는 4차원 공간을 짓기 위하셔서 무한히 준비를 하셨는데 그 준비 과정과 기간은 수 억 년이라는 세월이 두 번 지나갔어. 조화체에서 2차 최초관까지 그런데 생불님께서 당신 스스로 당신은 당신을 아시는 분이시기 때문에 조화체시라 이런 말씀이지. 조화체시기 때문에 무한히 이제 앞으로 미래와 꿈이 있으시고 또 목적과 목적관이 분명하심이 큰 뜻을 이루시기 위한 작전의 전술이 완벽하셨단 말씀이야.

이때에 하나님께서는 아주 헤아릴 수 없고 상상할 수 없는 원을 아주 무한정한 그 힘의 태를 이룰 수 있는 그 소립자 소립조로서 무한정하게 갖가지 힘의 요소를 무한정하게 힘 태로 다 이루신 거야. 이때에 이 지구 우주 공간 몇 천 배나 되는 이러한 원을 이루실 때 아주 당신은 이제 생생문을 여신거야, 생생문이라는 것은 바로 정신문인데 정신문을 여셨기 때문에 생생문도를 이루셨다는 거야 그래서 생생 문도에는 한 없고 끝없는 정신세계 마음의 한없고 끝없는 마음세계 또 음 양의 요소가 무한정한 세계, 또는 생명의 요소가 무한정한 힘을 이룰 수 있는 갖가지 소립자와 소립조와 마찬가지로 한없고 끝없이 아주 이루셨어.

이것이 바로 무형실체 현재 현실로서 무한정하심이야, 이 것은 중량이 없고 또 그 중량은 없지만 또 보이지도 않아. 요소기 때문에 그 중량도 없고 보이지도 않는 무에서 무로서 무한정 하게 이루시는 그 작전의 전술이 생생 문도에서 생생 생동 생문을 치시고 생동 색초 새록 토랙생속 책토 전문 문택토 원토를 무한정하게 이루실 조화를 이루신 거야.

이때에 불태 독태 원체 촉핵 천지 암화 힉호 특궁 조경 등 태 생소 문진 전재 챙천 체능 토조 왁특 릉새록 문도가 무한 정하게 이루는 찬란함이 한없고 끝없이 이루었지. 이것은 갖 가지 요소를 이룰 수 있는 원료에 근원일치니라. 핵도 핵조 책조 촉채 화흑 특문 생문 생석 핵토 댁택토 원토 이렇게 모든 요소를 이루울 근원 최초가 모두 소립자를 이룰 수 있는 갖가지 요소니라.

이때에 원이 한없고 끝없이 그 광경이 놀라운 기적을 일으 킨지라. 이때에 그 원에 맞추어서 갖가지 근원 원력에 요소들 이 모두 스스로 지구 우주 공간보다 몇 배나 더 큰 각형이 사면에 쫙 깔려 붙어 이루었지. 이것은 한없고 끝없느니라. 왜 내가 내 힘에 맞고 내 분수에 맞게 만족하고 흡족할 수 있게 갖가지 근원원료를 이루기 때문이요. 4차원 공간에 조립할 이치가 완벽하게 이루기 위한 작전이기 때문이요.

사차원 공간이 없더라도 또 이룰 수 있는 무한정한 요소들을 마음껏 이루어 놓음이지.

이때에 그 각형마다. 갖가지 내용들이 다르고 그 모든 응능냉왕 증칙 착해 혹톡 이러한 모든 근심에서 소립자들이 아주 무한정하게 나타나며 각형을 스스로 이루는 것이니라. 각형에 소립자로 이루어 호화찬란한 색채를 이루었고, 따라 소립자에서 소립조를 착착 체계 맞게 이루어 무한정하게 모든 갖가지 요소가 모두 각형마다. 내용물이 다르고 요소가 모두 다른지라.

이때에 각형이 모든 형태가 소립자로서 이루어져 있는 아름다운 결정체들이 반짝이며 호화찬란하게 조를 착착 이루어 전개돼 나가는 그 광경일치가 엄숙하면서도 두려우며 아주 슬기로운 지라 각형은 다 같지만 거기에서 나타나는 소립자는 다 형태가 다르게 나타남이요, 따라서 이 모든 형태들이 태반태도 원태독으로 이루어짐과 태독택토로 이루어짐과 천태독으로 이루어짐과 천지 입태로 이루어짐과 자유입체로 이루어지는 것과 천지자유경조로 이루어지는 것과 댁도 천태왕토댁으로 이루어짐과 생태 생문전태로 이루어짐과 생수문

테로 이루어짐과 생농문도로 이루어짐과 생문 생진 착초로 이루어짐과 생파동 대토전태로 이루어짐과 천지 지암 지독 원태로 이루어짐과 천초 진자 응내조로 이루어짐과 천문천태로 이루어짐과 생문생태로 이루어짐과 생조생녹조로 이루어짐과 실록 신선 촉채생문으로 이루어짐과 생성 속색 태독천태 독대로 이루어짐과 실록 신선 촉채 생문으로 이루어짐과 생성 속색 태독천태 독태로 이루어짐과 문도태로 이루어짐과 문조태로 이루어짐과 천도전톡 왕입초채족책토로 이루어짐과 자유입체로 이루어짐과 조립자생속속삭토 태원천초 문조로 이루어짐과 태반반도체로 이루어짐과 반도태녹촉채 원태 태반택토입초 전진자유 천태조과 모두 힘에 판도로 모두 이루어져 일심일치로서 반도체가 반짝이며 힘을 내고들이며 힘을 모두 왕내조로 자유하는 반도와 반도체가 무한정 한지라.

따라 지층 같이 딱딱 확정되어 근원 핵토가 딱딱 사진사독 천태입태로서 전부 딱딱 숫자로 나와 붙느니라. 이것을 이 세상 인간들이 컴퓨터라고 하는 말이다. 알아들겠느냐? 이럼으로써 갖가지 모든 4진 문도가 선명 섬세하며 새록새록 새로우며 새뜻한 신선함이 정신세계에서 활동하는 활동체가 모두 그 지형에 따라 조밀로 이루어 조를 딱딱 짜서 체계를 이루는 그 질서의 정연과 조리의 단정과 원술 원도술이 모두 생수생문을 슬기롭고 스릴 있게 통쾌하고 상쾌하게 완벽하게 일획 일점도 더하고 덜함이 없이 딱딱 진문을 쳤지 이렇게 때문에 진문에 따라 모두가 그 태반태독 원태독에 내용물들이 모두 소립자로 이루어 각형 기둥 하나가 기구 우주 공간보다 몇 배 나 더 큰 것들이 평창을 이루어 안정되어 있는 그 무한정함이 사차원 공간 수 십 천 개라도 무너뜨릴 수가 없는 이러한 조 화로 이루어놓은 것이 원에 요소와 각형의 요소니라.

하나님께서 4해8방 4진문을 세우셨다.

천지지간만물지중이 모두 음과 양으로서 서로 상대 조성하여 수수작용 일치상황이 바로 내용이 음과 양이라는 것을 알고 있고 또한 모든 천지 익지 자유선이 자재함을 분명히 알고 있지 않는가 말이야. 천도가 완벽하고 4해 진문이 분명하고 4해8방 4진문이 천도에 천문으로 상대 조성한즉 이는 경쾌한 상쾌가 완벽하단 말이지. 무형실체의 내용을 알고 있고, 유형실체 내용을 알고 있고, 또한 갖가지 원료에 근원에 내포에 담겨져 있는 내용을 알고 있지 않는가.

이런즉 모든 원료가 진리학문이요, 따라 나타난 직도 진도 강도 원도가 분명하게 힘을 자유 함이 완벽하단 말이지. 이런즉 갖가지 원료가 나타난 이치와 의미를 다 깨쳤은즉 걱정이 무엇인가 말이야. 이 세상 살 동안 조금만 곡경과 고독한 인생살이가 끝나면 무언하고 무한한 태평의 환경의 지배자가 될 것이니라.

따라 조화를 이루운 의미 이치 상황전에 적응되고 합류되어 확정 확장 확대 진도에 진문과 설비의 기계화에 나타난 전자든지 분자든지 과학이든지 생녹 징녹대든지 족도 냉농 냉내 진도든지 모든 자유선이 인내 녹직 녹대가 완벽하지 않는가 말이야. 갖가지 모든 생동생진과 생문생진과 생녹 잭도진과 생노종 내진과 생농 생문진과 생낭 내진도와 갖가지 생물에 속하여 찬란한 물리학이 분명하고 생리작용 수수 익지 냉노직도가 완벽하고 성농직농대가 완벽한지라.

이런즉 지녹독대전도가 완벽하지. 이러한 진리가 모두 근원으로 살아 행진하고 활동한즉 힘이 있는 곳에는 생롱냑조 진도가 완벽하고 생문생농냑도가 완벽하고 생물과 생명체가 서로 상대 조성한즉 진지한 사랑이 서로 잘 주고 잘 받아 수수작용 이룬즉 거짓 짓이 없고 진실한 사랑에 영원하고 불변성을 띄운 무언 무한하였다.

만족하고 흡족함으로써 책임이 완벽하고 직분과 직책이 분명한즉, 모든 것을 맡고 맡아 활동함으로써 맡아 주장 주관한즉 걱정이 없는 자들이 완벽하단 말이지. 이때에는 하늘에 무한한 진리가 화평한 중에 통한즉 걱정이 없단 말이지. 자기에게 부여 되어있는 책임분담을 서슴지 아니하고 활동한즉 모든 것을 진실 되게 만 살기 때문에 물리학이 활짝 열림으로써 무언무한한지라. 하늘에 신성이 사는 유형실체에는 걱정근심이 없단 말이지. 이러한 모든 귀함을 귀하게 알 때에 이는 자유자재 원녹 냑조가 분명하단 말이지. 이런즉 원료의 원문을 파악하고 본문의 근본을 파악하고 갖가지 진문에 진도와 강도와 전농 냉노직도와 갖가지 힘에 조화를 자유롭게 자재하는 문도의 문술을 자유 한즉 문법진에 나타나는 행진족도 냉노직도가 분명한지라. 이럼으로써 갖가지 천문자유 익지완을 알고 천문자유 익지 완도 진도를 알게 되고 또한 주독의 역도를 자유하고 역술을 자유 한즉 역산이 자유 되는지라. 이럼으로써 역의 힘과 또한 이동진을 치는 진법을 펼 줄 안즉 주독의 팔만 금사진이든지 팔만 잭도 닝노진이든지 생롱색도 종내진도든지 갖가지 모든 힘을 파악하여 마음대로 자유 한즉 이는 통치자유요 자유로운 자재자니라.

이러한 진지한 이치와 의미를 깨쳤은즉 걱정이 없단 말이지. 따라 동시에 주역과 육갑술과 숫자와 수학과 1, 2와 3, 4에는 부분적 원료에 진리가 활짝 열린즉 천문자유 냉노직녹대를 알고 있단 말이지. 이럼으로써 갑로진을 자유하고 갑인진을 자유자재 함으로서 옥문 옥도 옥반 작도 냉노진내 영원불변 다랙직노진을 자유롭게 폈다 거뒀다 한단 말이지, 이런즉 무한한 문술에 한없고 끝없이 자유로울 수 있는 자유자가 어떤 자인고? 이런 자가 자유자니라.

이러한 세상 속에서 상하와 모든 예와 예법을 분석하고 분별하며 모든 체계의 자유를 분명히 앎으로써 법도 적으로 살고, 법을 안즉 법회 자가 완벽하단 말이지. 비유와 상징으로 들어 보라. 지구에도 지층이 모두 체계로서 딱딱 체대 따라 윤곽의 조립이 완벽한 동시에 괘도에 고리에 조립이 딱딱 정해져 있단 말이지.

이와 같이 각 궁창마다 궁극의 목적이 완벽하고 뜻과 의미와 이치가 분명한즉 이는 법도대로 살게 되고 법을 아니 행할 수가 없단 말이지. 왜냐하면 법으로 이루어진 이치와 의미가 완벽하고 예가 분명하고 예의예지가 완벽함으로써 질서가 정연한즉 모든 것이 세심 소심한 가운데 조리 단정한즉 이는 모두 조밀 되어있는 원료에 따라 모두 청밀 되어있는 정밀도가 완벽하게 정밀로 산단 말씀이다.

이런즉 광경일치는 광경일치대로 자유하고 모든 상대 조성성이 불변하단 말이지. 이와 같이 분명하고 작용일치 일치한즉 일심작용이기 때문에 동화일치 상황이 완벽함으로써 무언 무한하단 말이지. 천지에 익도 천지 천문 녝직도가 완벽한즉 자유로운 자재원문이 분명하단 말이야. 이와 같이 천문자유가 완벽하지만 인간은 너무 알지 못함이 안타까운 일이니라.

내 말씀이 모두 바르고 바름이라. 갖가지 모든 귀함이 헤아릴 수 없고 상상할 수가 없은즉 무언 무한함을 알고 있겠지. 천도문아(하나님께서 말씀 받는 천도 문님께 부르시는 말씀) 너도 항상 진리를 연마하고 탐구하여 남다른 생각으로서 세상을 초월한 내용이 바로 진리 자가 되고 본즉, 학문이 무언 무한하게 고도차원 원천 근원의 내용을 알고 있은즉 이는 천문자요 자유자가 아닌가 말이야.

천도문님이 하나님 말씀을
받음은 결백의 증거이다.

이 죄 많은 세상에서 바른 생활을 진행하였은즉 그 결백과 결백이 이 땅에 증거로서 나타날 때에는 진리로서 무언 무한한즉 어찌 귀하지 않겠는고. 따라 동시에 삼불님과 5섯 선관님이 그 몸을 감싸 좌우에 응시되었은즉 걱정치 말라는 뜻이지. 왜 걱정치 말라하겠는고?

너는 (하나님께서 천도 문님을 지칭) 나에게 신기록을 세워준 기적이기 때문에 이 땅에 왔던 모든 귀한 자들이 마음과 정신이 모두 옳지 못하였기 때문에 죽은 것이 증거란 말씀이니라.

귀한 천문을 헤아릴 수 없고 조물주 (사불님)를 찾았더라면 어찌 죽겠는가를 생각하여보자. 수많은 옥황의 후손들이 모두 이 땅에 나타나면 자기 선조를 찾고 자기만 알다가 모두 죽은 것이 증거요 그 내용을 보라. 하늘이 상관치 아니하였다는 것이 분명히 증거로 나타났단 말이지. 이런즉 진리 속에 살지만 진리를 알지 못하고 부분적 학문을 배운 것이 숫자와 수학과 1, 2와 3, 4를 쓰는 것으로 어찌 근원 차원 원천을 알며 생조와 원문과 주고받는 조성을 알 수 없고 원문과 본문이 상대 조성함을 어찌 알겠는고?

본문과 본질이 주고받는 상대조성을 알지 못한즉 주독과 주역과 육갑 술을 전혀 알지 못하니라. 주역과 육갑 술과 숫자와 수학과 1, 2와 3, 4를 풀고 보면 지리에 지리학과 천문에 천도에 의미를 약간 깨친단 말이지. 이러한 진지한 자유선을 어찌 알겠는고. 자유와 자재와 권위와 권세와 권력에 자유를 알지 못하니라.

분명히 하늘에 진리를 오늘 아침에 배우잔 말이지. 근원에 생불이 구상해낸 원료를 자유 되어 조립되어있는 조가 조직으로 선명 섬세하게 생조 들이 모두 자유 한단 말이지. 생조들은 원료를 자유하고 원문은 생조들을 자유하고 본문은 근본을 자유 한즉 이는 딱딱 체계로 이루어졌단 말씀이니라. 또한 본질의 모든 창조와 창설과 창극의 조화를 이루는 존재가 완벽한즉 주독과 주역이 분명하고 또한 육갑 술과 숫자가 완벽하고 수학과 1, 2와 3, 4가 서로 주고받는 일치상황이 모두 천문자유자재 직노 원노 원문직도니라.

이럼으로써 천문지리 진전의 운세가 일과 월과 해에 자유되고 자재된즉 천문자유 자재가 완벽하고 천문 익지 완진이 분명하고 천지 익지 자유선이 자재한단 말이지. 이러한 무언 무한한 천도의 자유가 분명한지라. 천도문아 너는 요사이 진리가 어떻게 수수작용하며 진리도 주고받는 상대가 이러이러하지 않을까? 생각하고 몰두하고 파고들기 때문에 내가 서슴지 아니하고 오늘 이 시간에 너를 진리 내용을 준단 말이지. 천도문아 또한 물은 수정기를 일으킨즉 수정기에서 수력이 일어나고 수력에서 진도가 일어나는지라.

화학에서는 화학정기를 일으킨즉 화락 화진도가 변하여 화진도에서 갖가지 도백 도독 원진도를 일으키는지라. 이런즉 이는 핵심의 진가가 분명하지 않는가 말이야. 이런 것 같이 갖가지 진리가 이렇게 체계로 풀려나가는 상황 전 들이란 말이지. 이럼으로써 땅에 핵심이 모두 작용함으로써 힘 막에 딱딱 붙어 층을 이룬 층면이 바로 중력의 힘이란 말씀을 알려줌이니라.

하나님께서는 모든 소리를 진공 속에 저장 하셨다.

중력의 힘은 힘대로 막과 주고받고 막에 의지하여 층을 이루운 층면이 완벽하단 말이지. 이런즉 자석에 힘과 자석과 중력의 힘이 서로 주고받는 삼위일치란 말이지. 왜냐하면 중력의 힘이 갖가지 핵심 도를 일으킨즉 핵심의 진가가 층을 이룬즉 이는 자석의 힘과 서로 주고받은즉 동시에 전파전이 작용함으로써 전파선이 나는 소리를 잡아 진공에 전함은 진공이 확정하고 진공 속에는 갖가지 우레같이 거대한 소리가 모두 진공 속에 들어가는 작용을 전파선이 한단 말씀이지.

이럼으로써 나는 소리가 얼마나 거대하고 웅장한지 아는고? 소리와 소리가 서로 부디 친즉 이것이 바로 진동 이요, 진동이요 진동 술과 진동 술과 진농 내직도들이 우위좌위 한즉 이는 천도가 움직이는 작동이 작용된단 말이지. 이런즉 자전하고 자동하고 자연 하는 이치와 의미가 완벽하단 말이지. 이런즉 실체와 무형과 실체가 무언 무한한즉 현재 현실에 자유 되는 저 시간이 말해주고 있지 않는가 말이야.

지구를 응시하고 지구에도 태양계들이 회전하고 율동하고 있지 않는가 말이야. 이런즉 돌아가고 돌아오는 작용일치가 완벽하단 말이지. 갖가지 태양계가 또한 만유일력을 일으킨 즉 만물을 소생하는 자유가 있고 또한 만유월력이 작용한즉 활동함으로써 딱딱한 고체를 이루고 진미를 내주는지라. 이런즉 만유인력과 만유원력이 온기와 온도를 조절한즉 기후가 천지간 만물지중을 조절하는지라.

따라 동시에 만유이력과 만유워력이 서로 작용일치 한즉 갖가지 생물에 작용일치 물체의 근원되신 근원이 자유 한즉 해와 달이 서로 주고받음으로써 별과별이 서로 수수 작용하는 작용일치에 진도가 분명하단 말이지. 이럼으로써 자전의 힘으로서 돌아가고 돌아오는 일치 자유 한즉 분명히 동시에 자동하는 힘에 의하여 증발되고 공전되는지라.

이럼으로써 만유이력과 만유워력에서 조화를 이룬즉 공기층이 자유 된즉 기체가 천지간 만물지중을 조정하는지라. 이러한 진리가 근원으로 완벽한데 걱정이 무엇인가 말이야. 이러한 진리들이 우위 좌위하고 살아 작용일치하지 않는가 말이야. 천도문아 나는 너를 항상 빨리 하늘나라에 오기를 간절히 바라는 소망이라. 천도문아 알겠는고. 천지도술이 모두 무언무한하지. 이런즉 생불이 권위자요 또한 생불이 권력자란 말이지.

인간들도 일시에 멸하려고 하였지만 내가 사랑의 근원 체를 무언 무한하게 사랑하기 때문에 사랑의 근원체가 자기 생명같이 소중하게 생각하였기 때문에 자기 혈통이라고 착각하였단 말이지. 이럼으로써 악의 별성 옥황이와 용녀가 이 땅에 내려와 자기 참 부모님(하나님 큰 아를 큰딸)의 천정을 배신하였은즉 어찌 천륜이 용서하겠는가를 생각하지 않으려나. 천륜이 모두 운세가 올 때마다 한탄하는 비극이 마음이 아프고 원통하고 절통하단 말이지. 이러한 생각이 모두 나에 참된 뜻을 망각한 죄가 어찌 용서받겠는고.

옥황이 용녀(천사장 부부)는 이 땅에 내려와 괴물로 변하다

그러나 너희 참 부모님이 극진히 사랑하던 옥황 이와 용녀가 이 땅에 와서 한번 네 멋대로 하나 나는 내 것을 영광과 영화를 주어도 너희는 마다하고 너희에 정신에 요소와 마음의 요소대로 내가 너에게 주었노라. 이럼으로써 그 정신과 마음에 요소를 표현하여 그 육체가 괴물로 변하였더라.

그때에는 너희 참 부모님께서 아버님 (하나님) 이 저럴 수가 있을까하며 천지가 아득한 생각하였더라. 그러나 옥황 이와 용녀가 땅에 내려 행동을 보고 그 정신과 마음에 깜짝 놀라하였더라. 옳지 저 마음과 정신의 요소를 아버님(하나님)께서 겉으로 표현해 나타내셨구나. 이렇게 생각하고 부끄러움과 또한 헤아릴 수 없는 부끄러움을 억지하며 오늘날 이 시간까지 살아오신 사연의 맺힌 한을 너희들도 알고 있겠지.

하늘과 땅이 이와 같이 진지한지라. 이러한 진지의 찬란한 경쾌를 너무 망각함이 바로 지구 공간을 아주 좋지 못하게 한 것이 바로 이 근원이 찬란하지만 옥황이 용녀가 간계한 꾀로서 진실이 없었기 때문에 이 세상에 저주받고 왔기 때문에 그 후손들이 모두 죄인이나 다름없단 말이지. 이 얼마나 기가 막히고 분통한 일인가 말이야. 너희 참 부모님은 부끄러운 것과 또한 저지름을 너무 고심하였지. 그러나 나는 미래를 다 알고 한일이었었는데 나에게 사연이 쌓이고 쌓여 내 가슴에 멍이 들었단 말이지. 천도문아 지상 놈으로서 모두 잘하는 일이 무엇인고? 보면 볼수록 얄미웠고 하는 짓이 죄악에 속한 행동을 하기 때문에 싫단 말이지. 천도문아. 알고 있겠지.

하늘과 땅이 어찌 헛되겠는가를 한번쯤 생각지 아니하려나. 아이들아 이와 같이 나에게 비극에 원통이 한없고 끝없이 비참하였단 말이지. 그러나 지구에도 윤곽은 오염되지 않았지만 땅에 흙의 성분이 모두 오염되었단 말이지. 이런즉 흙에 묻혀있는 죄악의 뿌리를 앞으로 대 심판할 때에 와글 버글 끓어 없어진단 말이지.

이때에는 지구공간이 불로 가득히 채워져 있고 땅에서는 진도를 일으킨즉 강도가 자유 한즉 모두 망가트린 좌청룡우백호에 정기를 옛 동산같이 이루어 새롭고 새로운 동산을 다시 옛 동산으로 돌아올 때에 천지만물지중이 모두 실색하였던 것이 새롭게 살아나고 그 자태에 빛 관을 이루어 찬란하게 할 것이니라 알겠는고.

인간조상이 고릴라와 결합함이 타락이다

이 세상은 죄악의 씨가 뿌리를 내린 것이 악의 별성이 타락한 고릴라하고 결합한 것이 타락이란 말이지. 이 얼마나 나에게 고통과 곡경이 왔는가 말이야. 내 말씀에 뜻에는 기막힌 사연이 모두 맺힌 원한이라. 알겠는고. 내가 생각하면 생각할수록 기가 막힌단 말이지. 하늘과 땅이 분명한즉 어찌 지층에 바탕에 터전과 천판의 갖가지 수정기와 모든 갖가지 액도와 낵도와 동내독도와 동낵도가 모두 원료에 핵심으로서 분명하단 말이지.

천지자유 익지 완진이 지금 이 시간에도 변치 않았단 말이지. 무형실체는 또한 원문과 생조와 모든 진리로 묶어져 이루어진 천지만물이 삼라만상에 이루어진 일치와 상황이란 말이지. 따라 동시에 지구실체에는 옥황이가 저질러놓은 죄악의 뿌리가 완성되어 죄악으로 뭉쳐있은즉 이것을 내가 보기만 하고 있겠는고.

나에게 뜻하지 아니한 진리를 완벽하게 이 땅에 악한 자들에게 선포하고 너에 본향 땅에 가자 무나. 이 땅이 참으로 비극으로 이루어졌은즉 내가 분명히 너에 집에서 너희를 감싸 있은즉 걱정과 근심치 말라 알겠는고. 이 땅에 모든 인간들은 살아있어도 죽은 자나 다름없단 말이지. 천도문이 사불님이 너를 사랑하고 또 사랑한즉 걱정 근심치 말라는 말씀의 뜻이니라.

항상 삼라만상에 헤아릴 수 없고 상상할 수 없는 진리의 근원에 내포에 담겨져 있는 내용을 알고자 하였기 때문에 모두 알려주었은즉 걱정치 말란 말이지. 오늘 아침에 받은 진리에 근원 내용이 모두 찬란한 경쾌가 통쾌하고 상쾌하단 말이지. 그러나 지구만 비참하게 되어있음을 너무 고심치 말라. 알겠는고.

이 땅에는 모두 죄악으로 이루어졌기 때문에 죄악의 근원에 증거가 균으로서 완벽한 것이 증거요, 죄를 졌기 때문에 사자에 붙들려가 영체까지 고난을 겪다가 물거품같이 사라짐이 어찌 영계가 천국이라고 생각하겠는고. 인간들 소행을 생각해 보라. 천국 갈 자가 어디 있는가 말이야. 또한 근원에 원천을 안다면 죄를 지을 수가 없지.

왜냐하면 갖가지 진리를 몰두하여 진리학문이 진지하고 천지도술이 완벽하고 천문자유가 분명하고 모든 찬란한 분위기

조성 속에서 지배인이 되었기 때문이라, 앞으로 너희들을 하늘로 데리고 가기는 가는데 너희 정신과 마음을 반성하고 회개하여 뉘우쳐서 조금 반성문을 달통할 수 있는 자만 되어도 모든 일을 조리 있게 해 나갈 것이니라.

천도문아 나는 네 식구는 내가 데리고 갈 책임이 완수되어 있단 말이지. 그러나 이 집을 믿고 의지하는 자들도 자기 목숨 내놓고 믿으면 데리고 갈 것이니라. 의심하는 모든 죄악의 원죄를 불러일으키지 말라. 의심 없이 믿을 때에 왜 안 데리고 가? 데리고 가게 되어있단 말이지.이럼으로써 이 땅에 살 자가 몇 사람이나 되겠는가를 생각하여보자.

천도문아 오늘도 네게는 걱정이 많겠구나. 내가 항상 걱정치 말라 하는데도 왜 듣지 않는가 말이야. 따라 동시에 걱정치 말라. 내가 알아서 모두 처리할 것이니라. 알겠는고. 이 세상에 두려울 것이 무엇이며 걱정할 것이 무엇인가 말이야. 무엇이든가 넓고 깊으며 높고 자유로운 차원에 적응되란 말이지. 이제 때가 온 이때를 맞이하여 도둑같이 생불이 사불님이 강림하신 동시에 다섯 선관님들이 강림하고 또한 네 말대로 신성을 매복시켰다가 신성님들이 이 땅에 오셔서 수고에 노정을 걸으심이 참으로 안타까옵사옵나이다.

이럼으로써 즉시 천사들이 너희 집에 매복하여있고 있고 신성과 선관들이 서고 오고 가는 교체가 끊임없이 끊이지 않는 이때니라. 사실은 모심의 생활이 생명같이 여기고 항상 과일이든가 무엇이든가 상에 올리도록 하여야한단 말이지. 그러나 너는 없는 돈에 항상 끊임없이 상에 올리는 귀한 관대하는 것을 내가 잘 알고 있지. 아기야 (하나님이 천도문님 식구들께 하시는 말씀) 알겠는고. 이런즉 모심의 생활이 항상 깊고 넓으며 높은 차원에 적응될 수 있단 말이지.

오늘날 이 시간까지 역사로서 하나님 사불을 모시고 또한 신성님들과 선관님들이 서로 오고 가는 교체가 끊임없이 항상 오고 가심이 처음이자 마지막이란 말이지. 지금 이때는 지상에 유박골 이 산장에 처서를 정하여놓고 항상 오고 가는 교체가 끊임없이 오고 간단 말이야. 엄마야(하나님이 천도문님을 엄마야 라고 자주 하심) 이때를 맞이하여 항상 모심의 생활하느라고 걱정이 많지.

그러나 너희 반드시 모실 수 있는 너희 사명이 완벽하고 또한 하늘로써부터 천문이 4해8방4진문이 완벽하단 말이지. 지금 이때는 참으로 귀중하고 또한 귀한 때인즉 걱정치 말고 편안한 마음에 안식을 정하여 무엇이든가 대체적으로 생각함이 세상을 초월함이요, 또한 도백도독원진도가 너희들을 귀하게 안단 말이지. 이런즉 천지 익지 자유 선은 자재하고 천문직도 냉노진문은 서서히 문진을 쳐서 모든 활동력이 활동할 수 있는 힘을 발휘하는 이때가 옛날 옛적에 하는 일이 지금 이 시간에도 힘은 활동하고 있고 생명은 끊임없이 존재하고 있단 말이지.

이런 것을 생각하여 그 내용에 담겨져 있는 내포의 찬란함과 귀함이 분명히 증거로 나타났기 때문에 그 내용을 한번 생각하지 않으려나. 천도문아 너는 알고 있지. 어려서부터 저 태양이든지 우리가 이 터전에 살고 있는 이 엄청난 지구가 참으로 생각해 볼 진데 너무 엄청나고 상상할 수가 없다.

이러한 것을 볼 때에 분명히 이 내용에 나타나 있는 모든 피조와 만물이 소생하고 화창하고 결실을 맺어 열매를 익히는 것과 모든 것은 틀림없이 하나님과 하나님 아들딸이 모두 하나님께 원동력이 되심이 틀림없는 것이다. 생각하여 낸 것같이 네 생각과 틀림없이 보이지 않는 힘에 의하여 활동하고 활기차고 모든 구성 구상체가 아주 경쾌하고 상쾌하며 통쾌한 자유 진문들이 스릴 있게 행진한즉 행진도가 완벽하단 말이지.

무형실체가 모두 생불인데 생불에 원료가 변할 수가 있겠는고. 모든 생불의 원료기 때문에 그 먹어 썩은 것도 균이 먹고 썩은 것이 곰팡이로서 모두 균으로 나타나는 원인같이 갖가지 모든 사물에 자연에 자연이 분명히 내용으로 나타났단 말이지. 힘이 없는 곳에는 생명이 없고 생명이 없는 곳에는 힘이 없는 것 같이 진공전이 작용하는 일치 상황전과, 또한 자석전이 작용하는 상황과, 또한 전파전이 작용하는 상황과,

수축전이 작용한즉 힘과 힘이 뭉쳐 아주 스릴 있고 시원하게 활동하는 활동 체들이 모두 전자 분자로서 작용일치 하는지라.

이러한 힘과 힘이 자유롭게 자재함은 모두 작용일치를 이룬 청밀의 청도기 때문이지. 천도문아 알고 있지. 이것이 모두 하늘에 생불 사불님이 분명하단 말이야. 오늘 아침에 배우는 진리와 또한 생명과 힘이 어떻게 존재하는 이치를 배우느니라. 생명과 힘이 일치요, 또한 존재함을 주고받음이 일치요, 이럼으로써 공기와 산소와 갖가지 탄소들이든지 이러한 귀함이 모두 핵심이라.

핵심의 자유가 진지하고 핵심의 무언무한한 진가가 확실하단 말이지. 이러한 것이 모두 자유롭게 자재함은 자전에 힘에 의하여 자동 힘으로서 자연이치가 의미로 나타났지. 이러한 엄청난 진리학문이 모두 고도차원이라. 알겠는고. 최초에 공간을 짓기 전에 생불로서 형성이 생명을 가지고 힘을 자유롭게 자재할 수 있는 자유인이기 때문에 보이지 않는 공기와 바람이 바로 무형실체 현재 현실이라.

불에서 물을 갈라 내셨다

공기에서 바람 선을 갈라내고 바람이 가하여 불이 나타났고 불이 가하여 정기를 일으키고 정기가 가하여 진도를 일으키고 진도가 가하여 도백 도독 원진도를 일으켰은즉 무언 무한하게 진리학문이 한없고 끝없이 나타남이니라. 이럼으로써 불과 물이 상극 같지만 불과 물은 상대기준 조성이란 말이지.

왜냐하면 물은 불에서 갈라 각도를 정한 이치는 불은 뜨겁고 물은 차단 말이야. 왜냐하면 물은 물체요 불은 화학에 진도에 도백도독원진도기 때문이라. 알겠는고. 물에 액체는 바로 마그마요 마그마가 와글 버글 식독 색독 왱왱 쌩쌩 왕왕하며 툭탁 틱톡하는 모든 소리가 우레 같고 웅장한 동시에 증발되어 오르는 핵심이 모두 전자에 속하여 나타난 근원 체란 말이지. 알겠는고.

이러한 고도차원이 모두 원료에 근원에서 나타난 체계의

자유에 살아있는 힘의 조성에 작용일치란 말이지. 이럼으로 써 생불은 한없고 끝없이 원료를 초래해내는 힘에 요소요, 또 한 조화의 조직망이 완벽하단 말이지. 왜냐하면 바람선에 일 어나는 체계의 조밀이 아름다운 청밀도에서 찬란한 정밀이 나타나는 광경일치 상황이 완벽하단 말이지.

이럼으로써 갖가지 탄소들이 모두 우위 좌위하며 작용일치 상황을 이룬단 말이지. 이럼으로써 불은 화학의 정기를 일으 키는 화락 화진도가 화생토요, 도백 도독 원진도가 모두 전자 와 분자를 일으키는 원료에 근원일치요, 따라 동시에 갖가지 화학성이 너무너무 많은지라. 알겠는고. 불과 물은 각도를 정 한 이치는 물은 물체를 자유하고 모든 생물에 피와 같이 지층 을 싸고도는 소리가 웅장한 우렛소리가 천지를 뒤집는 것 같 단 말이지.

왜냐하면 우레와 우레가 한데 뭉쳐 메아리치는 진동과 진 동술이 모두 소리에 합류로 묶어져 나타남이지. 알겠는고. 이 럼으로써 각도는 다르지만 물은 물대로 자유하고 작용한즉 정기를 일으켜 수정기로서 지층을 싸고도는 소리가 구풀구풀 넘실넘실 왕왕 쌩쌩 왱왱하며 돌아가고 돌아오는 그 찬란한 광경일치에 갖가지 색채가 나타나는 색소들이 살아 반짝이며 반사를 일으킨즉 자연반사가 나타남에 동시에 방사선이 나타 난단 말이지. 갖가지 응고로 되어있는 원료에 과학 진문은 모 두 액체인데 액체와 액도와 액냑도와 또한 동냑도와 동냑독도와 또한 공낵도와 정낵도와 영낵도와 갖가지 모든 원료의 근원일치가 서로 물체로 되어있는 자유가 생조들이 각도를 정한 조밀도에 응시되어 갖가지 힘을 발휘한즉 이것이 무언 무한한 힘에 작용의 요소가 모두 영원불변함이 분명히 자유로운 힘에 의하여 원료들이 자기 자태를 나타내는 빛과 광선을 초래해낸즉 빛은 빛대로 광선은 광선대로 갖가지 자연방사와 방사선과 자연방사선이 작용 일치한즉 모든 빛과 빛을 갈라 세워 조립되게 이루어놓음이 태양선이지. 태양선이 살아 지금 이 시간에도 활동하는 만유일력과 만유월력과 만유인력과 만유원력과 기후와 기체와 일심이란 말이지.

따라 동시에 만유이력과 만유 워력과 만유 종맹녹대 진도와 모든 것이 합류일치로서 지금 이 시간에도 지구우주 궁창 안에 진공에 상태로서 진공에 힘과 진공으로 되어있는 상황전이란 말이지. 이와 같이 무언 무한한 원료에 근원이 생불이기 때문에 생불에 원인이 모두 나타나 결과를 이루운 결론이 딱딱 맺고 끊은 것 같이 공적의 공의에 작용일치 상황전이 완벽하단 말이지.

이와 같이 최초에 이루어놓은 전자 분자가 모두 무언무한하고 따라 동시에 과학이 모두 완벽한지라. 갖가지 공간에 윤곽이 과학으로서 이루어진 응시 자유란 말이지. 왜 과학인가한 번쯤 생각하지 않을래? 태양선이 현재로 광명으로 나타났은즉 이것 또한 과학이요 과학의 진도에서 가르고 쪼개고 나누면 분자에 정기가 나타나고 전자들이 자유 한단 말이야.

이와 같이 일치상황이 완벽한즉 천지 넉도 천도 진농넉지 장녹재가 완벽하지 않는가 말이야. 이러한 진도와 진도가 가하면 천지직도 넉조 진문술이 완벽하단 말이지. 이와 같이 이 세상에 나타난 현재 현실을 보라. 갖가지 석상에 돌이든지 돌의 성분이든지 흙의 성분이든지 갖가지 성분이든지 요소든지 조화로서 나타난 일치상황이 분명한 고도차원이 완벽하지.

이러한 일치한즉 일문일답 할 수 있는 힘들이 작용 일치한즉 행진도에서 행진하는 진로가 모두 각도를 정하였기 때문에 명기가 돌아가고 돌아오는 것과 정기가 돌아가고 돌아오며 응시함과 또한 모든 갖가지 정밀도에 나타난 응시자유가 고체를 이루어 의젓이 공간 안에 둘러선 물리학으로 나타나 생물들에 체계와 또한 생물에 체계의 자유의 전진 진도 일치상황이 모두 그 내용을 보며 생불에서 나타난 근원 원천이 완벽하단 말이지.

천도문아 너는 이런 생각이 23살에서부터 아무리 생각하여도 이 세상은 인간은 헤아릴 수도 없고 상상할 수도 없다. 틀림없이 하나님 아들딸님과 이루어놓은 상태기준이 완벽한 것 같구나, 한 것 같이 분명히 보라. 지금 진리를 받은즉 그 내용에 찬란한 무지신비가 신출귀몰하게 나타난 현재 현실이 절대약속의 불변이 완벽하지. 천도문아 참으로 진지하지. 너도나도 지금 이 시간에는 서로 주고받고 실감 나지.

209

하나님은 천도문님을
중심체라 부르셨다

참으로 나에 원동력의 너희 참 부모님이 옥황 이와 용녀를 사랑함이 끊임없고 변치 않는 사랑을 하심이 그 댓가가 중심체로 나타난 네가 나에게 큰 기적을 일으키고 신기록을 내놓은 나에 기적 같은 원동력아 너는 내가 친히 사랑하고 또한 천지락 (하나님 사시는 공간) 보좌에 내 곁에 항상 두고 너와 나와 사불님이 서로 통할 것이니라.

이 지구 세상에 인간들을 초월하여 모든 것을 때에 맞추어 딱딱 풀었기 때문에 악의 별성 (하나님을 배신한 천사의 후손들)이 틈탈 수 없고 악의 별성이 탐복하여 네 마음에 굴복되어 자결함으로써 영영 없어졌단 말이야. 이럼으로써 모든 것은 체계가 있고 체계 맞추어 법도대로 완벽하게 딱딱 맺고 끊은 듯이 처리하였기 때문에 작용에 자유가 현재 현실로서 나타난 내용에 그 근원이 완벽하단 말이지. 천도문아 너무너무 지금 이때가 참으로 귀중하고 귀한 때라. 이럼으로써 천지자유가 완벽함을 알았지.

이럼으로써 모든 것은 자유롭고 자재함이 어떻게 되어 이루어지는 내용을 알았은즉 이는 천문에 속한 자요, 천문지리에 왕백독도 진녹 당밍 낵진도가 완벽하고 공내 영내 진도가 분명한지라. 이럼으로써 천하자유가 모두 일문일답할 수 있게 공간이 옛날 옛적에 단계 단계로서 지어놓은 섭리기준이 이제야 일심으로 오게 된 것을 엄마야 사불님이 항상 감사함을 표현한단 말이지. 또 귀한 한 가지는 변할 래야 변할 수 없는 너에 참 부모님은 2날 탄생한 귀한 기적이 분명히 사랑의 근원 체란 말이지.

사랑의 근원체가 종을 자기 아들딸같이 착각할 정도로 사랑해줌이 무언 무한하였고 그 사랑이 지금 이 시간에도 변치 않았은즉 그 사랑의 댓가를 지금 천도문아 너로써부터 천정을 받게 됨을 참으로 감사하노라. 왜냐하면 역사로 인간 세상에 나타난 모든 의인이라 하였지만 자기 명예와 자기 위치를 생각하여 죽음을 내놓고 자기에 모든 것을 세우기 위한 작전을 펴고 하늘이 일러주면 듣지 않고 자기 멋대로 행하고 첫째 나타나면서 싸움으로서 일삼고 또한 자기가 주라 외치고 자기가 주인이라고 내세운 것이 모두 옥황 이와 주고받는 세상이 되고 말았단 말이지.

이 세상은 옥황이가 가짜 하나님 노릇 하였다.

옥황이가 영적으로서도 자기의 책임 분담을 다하지 못한 주제가 항상 하나님 노릇하였단 말이지. 이런즉 이 세상에 구약성경으로서 악의 별성 옥황이가 많이 주었고 또한 욕새별에(하나님 배신한 천사후손들이 사는 공간 옥황상제 등등) 옥황상제가 항상 말씀 주었지. 이는 자기 무리가 무리를 일으켜 서로 쟁투하고 투기하고 또한 서로 멸시하고 강자는 약자를 약탈하여 구속함이 모두 자기들끼리 찌르고 찢고 죽이고 살리고 함이 이 세상 국가의 정치가 이것으로써 국가와 민족이 서로 일심이 되지 못하고 또한 국가와 국가들이 서로 성을 쌓고 서로 잘난 체하였은즉 이것이 또한 하늘이 얼마나 비통하였겠는가를 한번쯤 생각지 아니하려나. 또 한 가지 들어 보라. 이 세상은 수단과 방법을 가리지 아니하고 자기 무리끼리 찢고 째며 서로 감투싸움을 벌리다가 무조건 잘난 자가 있으면 더 잘났다고 하는 자가 모두 바보고 병신이라. 서로 죽였단 말이지. 그것이 지금 현실로 조선이 조선으로 있지 못하고

212

한국이니 조선이니 한민족이 서로 등을 지고 삼팔선을 놓고 서로 악마와 악이 서로 투기 쟁투한즉 이것 또한 악한 자들이 분명하단 말이지.

또한 모든 재림 주라고 나타난 적그리스도들은 수단과 방법을 가리지 아니하고 죽으면 천당이라 하고 자기가 천국열쇠를 가지고 있다하면 사람을 구속하고 돈으로 매수하는 적그리스도들아 너희가 주뇨? 너희가 도대체 무엇인가 말이야. 이 땅은 엄연히 생불님이 사불님으로서 분명히 최초에 구성 구상하여 가르고 쪼개고 나누어 분해하고 분별하고 분리 진문을 완벽하게 정하여서 과학으로 이루어놓은 선명 섬세한 물리학이 확보로 이루어져 있고 또한 물리자유의 자원이 완벽하고 삼라만상에 나타난 과학 진문이 분명하단 말이지.

이와 같이 땅은 지층으로 체계를 이루어 흙에 성분이 모두 토색으로써부터 성분이 나타난 선명 섬세하고 지리로서 완벽하게 지도가 붙어있고 지도에 따라 딱딱 명기 정기가 맺고 끊은 듯이 좌우편으로서 완벽하게 좌청룡우백호가 응시되어 있는 근원일치가 완벽하게 전지술로 내려 명성을 이루운 정경이 찬란하고 산수 수려한 각도가 직선 곡선이 오불꼬불하게 내려 물이 싸고도는 물마다 산골짝에서 졸졸졸 좔좔좔 하며 또한 생수들이 내려 냇가로 강으로 흘러 바다로 민물이 들어간단 말이지.

4차원 공간에 궁극의 목적이 조물주님 뜻이다.

이와 같이 갖가지 벽상에 벽화가 진을 쳐서 수를 놓아 그림이 선명 섬세하게 나타난 이치가 완벽하고 또한 지리에 지리학으로 나타난 철학에 자비가 분명하고 천지에 자유에 천문도가 완벽한지라. 이것이 모두 원문 직도에서 나타난 원료들이 자유롭게 식어 고체를 이루어 응시되어 전지 술이 모두 물리학으로 진지하게 나타났단 말이지.

이러한 갖가지 근원일치를 원인으로서 완벽하고 고도차원 원천 근원을 지금 이때에 악의 별성을 굴하여놓고 홀로 독으로 영계를 풀어 무언의 세계를 이루어 천지 문이 겹겹이 닫혀있고 지금 중심체가 나타나 낱낱이 배강하여 밝혀놓는 발견자가 나타났은즉 이 세상은 이제 선악을 분별하고 분리하는 중심체가 나타났은즉 이것은 악의 무리들이 꼼짝 못 한단 말이지.

왜냐하면 생불님이 최초에 생조 (공간 만드실 재료 저장실)들을 준비 하시사 생불님이 지구만한 공안에서 갖가지 준비하신 구성구상이 모두 체계를 이루어 1날 2날 3날 4날 5날 6날 7날 8날 9날 10날 12날을 정하여서 딱딱 체계를 이루어 원술 진술 창조 창설 창극의 이치를 이루어놓은 발사 발생이 완벽하단 말이지. 이러한 이치를 낱낱이 숫자를 정하여 이루어놓은 명도가 분명하거늘 주인이 이렇게 살아있고 주인이 생불이요, 생불의 근원 원천 차원이 완벽한데 어찌 사람으로서 주가 되겠는가를 한번쯤 생각지 아니하려나.

악한 무리들아 분명히 알려주노니 너희들은 참으로 불쌍하고 안타까운지라. 왜냐하면 죽으면 영계로 가서 심판이나 받을 자들아 너희 옛날 옛적 같으면 심판을 받는단 말이야. 영계로 돌아가면 영계에서 너희를 가만히 두고 볼 줄 알아? 절대 그렇지 않단 말이지. 왜냐하면 너에 잘못한 필름이 반드시 정신에서 불러일으키는 요소와 마음에서 불러일으키는 요소와 또한 너희 욕심으로 저지른 요소와 모두 완벽하게 잘못한 죄가 완벽하단 말이지. 이런즉 너희 죄는 너희가 잘 알고 있으렷다. 알겠는고.

악한 무리들아 이 세상에 주가 어디 있는고? 분명히 주는 생불님의 사불님이 이루어놓은 차원이 완벽한데 어찌 인간으로서 촉각을 헤아리지 못하는 인간이 어찌 주라 할 수 있겠는고. 2천 년 전에 예수도 촉각에 일어나는 것도 알지 못하였고, 지금 너희 스승이나 다름없었단 말이야. 그런데 여호화 하늘새가 모두 곁에 항상 이적을 베풀어주었고 사오별 (하나님 배신한 악의 옥황 후손들 사는 곳) 에 옥황상제가 또한 역사하였고 영계로 간 옥황이가 역사하였단 말이야. 이러하였는데 어찌 인간이 주가 될 수 있겠는가를 오늘 아침에 분명히 알려주노니 너희들도 내 말씀에 내용을 듣고 의심치 말고 확신하고 믿고 따르란 말이지 알겠는고. 너희 스승이 하시는 말씀도 아니요 바로 생불 조물주가 하시는 말씀이란 말이지 알겠는고.

천하자유 자재 원문직도 낵도 원도 진도가 모두 내 것이요, 바로 너희 것이니라. 천도문아 알겠는고. 또한 오늘 이 시간까지 악한인간들은 아무것도 알지 못하며 자기 잘났다는 위치를 내세우기 위하여 수단과 방법을 가리지 아니하고 자기 멋대로 행동을 취함이 얼마나 가소로운지 참으로 기가 막힌단 말이지.

왜냐하면 천지자유 자재 원문직도 낵도 원도 진도를 알지도 못하는 것들이 자기가 주라고 외친즉 이는 살아있어도 죽은 자나 다름없단 말이지. 천도문아 그러나 너는 나를 위하여 아낌없이 헌신한 자기 때문에 나는 너를 무척이나 귀하게 생각한단 말이지. 또한 너희 참 부모님(하나님 아들딸님)이 죄가 없다는 것을 분명히 알았고 영계를 풀었은즉 참으로 귀하단 말이지.

내 말씀의 자연이치가 모두 찬란함을 잘 알고 있으렷다. 아기야 참으로 나에 쓰리고 아픈 가슴에 멍들고 또한 맺히고 맺힌 원한을 사람으로서 풀려고 용기 당당하게 홀로 독으로.영계를 풀었은즉 이것이 바로 나에게 귀함이요 어려서부터 하늘을 사모하고 마음에 모시고 항상 너희 참 부모님이 네 마음 속에 같이하며 사상으로 무장된 사상이 완벽함으로써 분명히 세상을 초월한 네가 나에게 어찌 귀하지 않겠는고.

세상인간들은 자기를 위하여 수단과 방법을 가리지 아니하고 죽음 내놓고 외치는 모든 악한 무리들을 생각하면 생각할수록 분통이 터지는지라. 그러나 나의 멍든 아픔을 풀으려고 어려서부터 몸부림친 근원이 풀렸기 때문에 최초에 구성 구상체가 밝혀지고 발견하여 천지를 창조한 근원이 완벽한즉 걱정이 없는 자가 되었단 말이지.

앞으로는 천도문아 내가 너를 무척이나 사랑할 것이니라. 알겠는고. 하나님 사랑이 오늘날 이 시간까지 끊임없이 항상 귀하게 생각한즉 걱정치 말라. 알겠는고. 천지 익지 자유선이 자재하고 천지 익도 작동잭도 냉노 진도가 완벽하고 천지 농내 진도가 분명하고 천지 공내 원도가 완벽한 원진도가 분명한즉 원문에서 풀려나온 고도차원 근원이 완벽하고 천문직도 낵도 인도 진도가 완벽한지라. 이럼으로써 갖가지 분자들이 핵심을 일으키는 전기에 자유의 힘이 활기차게 왕성하고 또한 갖가지 전도 진도가 분명한즉 이것이 모두 분자의 힘이 완

벽한지라. 알겠는고. 또한 따라 동시에 과학과 과학을 일으킨
즉 무언 무한한 힘이 작용한즉 모두 작동되어 돌아가는 회전
의 율동이 자연으로 행진한즉 행진도가 분명히 분별 되어 있
고 또한 자동에 힘으로 말미암아 무언 무한하게 돌아가고 돌
아옴에 동시에 증발되고 공전되어 천문지리 진전의 운세가
딱딱 운으로서 공의 공급이 완벽하단 말이지. 이럼으로써 원
리에 원술과 또한 원문의 원술이 또 분별되어 있고 또한 진술
이 완벽하고 요술의 창극이 분명함으로써 서로 존재하고 활
동함이 작용 일치한즉 수수작용 상대조성이 분명하단 말이지.

이런즉 천지간만물지중이 모두 음양으로서 조화를 이루고
요소를 나타낸즉 그 진가가 진지한지라. 이럼으로써 천문자
유 자재원문이 분명하고 천문익지 냑도 원도가 완벽하단 말
이지. 이럼으로써 익지 완진이 완벽하고 익지 완도가 분명하
고 천도직도가 완벽하고 천문직 냑지가 완벽하단 말이지. 이
러한 전지전능하신 생불님의 자유의 연구학이 모두 딱딱 체
계의 조밀로서 아름다운 기계화의 정밀로 나타난 영원불변함
이 완벽한 이치란 말이지.

왜냐하면 땅에도 증발되고 회전되고 율동하는 모든 마그
마선도 웽웽 쌩쌩 와글와글 버글버글 하고 칙톡 택톡하며 모
든 것이 살아 경쾌하게 스릴 있고 시원한 통쾌의 광경이 완벽
하단 말이지. 천판에 궁창에는 힘 막이 모두 지도로서 천지문
으로 딱딱 붙어 수정기가 음정기와 양정기가 딱딱 붙어 일어

나고 터지는 광경이 참으로 찬란하단 말이지.

압력 한즉 압축하고 터지고 일어나는 작용일치의 완벽한 개스와 가스가 분명히 일어나고 터지는 역의 힘과 역도의 자유의 모든 역술 역산이 분명하단 말이지. 생문생진과 생동생진과 생록낵도진과 생록직도진과 생록진도진과 생록영내진과 생록진이 모두 생문으로 이루어진 광경일치라. 이러한 진지한 자유의 자재가 완벽하지 않는가 말이야. 무언 무한하신 모든 전자 분자들이 분명히 부분적으로서도 지상 인간들이 쓰더라. 알겠는고.

이러함이 모두 귀하고 귀하단 말이지. 이렇지만 인간들은 너무 무지함으로써 알지 못하고 자기 멋대로 행동을 취한즉 촌부를 헤아리지 못하는 미개한 인간들아 너희 촉각을 알지 못한즉 어찌 무언무한한 때를 알며 신출귀몰한 원도의 그 근원을 알 수 있겠는가를 한번쯤 생각지 아니하려나. 아이들아 너희들도 하루바삐 무지한 정신을 닦아 영원하고 불변한 나라에 임할 수 있는 너희들이 한번 되어 볼까나? 아이들아 너희 몸이 성실하고 성별된 깨끗한 몸으로서 예복과 도복이 정지되며 갑주와 별관이 완벽하게 정지되어 하늘로 승천할 때에 너희 기쁘지 않겠는고. 너희 세상에 차를 타도 어지럽다 하지만 하늘에 오르는 차라는 너희 마음이 상쾌하고 통쾌하며 즐겁고 기뻐 어쩔 줄 모를 것이니라.

이때에는 너희 허물이 모두 너희가 알 수 있게 나타날 것이니라. 중심체를 모시지 않았던 자들은 그 앞에 고개가 왜 안 숙여져? 고개가 굉장히 무거울 것이니 그것 또한 비극이라. 내 말씀의 뜻을 완벽하게 너에게 전하노니 잘 듣고 생각하여 보지 않으려나. 너희 갈 길이 매우 가까운 것 같고 또 급한 것 같구나. 이제는 말씀도 많이 들었은즉 중심체의 애병을 내지 말도록 각자 조심하고 처리하며 부엌에서 일하는 모심의 생활하는 아이들아 너도 항상 부엌 성전에 깨끗이 하도록 하여라. 애쓴 댓가를 내가 분명히 주리라.

하늘에서는 너희 지능이 바뀌고 너희 모든 핏줄이 세부조직망으로서 바뀔 때에는 너희 몸에 돌아가고 돌아오는 그 핏줄을 어떻게 바꾸는지 아는고? 갖가지 광선과 갖가지 모든 원료의 귀함으로써 고통 없이 깨끗이 재생해낼 것인즉 걱정치 말라.

이때에는 참으로 지상에 살 때에 그 먹는 것이 고역이었는데 그때에는 정신이 어두워 먹는 것으로 족하고 만족하고 욕심내고 탐내는 것으로 일삼아 살았지만 지금 와서 신성이 되었은즉 이 또한 누구 덕인가를 한번쯤 생각지 아니하려나. 천지자유 익지 냉노진도가 완벽하고 원진도가 분명한지라. 이런즉 천지지간만물지중이 모두 화창하고 활기차며 또한 서로 오고 가는 스릴 있는 시원함이 분명할 것인즉 걱정치 말란 말이지.

너희 식구들 중에도 상을 받을 자가 있고 상을 받지 못할 자들이 있을 것이니라. 모든 내용이 불변되어 있고 전자 분자로 이루어진 세상인데 어찌 먹고살겠는고? 먹지 않아도 배가 부르고 또한 코로 진미를 마심으로써 즐겁고 기쁠 것이요, 또한 얼마나 마음대로 자유스러우면서도 법도와 법회로 이루어진 세계 속에서 무언 무한하게 체계로 살기 때문에 이것이 산 보람이 있고 가치가 있은즉 가치관이 있는 체계의 위치의 명예가 완벽할 것이니라.

역사로 흘러가고 흘러온 이 역사가 옥황이 타락한 죄로 말미암아 하늘을 슬프게 하고 하늘을 아주 맺히고 맺힌 한을 철통같이 되어있음을 너희 모친 천도문이 하심을 알고 있을 것이니라. 아이들(말씀 듣는 신도들 칭함)아 알겠는고. 너희는 너희대로 나는 나대로 될 것이 아니라 너희와 나와 일치를 이루어 일문일답할 수 있는 너희가 되기를 간절히 바라는 소망인즉 알고나 있으라.

내 말씀의 경고를 너희는 참되게 듣고 너희는 너희대로 나에게 가까울 수 있는 귀한 자들이 되기를 간절히 바라는 소망인즉 알고나 있으란 말이지. 천지에 조화가 어떻게 되어있는 내용에 찬란함을 분명히 천도문아 너는 알고 있지 않는가 말이야. 이런즉 걱정이 없는 자가 되고 근심이 없는 자가 되기를 간절히 바라는 소망이라. 알겠는고. 내 뜻과 너에 뜻이 일심을 이루었은즉 걱정치 말고 너에 모심의 생활이 습성으로 변화를 일으켜 처음이자 마지막으로 서로 오고 가는 교체의 귀함을 한번쯤 생각지 아니하려나.

이 세상은 모두 괴로운 세상이요 또한 경쾌한 세상에서 적응돼 합류로 살아보지 않으려나. 아이야 알겠는고. 따라 동시에 이 인간 세상에는 인간들하고 주고받을 수 없는 분리되어 있는 상태니라. 지상 인간들은 죽은 역사를 믿기 때문에 중심체 (악의축 생녹별)가 죽었은즉 모두 천당에 간다 하지만 이제 멀지 않아 땅이 와글 버글 끓을 때에는 일시에 멸할 것이니라. 알겠는고. 앞으로는 모두 아주 내가 죄악이 일체 없이 청소할 것이니라. 이때에는 청소가 좀 대청소가 될 것인즉 이때를 잘 알고 천지자유 이치완이 완벽하단 말이지.

내 말씀의 차원이 분명하고 천지도술이 완벽하고 또한 무형이 모두 생불에 원료니라. 생불에서 나타남은 한없고 끝없이 자유자재로서 작용일치 상황을 이루었은즉 천지도술이 모두 내가 수면에 운행하는 운행진도가 완벽하게 자유 하는 활동체란 말이지. 너희 참 부모님은 광경에 천판에 자유를 자재하고 땅에 모든 힘을 작용하는 너희 참 어머님의 직분과 직책이 완벽하단 말이지.

하늘이 살아있음에 동시에 하늘은 하늘대로 불변하고 땅은 땅대로 불변하고 공간에 수면에 운행진은 운행진대로 완벽하고 생녹진도 진문술이 분명한지라. 이럼으로써 도술진문들이

222

작용 일치한즉 원술 진술 요술 불변 자유자재가 완벽한지라. 갖가지 기계화로 설비한 설비의 구조에 조립이 모두 과학으로 되어있고 철학의 자비로 되어있고 무언무한한 정기의 자유는 전자 분자로 되어있는 내용이 자유가 완벽하단 말이지.

이런즉 무언 무한하신 하나님의 차원에 고도가 어찌 헛되겠는고. 절대로 헛되지 아니하단 말이지. 학문을 정하여 이루어놓은 찬란함이 만족하고 흡족한 문술에 차원이 분명하지. 이럼으로써 문진에서 문관을 이루고 문관에서 존재할 수 있는 관문을 이루고 관문에서 관직은 활동할 수 있는 활동의 역의 힘을 자유자재 조절 조성한즉 이것이 바로 진지함이요 찬란함이니라.

이렇게 공간을 이루어놓은 원료가 풍부하고 풍족하고 만족하고 영광스러운 성실한 정밀도가 불변되어 있단 말이지. 이럼으로써 무언 무한하신 생불은 또 가득 채워져 있는 생불이 변치 않고 또 가득히 채워져 있단 말이지. 이것은 나의 생명이요 나의 원천이요 나의 근원이라. 알겠는고. 이럼으로써 사차원 궁창에 궁극의 목적이 나의 뜻이요 또한 윤곽의 구조의 각도의 각이 모두 선명 섬세하게 살아 응시되어 있는 동시에 흐르고 도는 전심전력에 전류가 흐르고 도는지라 .

주인의 것은 종의 것이 될 수 없다

이럼으로써 사차원 궁창이 모두 계란같이 싸고 싼 궤도 층이 광경으로 이루어진 층면이 분명하지. 이럼으로써 천지락 궤도로 싸고 싸서 고리의 조립이 완벽하고 전자와 분자에 힘이 분명하고 또한 표면에 진공의 상태로서 완벽하고 이러한 광경일치 상황전이 주인이 구상해놓은 구상체가 증거로 나타나 있은즉 어찌 내 것을 종을 줄 수가 없단 말이지.

그러나 너희 참 부모님은 옥황 이와 용녀를 너무 너무 사랑함이 지나쳐서 자기 자식같이 착각한 사랑의 착오가 비극을 불러 일으켰은즉 사랑을 받으면 돌릴 수 있는 수수작용 조성성이 되어야 하였는데 악한 놈이 자기 멋대로 마음을 자기 스스로 불러일으켜 원죄로써부터 나타난 죄악이 근본 자들이 지상에 생육 번성되어 타락의 무리들을 일으켜서 자기 성마다 맡아 주인이라고 함이 정말 우습단 말이지. 공간을 세워 이루어놓지도 못한 주제들이 자기 것이라고 한즉 이것이 나에게 분통한 일이요, 참으로 기가 막힌 일이란 말이지. 왜냐하면 천지도술진문이 분명한즉 어찌 함부로 행동을 취함인가 말이야. 불변된 주인이 생불로서 수면에 오고 가는 활동체가 있건만 어찌 내가 귀하게 이루어놓은 공간에 미국대통령 모든 나라에 대통령들이 있단 말이야.

지금은 운세 따라 대통령이라고 나타남은 임시 나라를 숭상하고 나라에 정치를 법으로 행한다 하지만 모두 투기심과 쟁투심으로써 위협으로 나가기 때문에 모두 죽은 자지 산 자가 아니란 말이지. 이것이 모두 비참한 이치라. 천도문아 참으로 기가 막히지. 인간을 생각하면 생각할수록 거짓되고 거짓됨이란 말이지. 그래도 자기들이 잘났다는데 할 말이 있는가 말이지.

이런즉 이 땅에 와서 주라고 외치는 사람도 어리석은 자요, 자기에 죽을 득 죄인이 어찌 죄를 상관치 않는지 참으로 가소롭단 말이지. 생불에 속한 자가 아니란 말이지. 2천 년 전에 예수도 역시 지상에 독생자라는 뜻은 지상에 하나라고 하여서 독생자라 하였지만 자기 무리들에 병든 자들을 고치다가 죄 없이 억울한 누명을 쓰고 억울하게 유혈이 낭자하고 비참한 십자가를 지고 세상을 이별하였은즉 분명이 영체란 말이지.

이렇기 때문에 항상 죽어 천당 간다 하였지 살아간다는 말은 절대로 하지 않았단 말이야. 천도문아 이런데 너는 나를 위하여 슬픈 비극의 원통함을 이미 알았기 때문에 너는 순서로서 살고 순서로 풀기 때문에 조건이 없이 되었단 말이지. 인간들이 생각할 진데 헛된 마음에 풍선같이 생각하면 절대로 아니 된단 말이지. 그러나 너는 순리적으로 모든 것을 생각하고 또한 모든 것을 순리로 처리하겠다는 마음에 뜻대로 이루어지는 이때요

  의인으로 나타났어도 항상 자기를 세우지 아니하고 하늘을 세워 우러러 참배함이 감사하노라. 모든 일을 절도 있게 맺고 끊은 듯이 결론을 딱딱 짓기 때문에 이때가 참으로 두렵고 무서운 때라. 천도문아 알겠는고. 아이들아 너희들도 진실 된 마음으로 항상 살기를 바라노라. 내 말씀에 교훈과 또한 경고를 잘 받아들여 너희 살길을 찾지 않으려나. 아기들아 알겠는고.

  또한 천지자유 익도 인진 장냑조가 분명히 조가 딱딱 되어 조직의 일치일심이 완벽하단 말이지. 이런즉 이 얼마나 진지하고 찬란한 세상인가 말이지. 천도문아 알고 있겠지. 나는 너희들을 데리고 빨리 하늘로 올라갔으면 참 좋겠다. 만은 때가 있고 시간이 정해져 있기 때문에 시간이 주어질 때를 꼭 기다려 조금만 고생하다가 하늘로 가도록 하라. 알겠는고.

  천지자유 익지완이 불변한지라. 내 뜻이 너에 뜻과 일문일

226

답할 수 있는 정신의 가짐과 마음의 철두철미한 불변을 잊지 말라. 알겠는고. 내가 항상 너에 주변에 역사 하노라. 하늘과 땅이 분리되어있는 상황은 악의 별성 옥황이가 잘못한 죄가 이렇단 말이지. 이런즉 참된 근원에 원천을 알고 있어야 만이 된단 말이지. 나는 네 뜻에 항상 적응되어있고 너는 내 뜻에 헌신하는 천도문아 참으로 감사하노라. 알겠는고.

나를 아끼고 나에게 참된 믿음을 표현하는 네 마음이 나와 허물이 없고 나와 너와 일심동체를 이루운 것 같이 너에 식구도 모두 나하고 일심동체를 이루어 일심의 자비를 통하기를 간절히 바라는 소망이라. 아기야 알겠는고. 때는 임박한 이때를 맞이한 천도가 엄숙하고 두렵지. 알겠는고. 지금 작용 작동 자전 자동 자연이치에 상황전이 분명하고 천지만물이 모두 원문직도의 자유 됨을 잘 알고 있지.

천도문아 내가 너를 항상 보면 볼수록 불쌍하고 안됐다마는 조금만 고생하면 영광의 새뜻이 새아침 밝아오는 광명이 화창할 것이니라. 알겠는고. 영원불변토록 젊은 그대로 찬란한 귀함이 완벽할 것이니라. 내 뜻이 바로 이런 뜻이지. 만족하고 흡족하며 생명을 가지고 존재하는 존재성이 즐겁고 기쁨을 만끽하고 비극이 없고 찬란한 곳에서 서로 희색이 만면하고 서로 즐겁고 기쁜 미소로서 찬란하게 서로 상대조성하며 서로 믿고 의지하고 통문 통설 통치 천지도술이 무언 무한한즉 조화와 조직이 선명 섬세하지 않는가 말이야. 때가 오는 이때를 맞이하여 천하자유 자재함이 최초나 태초나 변치 않고 오늘 이 시간에도 율동 회전함에 동시에 자동하고 자연 하는 이치와 의미를 알고 있겠지. 천도문아 너는 지금 이때에 준비하는 기간이요 준비하여 많은 인간들을 다루며 또한 다스릴 책임이 완벽한지라.

천도문님은 이 땅에
둘도 없는 귀한 분이시다

이와 같이 애써 이루어놓은 모든 형성이 지금 이 시간에도 변치 아니하고 이모든 공간을 받혀 공중에 떠 있게 하는 그 무한한 힘을 누가 냈는고. 바로 우리 두 천살도와 천살녀가 냈지 알겠는고. 이 땅에 강림하고 본즉 너무나도 중심체 천도문에게 우리집 교인들이 초개같이 앎이 아주 괘씸하고 나는 분통하다 알겠는고. 그렇지만 천도문같은 사람은 둘도 없고 두 번 다시 없는 것만 알고 있으란 말이지. 내가 천도문을 데리고 천지락 갔을 때에는 너희들이 아무리 땅을 치고 가슴을 치며 두 다리 두드려도 그 은혜와 은총을 그때 가서 깨달으면 무엇해. 때는 이미 늦었느니라. 알겠는고.

내가 내체를 이룰 때에 내 설계에 따라 그 설계도에 딱딱 맞추어 기대를 걸고 사위기대가 모두 생 기둥인데 줄줄이 줄을 이어 쌍쌍이 쌍을 지어 태반에 안정되어 태반태독을 이루운 무한한 생판도를 너희 아는가 말이지. 이러함이 어디 절로 왔는가 말이지. 무한히 내체를 이루어 놓고 나서 처음 때를 넣었단 말이지. 어제 말씀 받은데도 나왔지. 생각지도 아니하고 알려고 하지 않는 자에게 어찌 주겠는고?

너희 모친(천도문)이 이것을 발견하기까지 어려운 관문을 통하여 너희들은 잠잘 것 다 자지만 잠자지 아니하고 발견하여 무한한 학문을 내어 원문을 푼즉 원문에 본문이 나오고 본문을 푼즉 본질의 질서가 나오고 또한 그 원문 본문이 완벽한 불변불로 나타났기 때문에 천연의 천문이라 하고 천문은 바로 천연에서 나타난 천륜이 천부를 타고난 우리 두 현인이란 말이지 알겠는고. 내체는 내체대로 형성되어 있었고 그 형성되게 하기까지 피나는 노력과 전심전력을 다 쏟고 본즉 생불들이 영원불변토록 살아있고 천지자유를 자재원도하지 않는가 말이지.

이럼으로써 때는 임박하고 시간은 촉박하며 분초를 어기지 않는 때가 다가오는 이때가 바로 소 환란이란 말이지. 소 환란에는 갖가지 모든 세상만사가 불변절대치 못한 무지한 인간들이 자연을 파괴하고 자연을 초개같이 알고 미련한 미개 자들이 살아 있어도 이는 죽은 자라. 왜냐하면 천주의 새 말씀이 땅에 왔지만 귀하고 귀중함이 분명히 운세 따라 이 땅에 강림한 귀한 강림의 뜻을 너무 모르더라.

그렇지만 천도문이 혈혈단신으로서 누구도 풀지 못한 내

맺히고 쌓인 한을 풀었기 때문에 이것이 바로 영계를 심판할 수 있는 능력을 갖추어 놓았단 말이지. 왜냐하면 말씀 받기 전에 스스로 생각해내어 자연을 내놓고 영계를 풀었은즉 이는 참으로 두 번 다시없는 일이 이 땅에서 나타난 귀한 자가 바로 의인이 도둑같이 나타나서 도둑같이 영계를 풀었음으로써 우리가 심판하였단 말이지.

이것이 바로 악의 별성 *욕새별과 사오별과 그 외에 귀한 데를 원죄를 지고 정복하여 나를 괴롭힌 생록별에 정체가 발견되게 발견하였기 때문에 이것이 바로 천도문이 홀로 한 것이기 때문에 얼마나 귀한지 너희들은 너무 무지하고 미련한 미개 자들아 어찌 홀로 심판케 한 일들을 너희들은 헤아리지 못하기 때문에 받들어 모시라한 것이 틀렸는고. 그만한 공이 피나는 노력을 들여 전심전력을 다 쏟아 영계를 풀은 천도문이 귀하지 않는고.

내 명예를 따서 천도문이라고 한 것은 한번 헤아려보아라. 천지자유가 자재원도 함을 너희들은 이 엄청난 뜻이 절로오지 않았다는 것을 알아야 되고 능력을 갖추어 그 능력이 이 땅에 천도문이 종말을 맞추는 의인이란 말이지. 알겠는고. 내가 누구인고. 알려고 하는 자는 알게 하고 열려고 하는 자는 열게 하고 열었기 때문에 내려고 하는 자에게는 내게 함으로써 정신과 마음과 육체가 일심정기가 특별히 다른 자는 하늘을 우러러 모든 정신과 마음을 바쳐 또한 그 정성과 충성과 또한 귀함이 있기 때문에 내가 모든 것을 다 주었지. 알겠는고.

모든 것은 정신과 마음에 따라 이행하고자 하는 자에게는 문을 열어 진리를 터득하게 물리를 주는 법이니라. 이런즉 이것이 하루아침에 되는 것이 아니요, 오랜 세월 동안 자기가 체험에 지식과 모든 지혜와 또한 그 재치 요령이든지 자연의 갖가지 물체를 어느 정도 알아야 되고 남이 알지 못하게 천문과 지리와 천체자유문도를 알려고 노력하는 몰두가 귀하단 말이지 알겠는고. 이러한 것은 저마다 할 수 없는 일이요, 낮이 모자라고 밤이 모자라도록 노력하는 자가 승리자란 말이지. 어디 진리가 저절로 오는고. 너희 모친 천도문이 갈고닦음이 한집안 식구도 알지 못하게 어려서부터 자연을 항상 생각하여 나를 사모하는 정성과 충성이 대단하더라.

이럼으로써 그 정신에 문이 안 열릴 수가 없이 열렸고 마음의 문이 활짝 열렸음으로써 육신이 이행한 그 행함이 모두 온전한 생활로 진행되어 오늘 이 시간에 이 영광을 다 받았은즉 이것이 얼마나 귀한고. 이렇기 때문이요 따라 우리 천륜은 어디서부터 시작되어 또한 천륜을 알기 위한 작전의 전술을 폄으로서 천륜을 알려주었는데 내가 지니고 있는 것과 가지고 있는 생을 알려주었는데 그 뿌리에 근원까지 발견하였은즉 이 얼마나 귀한 자라는 것을 너희는 분명히 알아 이행하라.

왜냐하면 너희들이 천도문에게 정성을 다하고 충성을 다하여 바쳤을 때에 순응하게 되어있고 순종하며 명령에 복종하게 되어있느니라. 알겠는고. 너희 모친 천도문은 우리에게 모든 정성을 다 바쳐 또한 충성을 다하여서 한때는 조석으로 솥뚜껑을 열어놓고 내려 운감해 빛으로 강림하옵소서하며 모시는 그 기막힌 모든 것을 하늘이 다 알고 있지 알겠는고. 하늘을 받들고 모셔 나오는 이 귀함은 참으로 귀함이라. 옛날에 선지자들이 이 땅에 나타나서 모두 하늘에 은혜와 복을 받았지만 악별성에서 모두 현혹되어 죽은 것이 끝이기 때문에 살아간 역사가 없단 말이지 알겠는고.

나는 산역사요 지상에 원 죄인들은 죽은 역사로 삶이니라. 또한 그 환경이 하늘사람들은 천륜에 따라 이행하고 그 모든 사람들이 현존하는 그 현존의 현명가가 되어 현인이 완벽하단 말이지. 이럼으로써 환경에 권위자가 되어 이적을 나타내는 진과 문과 술을 펴 무한히 초능력을 이행하며 앉아서 수천리를 서서 수만리도 내다보고 미래에 나타나는 모든 것을 자유롭게 자재함으로써 이렇기 때문에 환경에 권위자가 되어있음으로써 그 명예가 당당하고 그 위치가 수려하며 그 권세 권력이 완벽한 존엄 자가 되어있기 때문에 상대를 조성할 수 있는 능력의 자유자들임으로써 환경의 권위자가 완벽하고 땅에는 아주 미완성도 못 되는 인간들이란 말이지. 오죽하면 무지가 무지한 인간이 미련할 수밖에 없고 미련함으로써 또한 미개한 무식한 자들이기 때문에 천륜을 생각할 여지도 없고 생각하지도 아니한다.

이렇기 때문에 이것이 바로 살아있어도 죽은 자요 타고난 본능이 또한 항상 잘났다고 외치고 자기를 위주하고 자기를 세워 명예를 내고 또한 욕심내고 탐내고 시기하고 질투하며 교만하고 또한 이럼으로써 권세를 찾고 권력을 내놓더라. 이것이 얼마나 자기 주제파악도 못하는 자가 어찌 자기를 알겠는고. 이집식구들아 한번 들어보라. 내 말이 맞지 않는가 말이지. 그러나 너희모친 천도문은 미개한자지만 자연을 놓고 오랜 세월을 연구하였지. 왜냐하면 해와 달은 어떻게 생겼을까?

이것은 하늘에 아버지가 하시는 능력의 권능이시오, 또한 물과 또한 모든 화학과 모든 물리학을 항상 생각하고 자연을 항상 탐구하는 정신과 또한 탐구에 몰두함으로써 오랜 세월을 지나다본즉 천문에 이치를 서서히 깨닫는지라. 이때서부터 공간에 나타난 모든 물체든지 모든 근원이 하늘로써부터 오셨는데 이것이 어떻게 되어 있을까?

항상 탐구하며 몰두하였지. 첫째 내 아들딸이 죄가 없다는 것을 확실히 알게 되었더라. 이것은 바로 천륜의 가까운 자지 알겠는고. 하늘을 돕는 자보다 하늘을 찾으려고 애쓰는 자가 스스로 천륜이기 때문에 그 천정이 어찌 가만히 보고만 있겠는고. 천정이 스스로 정이 통하고 항상 그 머리에는 하늘밖에 모르는지라. 공간을 서서히 알다본즉 참 부모님이 죄가 없다는 것을 확실히 느끼고 안 것은 천륜과 천정이 통함으로써 그 정신이 차차 열려 일심정기가 일심일치로서 서로 믿음과 정이 통함으로써 사랑이 서로 오고 가는 암시가 차차 서로 주고 받으며 문답하게 됨이요.

이것이 바로 어려서부터 여러 해를 지내다본즉 열다섯 살에 가서는 완벽하게 하나님 아들딸은 죄가 없다는 것을 느끼게 깨닫더라. 이때에 하늘이 감동케 하는지라. 앉으나 서나 그 생각밖에 없기 때문에 너희 모친(천도 문님을 칭함)을 생에 근원불이 원파를 안 줄 수가 없지 알겠는고. 이 모든 것은 서로 통함이 진지함으로써 사랑과 사랑이 서로 통하고 그 믿음과 은혜와 사랑이 그 정성과 충성이 대단함으로써 천륜은 분명히 천륜이라는 것을 너희 모친 천도문은 알았더라.

왜냐하면 천륜이 절로 오지 않으면 사람마다 하늘을 찾는 것이 이것이 바로 모든 뜻은 하늘과 서로 통해야 되겠다는 것을 앎으로써 여호화 하늘새 내 셋째아들이 천도문님을 인도하여 역술도 가르치고 약 짓는 모든 것을 가르칠 때에 침을 배울 때도 침놓는 그 혈에 구멍을 딱 뚫어 주면 벌써 혈에 나타나는 사람의 인체에 혈을 금시 알아내더라.

이렇기 때문에 하늘이 가르치는데 걱정이 없었고 믿을 수가 있는 믿음이 서로 통하였기 때문에 세상에 좋아하는 것을 싫어하고 또한 하늘과 더불어 항상 생활하는 것을 따르고자 함이 바로 우리 사불님이 너에 모친 천도문의 정신과 또한 정성과 충성에 감동되어 너의 집에 강림한 뜻을 너희 모르지. 강림을 아무데나 하는 줄 알아. 한번 강림의 귀한 뜻을 한번 헤아려보라. 알겠는고. 첫째 너희 모친 천도문을 우리 하늘사람들은 알기 때문에 그 현명한 결백에 감동되었고 모든 정성을 다 바쳐 충성하는 그 효도에 감동되었다 알겠는고. 그러나 이 엄청난 산역사와 죽은 역사를 딱 분리시킬 줄은 몰랐지. 왜냐하면 인간은 공간에 무한히 장을 펼친 천문학과 지리학과 지질학도 다 알지 못하고 사람의 사는 이치와 그 의미와 법도와 또한 그 법률을 알지 못하기 때문이지.

그러나 모든 것을 지상에 나타난 유형의모든 장에 창극을 잘 알면 무엇해. 나에게 상관없는 자는 그로 족하다가 죽은 것이 끝장이라. 왜냐하면 이도 또한 사대성현도 의인도 모두 육신 벗어놓고 영계를 가서 자기 저지른 것만치 필름이 다 증거가 되어있기 때문에 죄를 받는 것이 바로 이 지상에 인간들이라. 알겠는고.

하나님 천도문체 이름을 따서
천도문 명예를 주셨다

이렇지만 천문자유 자재원도를 발견한 자가 천도문이요 내
확실한 명예는 천도문체인데 너희 모친에 명예는 내 이름을
따서 천도문이라고 하였지. 천도문이 저절로 되는 것이 아니
라. 이악한 인간들아 너희 모친(하느님이 천도문님을 칭함)은
참으로 귀한자라. 하늘이 귀하고 귀함으로써 내가 오늘 아침
에는 너희들이 좀 들어서 이행할까 생각하여 너희들을 설득
하는 말씀이지 알겠는고. 이것을 한번 헤아려보라. 누구든지
일하려면 사람을 포섭하여 조직을 지어 자기 원동력을 자기
를 위하여 모두 준비하여 정치도 하지. 그렇지만 너희 모친은
혈혈단신으로서 옆에 사람들을 괴롭히지 아니하고 자기 일은
자기가 열심히 함으로써 안 될 일이 없이 모든 것을 해냈지.
생각해보라.

천주의 새 말씀 받기 전에 자기가 스스로 죽음을 내놓고 생
록별(옥황상제)을 설득하여 영계를 풀었지 이때에 생록별(옥

황이의 큰아들)이 자기 부친(옥황이)에게 속았음을 깨달았기 때문에 이것도 깨달을 때에 천도문이 자연의 법칙을 내놓고 자연의 섭리가 이러 이러 하였는데 너는 어찌하여 범죄를 저질렀는가? 네 모든 잘못을 고백하고 내놓으라며 말씀할 때에 우리는 그 곁에서 다 지켜보고 필름으로 영계를 풀 때에 모두 필름 통에 감아갔지 알겠는고.

생록별이 자연의 섭리와 그 법칙에 뜻을 천도문이 내놓을 때에 스스로 깨닫는지라. 자기는 신성에 속한 자요, 너희 모친 천도문은 무지가 무한한 말씀할 때에 회개 문이 터졌더라. 이것을 한 번 헤아려 보지 아니하려나. 이럼으로써 선지자들도 부끄럽고 선지자들이 모두 구원받은즉 그렇지 아니하고 첫째는 죽은 것이 끝장인데 죽어서 모두 벌 받는 선지자들도 있고 또한 고생하는 자들도 있고 모두 자기한 것만치 갔기 때문이라.

기독교인이나 불교인이나 모든 종교를 통하여 자기를 세우려고 함이 어리석음이지. 천도문은 그런 것이 없고 오히려 하늘을 우러러 앙시하며 항상 그 정성과 충성에 우리가 감동하였지. 그렇지 않으면 2천년되면 육지를 바다로 되고 바다는 육지 되게 천지개벽 할 때에 무조건 소 환란 대 환란이 없고 대 심판으로서 인간들은 불물에 녹아 균들을 일시에 없애버리고 다시 얼마든지 생록별이 꼼짝 못한단 말이지. 왜냐하면 옥황이와 용녀와 그 괴물아이가 하늘에 와서 옥황이는 애병으로 세상을 떠났고 용녀는 자기 후손에게 아무리 말씀을 선포하여도 듣지 아니하였고 자결까지 하였은즉 이것이 증거니라 알겠는고. 이러한 것을 생록별도 자기 부친과 자기 모친이 세상 떠난 것은 이상하다고 생각하였지만 그 역사는 알지 못하더라.

이런데 바로 증거가 세 사람이지 않는고. 이럼으로써 옥황상제 생록별이든지 욕새별 사오별 그 외에 악별성 별들을 다 멸하고 지상은 성별하여 옛 동산 다시 돌아오게 하고 영계는 없애고 무언의 세계에 원위치로 돌아오게 하고 이렇게 모두 처리 처단하려고 하였는데 이렇지만 너희 모친 천도문 같은 의인이라는 명예를 내가 왜 붙이는지 아는고.

지상에는 의인이요 우리에게는 핵심의 진가를 풀어준 죄악의 맺히고 쌓인 것을 풀어준 핵심이기 때문에 천도문 이라고 그 명예를 붙인 것이니라. 알겠는고. 이렇기 때문에 천도문아 너도 잘 알고 있겠지. 이 모든 것이 절로 오지 아니 하였다는 것을 너는 뼈저리게 느꼈을 것이요

너희 자손들이 너를 받들고 모시지 아니하며 또한 순응 순종치 아니하고 명령에 복종치 아니함은 너는 잘 알지. 왜냐하면 너는 그럴수록 나를 더 생각하고 나에게 더 하려고 애쓰는 것을 나는 잘 알지. 이렇기 때문에 우리가 지금 강림의 참뜻을 딱 이행한 것이요, 2천년 지나 때가되면 모두 종교인은 제

물로 갈 때에 알면 무엇해 이미 때는 늦었고 때는 참으로 귀한 것이니라. 알겠는고. 너희 모친 천도문 때문에 이 땅에 강림한지도 벌써 수십 년 이 되었지 알겠는고. 이러한 것을 한 번 헤아려보라. 지상에 사람이 있는가 하면은 없단 말이지 알겠니.

악한 자들아 내가 왜 곤충만도 못하다고 하는 말씀 뜻은 곤충들도 모두 알게 되어 있지만 인간은 천운을 모르더라. 알겠는고. 이렇기 때문에 천도문이 너무 너무 감동케 한 그 충성 정성이 헛될 수가 있겠는고. 이럼으로써 영계를 풀었고 옥황이와 용녀와 괴물아이가 또한 다시 원위치로 돌아왔은즉 이것이 바로 우리에 비극이 없어졌고 천도문이 옥황이 용녀는 미우나 고우나 우리 시조님이요, 그 혈통이 어찌 바꿔질 수 있을까? 하고 항상 다시 살려주기를 마음이 항상 두고 있음으로서 기쁘고 즐거운 마음으로 그 생불체를 지켰기 때문에 생불체에 옥황이 용녀가 다시 재생해내고도 지금 생불체는 쌩쌩 하게 있고 괴물아이도 생불체에 재생해내었기 때문에 모든 것은 순리가 정연함으로써 이것이 바로 너희 모친에 천도문 명예가 완벽하고 그 우러러 앙시하는 모든 절차가 너무 귀함이라.

이렇기 때문에 너희 모친에 그 충성과 또한 그 정성에 감동되어 이 땅에 강림하여 알곡을 거둬 창고에 들인다고 하였지 알겠는고, 하늘 문을 여는 자가 어떤 자겠는가를 생각해 본적

*사불님 강림일 1970년 음 1월 21일 07시 : 30분

이 있는고. 무지자가 무한을 감동케 하고 조화자에 은혜를 입고 정신과 정신으로 암시로 문답하고 그 마음과 마음이 서로 연락할 수 있고 또한 모든 것은 뜻이 완벽함으로써 뜻을 세워 그 뜻에 이행케 함이 바로 내 하는 일이다.

너희 모친 천도문은 어린 7살에서부터 남이 못하는 공부를 시작하였고 그 시작이 바로 항상 하늘을 우러러 앙시하며 그 어린 마음에도 하나님 아들딸들이 죄를 졌다는데 참으로 의문 나는 일이다 생각하고 그것이 사상이 되었더라. 사상이 정신이 박혀 항상 생각하고 또한 지상에 모든 것을 태양이나 바람이나 또한 모든 정기나 물이나 이런 것을 무한히 생각하며 땅에 평창에 이루어진 모든 것을 하늘이 하셨지.

인간은 못해냈을 것이라는 것을 알고, 이런 분이 당신 아들딸을 죄를 짓게 하지 아니하였다. 이것은 인간이 만들어낸 것이 아닌가 생각하고 옛날에 뱀이 말했으면 지금도 말했을 것인데 뱀을 보고 생각하여도 이것은 벌레 같은 곤충 같은 것이 어찌 엄청난 사람에게 그것도 하나님 아들딸에게 죄를 짓게 하였을까? 그것은 거짓말이고 뱀이 죄가 없다는 것을 알았더라.

항상 이러한 공부를 혼자 하였기 때문에 이는 독재자란 말이지. 누구도 생각지도 아니하고 알려고도 아니한 이치와 의미를 생각하면 할수록 맞지 않고 하나님은 그런 분이 아니다

242

생각하고 항상 하늘을 위해 살고자함이더라. 이때에 너희 모친 천도문은 밤에 달을 바라보고 별들을 바라본즉 엄청나고 그 나타난 별들을 예사로 생각하지 아니하였지.

저런 것은 인간이 감히 알지 못하는 것을 하나님은 하셨는데 당신 아들딸은 죄가 없을 것이라고 아주 판단하고 또 생각하였지. 이렇기 때문에 우리들은 오래전에 벌써 정과정이 통했단 말이지. 이것은 정신과 마음이 통했기 때문에 정이 통하였고 그 정이 통함으로써 차차 오랜 세월 놓고 지상에 자연의 잡초든지 생물에 체대든지 따라 생물체 동물이든지 인간생명에 상대 조성성이든지 바라본즉 자연은 산수 수려하고 또한 편안한 안식을 정해주고 인간을 바라본즉 몸에서 풍기는 악취가 또한 그 표독한 독이 풍기며 눈을 보면 살기가 등등하고 그 골상을 바라본즉 옳지 못한 미개 자들이더라.

항상 인간과 자연의 분리는 어려서부터 하였지. 귀신을 바라보면 한이 아니 맺힌 귀신이 없더라. 인간이 얼마나 어둡고 모르면 귀신과 서로 주고받고 귀신에게 얻어맞으면서도 그 귀신을 하나님이라고 무척이나 충성 정성을 다하였기 때문에 이것을 어린 나이에도 벌써 알아 관찰하였더라. 자연의 모든 법률에 법은 아주 수려하고 아름답고 눈이 황홀하고 귀가 새로운데 천도문아 오늘도 기쁘고 즐거운 마음으로서 조성하자. 알겠는고. 광대 광범한 생각하는 자는 무한히 발전하고 큰일을 할 수 있는 능력을 다 알 수는 없지만, 지상에 보이는 것과 안 보이는 것과 또한 있는 것과 없는 것을 알게 됨이 바로 현존하는 존엄자가 아니겠는고. 이렇기 때문에 천도문아 너는 미래를 좀 아는 것은 자연을 터득하였기 때문에 자연을 터득하는 자는 이 세상에 한사람도 오지 않았는데 너는 자연을 터득하여 천하에 만물지중에 내용을 어슴프리 알고 물체가 모두 자연의 이치와 의미로서 되어있고 음양의 모든 조화가 초능력으로 활짝 피어 이치의미가 불변불로 절대하였지 않는가.

이것을 터득한자는 이인이든지 사대 성현이든지 의인이든지 알려고 하지 않았고 알려고 하지도 못했고 알아도 그 정신과 마음이 복잡하고 정신이 어둡고 마음은 안정되지 않았기 때문에 이것이 바로 생각할 수도 없는 것이요, 생각하여도 알지 못하여 모르는 것이니라. 이런데 2천 년 전 유명한 선지자도 터득치 못하여서 유명한 선생들을 찾아다니며 사람을 중심삼고 자기를 위주하여 무엇이든지 통하여 한번 해보겠다는 의지가 바로 하나님을 믿는다하지만 첫째 인간들을 중심삼고 자기가 명예와 그 권세와 권력을 생각하고 남들이 우러러 앙시함을 바랐기 때문에 이것이 바로 욕심이 간 것이니라. 그렇지만 천도문은 모든 자연을 배울 때에 첫째 사불님을 생각하고 또한 모든 것을 알려고 노력하고 사불님을 괴롭히지 아니하고 인간세계를 벌써 관찰하는 법과 자연의 섭리와 자연의 차원 관과 인간을 분별하는 그 분별성에서 나타나는 이치는 바로 자연을 바라본즉 아주 그 오묘함과 수려함이 나타났고 편안한 안식이 되며 또한 아주 순수한 소박한 정신과 마음이 일심으로 되어있은즉 육신이 안정된 생활이 진행되고 인간을 바라본즉 눈이 살기가 등등하고 그 오향에 정기가 모두 죽어 있다는 것을 생각해내고 이것을 분별하고 자연을 공부할 때에 하나님 알게 하여 주옵소서. 이런 말은 정신에도 안 두고 마음에도 일절 생각지 아니하고 사불님을 불쌍히 여기며 이 모든 자연의 섭리를 바라본즉 얼마나 애쓰고 수고한 노정이 모두 기묘하고 신비하며 무지한 모든 신기록이다. 생각하며 항상 공부하여 그 기준이 완벽하고 그 와 연관 지어 그 연관에 갖가지 조목조목을 생각한즉 이때에 우리 사불님도 놀랐고 감동받았지. 인간으로 정성을 다하고 충성하며 신앙을 지키는 자들은 자기 소망과 모든 욕심을 부린즉 어찌 성현이 될 수가 있겠는가?

그러나 천도문은 자기는 생각지 아니하고 자기 몸도 생각지 아니하고 초개같이 생각하며 항상 그 정신과 마음에 사불님밖에 생각지 아니함으로써 그로 연관되어있는 무형과 유형을 알았더라. 무형은 보이지 않으며 현재 현실에 존재하고 상통되어 자유 됨을 알았고, 또한 이 모든 것을 사불님에게 연관 지어서 창조된 창조물을 바라본즉 벌써 때가 있고 그 모든 절기 따라 모두 동화일치 하는지라.

이것을 깨달을 때에 벌써 9살에 깨달았은즉 이 얼마나 오랜 세월에 혈혈단신으로서 지켜온 결백과 그 모든 것이 바로 순리 정연함으로써 공간에 나타난 모든 실체가 완벽하게 살아 있고 숨 쉬고 생동하는 이치와 그 법에 법률이 완벽한 것을 분명히 깨달았더라. 이럼으로써 지금 때가 얼마나 귀한가 말이지. 내가 강림한 지도 수십 년이 되고 또한 한 가지 말해보자.

이때에 강림하기 전에 하나님과 예수를 받들어 모심에 생활을 배웠은즉 영계를 심판하고 난 후에는 삼례를 알더라. 그 삼례가 얼마나 귀하고 귀중하게 생각하며 하늘을 직접 받들어 모심에 생활이 시작되었더라. 한때는 밥을 하여 가마솥 뚜껑을 열어놓고 삼배하고 내려 응감에 빛으로 감응하옵소서하고 항상 사불님을 놓고 정성 드렸은즉 이 놀라운 기적이 우리에게 나타났도다.

하여서 모두 강림하신 것이지. 그렇지 아니하면 예수가 약속한 것 같이 2천년 되면 옥황이 용녀도 구원할 자가 없기 때문에 영계가 모두 복잡하고 그 심판도 할 수 없다. 왜냐하면 그것도 해결할 자가 없고 욕새별을 해결할 자가 없었지. 이렇기 때문에 순리 정연한 의인이 우리에게 도둑같이 나타났기 때문에 예수 약속한 것은 아무것도 아니기 때문에 소 환란을 정하여 너희가 내 말씀대로 들었으면 너희 벌써 하늘로 승천하였을 것이니라. 알겠는고.

그러나 옥황이 용녀를 완전하게 이 세상에 역사를 풀어놓아야 되기 때문이라 알겠는고. 이럼으로써 혈혈단신으로 영계를 풀었기 때문에 우리가 심판하여 천지 문이 겹겹이 닫혀 천사들이 지키었단 말이지. 이때에 욕새별과 사오별과 악별성에 그 무리들이 조직을 지어 여러 나라가 번성된 것은 생육하고 번성된 그 괴물들이 무한히 번성되어있었기 때문에 천도문이 생록별을 회개케 하고 그것 또한 순리로 사랑하는 마음에 또한 생록별이 감동되어 자기가 잘못함을 깨달았기 때문에 순리로서 영계가 풀렸지 알겠는고.

이럼으로써 천지자유 자재원도를 분명히 천도문이 예전에 자연의 법칙과 법에 따라 법률과 모든 것을 알고 또한 사물의 이치를 분명히 알았지 이럼으로써 천지자유 자재원도가 분명함으로써 모든 것은 자유롭게 자연을 품으로써 선지자 모든 귀신들이 모두 회개 문을 활짝 열었기 때문에 영계를 풀었음으로써 심판하고 무언의 세계가 원위치가 되고 욕새별과 사오별과 그 몇 나라가 모두 악별성이 번성되어 아주 속상한 것이 맺히고 쌓이고 그 한을 어찌 다 풀 수가 있겠는고. 이런데 욕새별이 풀린 것은 또한 생록별이 자기 스스로 회개함으로써 심판할 수가 있었고 이러고 옥황이 용녀와 생록별의 가정이 모두 천도문이가 바라는 소망과 내가 한없고 끝없이 그 맺히고 쌓인 한이 풀렸기 때문에 이것으로써 우리가 다시 생불체에서 재생해 낼 수가 있었지.

이럼으로써 생록별 가정도 살릴 자는 살리고 없앨 자는 없애고 모두 알곡을 거둬 창고에 들여 직속에 자손들도 마음이 잘된 자는 살리고 못된 자는 없애서 그 욕새별에 그 빛관이 다시 돌아와 예전같이 되고 사오별과 그 외에 별들이 모두 옛 동산으로 다시 돌아와 광명과 그 화평과 또한 상쾌 통쾌함이 돌아왔은즉 이 놀랍기 때문에 기적이라고 하는 말씀이지 알겠는고.

천지자유가 모두 이와 같이 순리로 풀은 순리가 정연한지라 알겠는고. 이럼으로써 독창을 하기 전에 이미 우리 두 조화는 조화로 살아 숨 쉬었지. 이때에 우리는 요소로서 살 때란 말이지. 이렇기 때문에 처음에는 없는데서 있는 것을 나타낼 수가 있었고 보이지 않으면서 있는 것을 알았고 보이는 것과 보이지 않는 것을 나타낼 수가 있는 능력을 발휘하기 위하여서 우리 두 조화는 생에 자체란 말이지.

처음에는 아무것도 없고 또한 있는 것도 또한 없었고 이렇지만 생에 자체임으로써 처음에는 요소를 무한히 이룰 때에 정신이 될 수 있는 요소를 내기 시작하였단 말은 생각해낼 때요, 생각해낼 때는 무한히 요소를 낼 수가 있는 능력을 갖추었기 때문에 항상 두 현인이 서로가 생각해낼 때에 무한히 요소를 내었지. 이때에 정신 문을 열려고 한즉 생생생 정기는 정신을 내고 너희 조모는 생생생문 생은 마음을 내놓더라.

이때에 나는 음양이 될 수 있는 요소를 내었기 때문에 생생에서 음양을 내었지. 이때에 너희 조모는 생생생에서 불불불롱을 내었지. 이때에 생생생생에 불롱을 낸 것이 바로 나는 핵을 내놓았지. 이때에 너희 조모는 생생생과 생문생에서 불토를 내놓은즉 생명을 내놓았지 생생생과 생문생은 바로 불토 불래를 낼 수가 있었지. 불래는 갖가지 산소요 불토는 갖가지 공기란 말이지. 공기에 근원은 뿌리를 지니고 나타났음이라.

이때에 너희 조모는 갖가지 무한정한 모든 것을 앎으로써 그것이 핵보다 더 밝은 광명같이 오색찬란한지라. 이때에 쓸 랙조에서 광선이 나타나는지라. 광선도 광선에 뿌리와 근원이 나타났음으로 그 광선이 무한정한지라. 이것도 내가 생명을 너희 조모가 낸 후에 나는 광선을 내놓은즉 이때에 너희 조모는 또한 자연의 나타나는 방사선을 내놓는지라. 이때에 방사선이 없으면 안 될 상황이지.

방사선도 갖가지 생문생도에서 모든 자연 방사선이 나오면 동시에 이것이 정기에 관해있는 합류의 자유니라. 이렇기 때문에 핵과 방사선을 무서운 힘을 동원하지. 핵에도 정기가 속해있고 바람도 속해있고 밝고 또한 부드럽고 생생 불불낵조들이 조밀되있는 그 조가 서로 일심정기를 이루어 무한히 힘과 또한 무한히 생을 자유 할 수 있는 능력의 자유가 모두 자연의 이치로서 되어있음이지. 이것은 없으면 안 될 상황이지. 알겠는고. 이와 같이 갖추었기 때문이라.

따라 자연반사가 신선생도 생생문이 새롭게 신선도를 지녀서 신선하고 아름답고 찬란하며 그 놀라운 일심정기들이 모두 무한히 이행해내는 의미와 이치가 모두 음양의 조화로서 무한도가 형성되게 할 수 있지. 이때에 생에 자체들은 이미 처음에 완성이요, 완성이기 때문에 천도문아 이 두 분들은 생에 자체를 아시기 때문에 생에 내용을 아심으로서 갖가지 생을 내어 완성으로서 장을 펴실 수가 있을 것이라는 것을 생각하여냈기 때문에 자리를 창설하는 창설의 무한도를 알려줌이지.

처음만 말하고 생에 요소들이 모두 힘차게 활동하며 힘차게 놀라운 생을 발휘할 수 있었더라. 이때에 우리 두 생불자(하나님, 남)와 생불녀(하나님, 여)는 이미 창설할 수 있는 기대를 걸었기 때문에 우리는 우리를 안다고 하였고 앎으로서 목적과 목적관을 완성할 수 있었고 그 뜻이 완벽함으로써 수억 천 넘게도 공간을 이용하여 쓸 수가 있는 것을 완벽하게 알았기 때문에 궁창의 궁은 우리 뜻이라고 말씀하였지.

너에 조모는 이때에 벌써 사물에 내용을 활짝 열림으로 알았더라. 이 생각하는 범위와 보는 자세와 또한 몰두하여 항상 그 집념이 강하며 또한 모든 것을 관찰해내는 것과 분리하여 딱딱 체계가 되어있다는 이치와 의미를 생각하고 밖에 나가 좌청룡우백호에 모든 명기 정기에 매개체를 터득함으로써 산맥에 맥은 튀고 전류는 정기로 흐르고 돎을 유형공간에서 나타남은 무형과 유형이 상통됨으로써 생동되는 힘을 터득해냈더라.

이것이 보통사람이 하겠는가를 잘 생각하여보란 말이지. 이럼으로써 천지자유가 모두 자유자재 원도하는 것을 말씀 받으며 터득하며 나가 다닐 때에도 정신은 쉬지 않고 마음도 쉬지 않고 절대 불변함으로써 모든 것이 바로 무한함을 깨닫는지라. 이런 것과 같이 우리는 천살도는 나요 천살의 결백은 너희 조모인데 조모님은 아주 그 오관에 미소가 모두 활짝 띠어 그 몸과 마음이 일심일치 동체에 정기가 활짝 띠어 그 오관에 아름다움이 눈이 황홀하고 정신이 황홀하며 마음이 모두 활짝 피는지라.

이렇기 때문에 우리가 요소를 먼저 내어 이와 같이 정신을 갖추고 마음을 갖추어 모두 뿌리가 완벽하게 형성되어 그 놀라운 것이 불변절대하기 때문에 일심일치 동체요 따라 일심일치 정기가 모두 우리가 마음대로 조절할 수가 있단 말이야. 이렇기 때문에 생은 항상 생생을 지녔고 생과 생생은 생문의 생도를 지녔고 또한 갖가지 생도가 생문생도든지 천체자유 생도든지 천체문도 생도든지 4해전에 생도든지 모든 생 기둥에 생도든지 생도가 없으면 안 될 상황이란 말이지.

이럼으로써 천도문아 네가 아는 것 같이 우리도 생도를 갖가지 생을 완벽하게 이루어 창설해냈기 때문에 이것이 모두 독창 이니라 알겠는고. 이때는 처음 때요 왜 처음 때가 들어 가는가 하면은 요소 때는 처음이요, 모든 것이 완벽할 때에는 처음 때라고 하지. 생각해낼 때는 처음이요, 처음에는 요소를 무한히 만족하고 흡족하게 지닌 것도 내고 가진 것도 냈기 때문에 이것이 만족하고 흡족함이 음양은 무한이요, 무한도요 모든 생명이든지 하나라도 없으면 안 될 상황이지. 이것이 처음에는 없는 것 있는 것 또한 아무것도 보이지 않는 것 보이는 것 이것은 무한히 낼 수가 있었기 때문이지.

생각하여냈기 때문에 생에 자체에서 완벽한 생에 살을 붙여 또한 상통 자유할 수 있는 능력을 갖추기까지 수 억 년이 걸렸단 말이지. 이럼으로써 우리 두 천살의 조화들은 항상 오관이 활짝 피어 서로 보면 보는 대로 사랑과 그 미소가 오관이 활짝 띄었기 때문에 이것은 진실이요 결백이요 완벽이요 불변 불 천륜이라 알겠는고. 이럼으로써 외체는 내체가 완벽함으로써 내체가 분명하지. 알겠는고. 수 억 년 걸려서 이렇게 내놓은 것은 불변 불 천연의 천륜이요 일심일치가 동체요 일심정기를 자유롭게 자재할 수 있는 능력을 갖추었단 말이지.

이럼으로써 영원불변토록 살고 살며 또한 늙지 않고 젊은 그대로 유지할 수 있는 모든 것을 갖추어놓았기 때문이요, 이 귀함을 어찌 다 헤아리겠는고. 우리 두 사람은 핵보다 더 밝은 광명 같단 말이지. 우리 두 천살은 아주 신기하게 우리 두

현인이 스스로 우리를 갖춘즉 더불어 가진 것도 서서히 완성
으로 완벽한 불변 불 천체자유에 창조해 내놓을 수 있는 그
기대대로 모두 완벽하게 창조 창극을 내놓을 수가 있기 때문
이요

이럼으로써 정신을 갖추고 마음을 갖추어 생명과 핵을 갖
추고 방사선과 반사에 자연반사든지 자연의 힘을 동원할 수
가 있고 자유 할 수가 있는 반사선이든지 방사선과 반사선과
자연의 방사와 또한 자연의 반사선이 서로 동원하여 삼위일
치가 바로 핵과 방사선과 반사선이 서로 혼연일치가 되어 일
심정기를 이룬즉 족지하고 작지하며 그 반짝이는 동시에 모
두 조화를 이루는 반사선과 이와 같이 무언무한한 모든 것이
완벽으로 자유 할 수 있는 존엄의 존재가 완벽함으로써 완성
체가 분명하였지.

이때에 생각해낼 때에 기점과 설계도를 내어 생에 뿌리에
생에 근원 원 파를 낼 수가 있었지. 이때서부터 그 내체에 생
이 될 요소들을 모두 생을 내어 그 생대로 생도는 생산해내고
생생 천문 천체 천도 원도 전문 전진 자유 원도를 펼 수가 있
는 생 통대가 아주 형태를 무한히 낼 수가 있었고 형태를 내
어 딱딱 조리단정하고 또한 그 밀도조가 딱딱 짜임새 있고 유
모 있게 그 아름다운 그 광경에 멋들어진 장관을 내는지라.

이때에 신선한 생생문이 생도를 지니고 천체선도가 선을

편즉 이것이 찬란한 청밀도가 밀도를 이루어 조직이 선명 섬세하게 그 아름다움이 눈을 황홀하게 하고 마음이 활짝 피게 하고 정신이 활달하게 하고 이때에는 뿌리가 모두 판을 이루는 것은 너희 조모가 아주 꽃방석같이 생문판을 무한히 인간들이 듣기 쉽게 아주 선명 섬세하게 색색이 색을 넣어 그 물체 하나가 공간우주 5개나 되는 것이 하나 점점 에 모두 유명한 조화를 나타내고 마음대로 조화를 부릴 수가 있고 수놓아 아름다움이 선명 섬세하게 각형을 이루고 각형에 모두 돌아가고 돌아오는 그 컴퓨터 같은 정기가 완벽하게 판도가 자꾸자꾸 다른지라.

이것이 조화로 이루었기 때문에 깜짝할 새에 수를 다 놓았은즉 그 작용하는 것과 또한 역할 하는 생명과 아주 아름다운지라. 핵같이 밝으며 또한 뜨거운 사랑을 나타내며 또한 열심히 돌아가고 돌아오게 딱딱 정지정돈으로서 생생 천체 자유 개문을 활짝 연즉 개문도가 활짝 열려 펼쳐지는 놀라움이 완벽하였더라. 이때에 생판을 정하기전에 갖가지 전자도와 분자도로서 이루었고 신선 신녹전을 편즉 실록신선하고 아름다운 문을 편즉 술이 활짝 피어 초능력으로서 조화를 이루어 무한히 문은 진에 따라 문이 열리고 또한 문을 편즉 또한 진술 전문술이 술을 펴는지라.

이때에 나무뿌리 같고 또한 지도같이 반짝이는 그 환경이 아주 거창하고 찬란한지라.

이때에 그 역할 하는 것은 생명을 지니고 살아 숨 쉬며 역할 하는 그 놀라운 광경이 아주 무지신비로써 나타난즉 문에 따라 술을 편즉 아주 놀라운 광경이 활짝 피었지. 이때에 너희 조모는 놀랍게 생각하더라. 이때에 기대를 건 우리 두 사람은 이제부터 사위기대를 걸었은즉 4해8방 동서남북같이 힘을 싸고 응시되게 생 기둥을 세웠지.

나는 기둥을 세우고 너희 조모는 판을 이루어 수놓는 것 같이 생명을 지니고 역할하고 열심히 변치 않는 불변불로 그 각형을 내는지라. 이때에 나는 줄줄이 줄을 잇고 쌍쌍이 쌍을 지어 빈틈없이 생 기둥을 세워놓은즉 너희조모는 생 기둥에 따라 각형 관을 딱딱 이루어 체계조리로서 완벽하고 또한 둥근판을 이루어서 모두 역할 하는 그 역할이 아주 거창한지라.

이때에 생을 초래해내서 생에 조화가 무궁 무지하더라. 이때에 생을 따라 층을 이루며 지층같이 한 공간을 펴 너무 너무 전지전능하다. 이것이 왜 전지전능이라는 말씀은 생에 원파를 전지라고 하고 전지전능이라는 것은 내가 체대를 이루고 너희 조모는 꽃 같고 미술같이 불변불로서 생 기둥에 돌려 지층을 쌓아올리는 그 층을 이루는 광경과 모습이 희색이 만면하고 빠르기가 초같이 빠른지라.

나는 너희 조모를 물끄러미 쳐다보며 그 장함이 아주 기쁘고 즐겁더라. 항상 이와 같이 나에게 정성을 다하고 충성을 다 바쳐 몸과 마음이 일심일치로서 절대한 생불여가 생불이더라. 알겠는고. 이와 같이 밝은 미소에 온 육체가 활짝 피게 하고 뜨거운 사랑의 몸이 활짝 피게 하는 그 조화는 음양이 없으면 무슨 의미가 있고 무슨 기대가 있겠는고.

천도문아 오늘도 걱정 근심치 말란 말이지. 왜냐하면 천지 자유가 모두 무한한 조화로서 이루어진 무한도란 말이지. 알겠는고. 생불 사불이 항상 네 곁에 있고 나는 바로 내 곁에 네가 있노라 알겠는고. 갖가지 모든 것이 완벽한 불변불로서 이룰 때에 학문제도로서 조를 짜서 조밀도로 되어있고 조가 있음으로써 조직이 선명 섬세하게 완벽한 청밀이 불변불로서 되어있단 말이지

이럼으로써 우리 두 생불은 생불체에서 살 때에 처음이라고 하였지. 왜 생불체라고 하는지 알겠는고. 생불체가 바로 유전공학을 이룰 수가 있는 능력과 권능을 갖추어 스스로 우리를 생하고 정하고 통함이 완벽하기 때문이라 알겠는고. 처음이라는 말씀의 뜻은 바로 생불자와 생불녀가 생불체에서 아무것도 없는데서 무한히 낼 수가 있었고 이것은 바로 처음을 말씀하심이지.

처음에는 아무것도 없고 바로 우리 두 천살도와 천살의 결백이 생불체 안에서 요소로 살 때란 말이지. 이때에 벌써 우리들은 완성이라. 요소로서 완성이요 따라 요소로 살지만 우

리에게는 우리는 우리를 알았고 미래와 꿈이 확고하고 목적
과 목적관이 완벽하였고 무한한 공간을 내어 궁창을 이루어
갖가지 궁의 뜻이 우리가 살아갈 수 있는 영광의 영광도를 이
룰 수가 있는 능력자들이요 권능 자들이기 때문에 무언무한
하단 말이지.

처음에는 아무것도 없지만 우리 두 생불은 생불 체에서 요
소로 살 때란 말이지. 이렇기 때문에 생도보이지 않고 없는
것 같단 말이지. 왜 그런가 하면은 생은 조화요 따라 그 조화
는 있지만 아무것도 없는 상태로 되어있는 것을 나타낼 수가
있는 능력을 갖춘 자들이기 때문에 우리는 우리를 안다고 하
였지. 처음에는 아무것도 없는데서 있는 것을 나타내기까지
무한한 피나는 노력을 하였지. 왜냐하면 모든 조화를 알기 때
문이요, 따라 그 조화에 내용을 알기까지 무한히 피나는 노력
을 들여 전심전력을 다 쏟아 무한히 애썼단 말이지 알겠는고.
처음이라는 뜻은 이러한 엄청난 것을 말씀하심이기 때문에
무한도요, 무한에 무를 나타낼 수가 있는 능력의 권능을 베풀
수가 있었지 알겠는고.

천도문아 처음에는 아무것도 없고 보이지도 않는데서 우리
가 요소로서 중심이 딱 되어 살았지. 이럼으로써 무한히 완성
이요 따라 보이지도 않고 없지만 생은 조화요 무한도에 조화
로 되어있고 따라 생생은 생에 정기란 말이지. 생생에 정기는
힘이요, 이 삼위일치가 무한도 무란 말이지. 알겠는고. 이런

무에서 갖가지 무를 낼 수가 있기 때문에 요소로 살지만 능력을 갖추었기 때문에 권능자란 말이지.

있으면서도 보이지 않는 것을 미래의 꿈이 확고하게 이루어지기 때문이요, 목적과 목적관은 분명히 관을 이루어 갖가지 모든 조목조목이 무언에 그 무를 체계에 맞고 조리 있고 질서가 정연하며 그 질서를 유지할 수가 있는 능력의 권능자가 약속의 자유대로 갖가지 학문제도로서 딱딱 이루어질 미래의 꿈이 확고함으로써 목적과 목적관이 분명하지 이럼으로써 있으면 보이지 않는 무를 무한히 내어 형성을 이루고 또한 찬란한 공간마다 모두 뜻이 있음으로써 무언무한하지.

요소로 살 때에는 요소에 중심이요, 요소에 완성이요, 그 요소요소에 조화를 음양과 더불어 완벽한 불변 절대한 천운에 속하여 있단 말이지 알겠는고. 이럼으로써 천지자유인이요, 따라 천문천도 개문도를 모두 열 수가 있는 능력자란 말이지 알겠는고. 이렇기 때문에 처음에 생불체를 이루어 자리를 정하여 생불체 속에서 두 생불이 요소로 살 때기 때문에 아무것도 없고 보이지 않는데서 보이게 나타나게 하였고 있으면서도 안 보이는 것을 모두 두각으로 나타내서 형성을 이루고 무한히 자비와 철학으로서 그 원문이 모두 톡톡히 하였지.

이렇기 때문에 생불에 중심체요 갖가지 유전공학은 과학인데 과학의 요소성분을 모두 합류하여 조화로 이룰 수가 있는 능력자기 때문에 무한 도라고 하는 말씀이지. 처음의 요소로서 생불체 속에서 우리는 우리를 스스로 요소로서 나타냈지. 이렇기 때문에 갖가지 조화에 근원 원파를 내기 위하여서 생에 뿌리를 정하여 기대를 걸고 생에 뿌리를 조화로 펴기 시작하였지. 이때에 생에 뿌리를 펴기 시작할 때에 우리는 창설을 시작하였지.

내체에 창설을 시작하여 갖가지 4해8방 4위 기대를 무한히 생 기둥을 세우고 생판이 모두 진과 문으로 되어있고 술로 되어 있은즉 진에 따라 문이 펴고 문에 따라 술이 펴 무한도한 도술이더라. 이때에 웅대한 거창한 사위기대가 조화요 조화에 기둥이 얼마나 큰지 아는고. 이 세상 인간들이 상상하지도 못하지만 상징적으로 공간 우주를 다 하여 수 천 억 개가 넘단 말이지. 이런 것이 넘고 넘으며 인간이 상상할 수가 있겠는고. 이런 것을 쌍쌍이 쌍을 짓고 줄줄이 줄을 이어 너희 조모는 생판을 모두 설치하고 나는 그 기법을 정하여 기법에 따라 체대를 세우고 서로 일심동체로서 근원 내체를 창설하기 시작하였단 말이지. 이럼으로써 갖가지 무한한 과학은 과학대로 과학의 철학은 철학대로 도술은 도술대로 그 진문은 진문대로 문문에 문도는 문도대로 갖가지 술은 술대로 확고하게 무한하지. 이렇기 때문에 없는 것이 없이 내체에 무한도라. 지도같이 갖가지 전류의 전력이 흐르고 돌게 하였지. 이것은 신선 실록 낵조로 펴 그 낵조 전문술이 모두 무한정한 정기로 내어 진전자유 문도 전으로 폈는데 무언무한하단 말이지.

내체에 조화가 무한한 창설의 완벽한 창설자들이 창설하였기 때문에 힘을 발휘할 수 있는 생생생도 천체조가 무한도로서 신선실로 정기가 통문 통설자유 문도하게 하였고 또한 평청을 이루어놓은 아기자기하며 오물조물하게 아주 학문의 제도로서 딱딱 일획도 일점도 더하고 덜함이 없이 정기에 장치가 아주 새로우며 그 색채가 오색찬란하고 갖가지 풍겨 나오는 자연반사가 눈이 부시는지라.

이때에 전자도와 분자도가 모두 신선실롱 낵조전이 모두 분별 자유되어 자기소임을 모두 풍부히 해 내가는지라. 이때에 전자도와 분자도가 가장 작은 것 같지만, 무한한 정기도와 주고받는 그 힘이 대단한지라. 따라 동시에 전자 분자가 아주 무한한 화학에 힘을 동원하고 그 힘이 아주 조용하면서도 전류가 모두 세부와 조직으로서 흐르고 도는지라.

이때에 갖가지 신선하고 찬란한 모든 문진마다 진전자유 전진하는데 이것이 아주 한없고 끝없는 조화로서 완벽한지라. 이러한 모든 불토 맥도 불내맥도 책초맥도 이런 것은 족지 한즉 핵같이 빠르며 모두 술로서 딱딱 때와 시간과 분과 초를 어김없이 딱딱 분별되어있는 것 같지만 합류일치 일심정기로서 자유자재 원도하는지라. 이러한 힘이 무한도로서 깔려 평청을 이루었지.

갖가지 생판도가 모두 꽃같이 되어 반짝이며 핵판이든지

천체 생판이든지 또한 생조 내조 판이든지 각형에 모두 따라서 그 전류가 돌아가고 돌아오며 그 힘을 발사하는지라. 이러한 것은 너희 조모님께서 어머니 사명으로서 핵 기둥도 있고 무한히 광선 기둥도 있고, 이와 같이 모두 생 기둥에 의지하고 생 기둥에 기대가되어 응시된 힘들이 서로 쉬지 아니하고 핵같이 빠르며 그 판도가 무한한지라.

이때에 너희 조모께서는 갖가지 신선 신불로에 모습으로서 즐겁고 기뻐한 그 오관에 미소를 띤 희색이 만면하더라. 내가 천문학을 이룰 때에 너희 조모께서는 모든 정성과 충성을 다하여 올리는 그 정신과 마음이 나하고 일치되어 일심정기로서 동체가 되어있는 사실을 사실대로 나타나는지라. 이렇게 모시고 받드는 그 모습을 바라본즉 내 눈이 황홀하고 그 놀라운 그 용모가 아주 핵보다 더 밝은지라.

이렇기 때문에 나는 너희 조모와 더불어 괴로울 것이 없이 서로가 눈으로 사랑하고 정신으로 사랑하고 마음으로 사랑한즉 이 놀라운 영광이 더 어디 있으며 만족하고 흡족함을 다 어찌 형용할 수 있으리 알겠는고. 천도문아 내체를 이룰 때에는 나는 그 체대를 세워 천체자유를 받들어 바칠 수가 있는 그 기대감이 완벽이요 너에 조모는 조모대로 무한정하게 판을 이루어 지층같이 쌓아 올림이 완벽하였단 말이지. 이러한 것을 보아 모든 것은 절로오지 않는다는 것을 잊지 말란 말이지 알겠는고. 천도천문 자유 개문도를 이룰 때에 이와 같이 내체를 이루기까지 피나는 노력을 하겠는고. 안하겠는가를 잘 생각하여보잔 말이지. 이럼으로써 갖가지 생판이 모두 체계를 이루고 조리가 단정한 질서를 유지할 수가 있었고, 갖가지 생판에는 조화가 무궁 무한한 무로서 내는지라 내어 이루는 과정이 모두 무한이지. 왜냐하면 생도조화요 생생도 조화요 갖가지 생생이 모두 조화를 낸즉 힘도 조화니라. 힘이 없는 곳에는 조화가 있을 수가 없고 또한 그 조화도 무언 무한할 수 있는 은혜의 자유의 조화가 되어야 한단 말이지.

조화는 조화대로 또한 형성되게 할 수 있는 것이 한없고 끝없이 이루는 과정에 따라 모든 것을 이행하여야 되지. 이러한 내체를 설치할 때에 그 내체에 갖가지 생도든지 갖가지 생조들이든지 갖가지 생생통대 선도 선대든지 선도는 펴는 것을 뜻함이요, 선대는 확정하여 모두 그 모습을 드러내는 것을 뜻함이요, 선도는 체계조리가 모두 질서를 유지하고 선대는 확정한 자리에서 응시되어 풍겨내는 발사에 힘들이 완벽하게 분위기 조성함이요 질서가 정연하고 그 아름다움이 완벽한지라. 알겠는고.

이럼으로써 내체에 근원 개문 도를 활짝 연즉 무한한 개문이 활짝 열렸더라. 이럼으로써 내체 근원 원 파가 완성으로서 이루어졌지. 천도문아 너는 알고 있겠지. 나는 지닌 것으로 만족 흡족하고 가진 것으로 만족 흡족한즉 가만히 있으면 무엇해. 갖가지 생을 가르고 쪼개고 나누어 분해 분별하여 분리 진문을 딱딱 정하여 아름답고 찬란하게 모두 자리에 응시되어 힘과 힘이 동일 일치하고 절도가 있고 완벽하며 스릴 있는 그 힘들이 꽃같이 꽃잎같이 활짝 피어 영원불변토록 변치 아니하고 이렇기 때문에 조화임으로써 갖가지 과학진문으로서 무한조로 나와 무로서 형성되게 할 수 있는 능력자들이란 말이지.

이럼으로써 원을 이루어 그 원이 무한도로서 갖가지 없는 것이 없이 무한도란 말이지. 알겠는고. 이렇기 때문에 준비가 필요하였고 그 준비하는 과정도 오랜 세월이 흘렀단 말이지. 왜냐하면 갖가지 조화와 진문에서 갖가지 생을 풀어낸즉 이것이 모두 그 조화에 따라 갖가지 과학의 성분과 요소와 조화를 이루었은즉 이것이 바로 과학진문이요, 과학에 철학이요, 따라 모든 것이 불변불로서 되어있기 때문에 변할 수가 없고 또한 천연의 천륜에 자유인이 주인이기 때문에 그 천부적으로 타고난 그 무한한 요소에 조화를 발휘하기 때문에 무한히 질서가 정연할 수 있는 체계 조리가 완벽하고 또한 조직이 선명 섬세하게 완벽한 자기 자리에 확정된 자리에서 응시되어 자기 소임을 모두 무한히 내는지라.

생은 생대로 조화를 내고 힘은 힘대로 힘을 낸즉 힘에 원동력은 갖가지 나타나 힘을 발휘함이 바로 서로 상통자유 동화 일치 이와 같이 됨이요, 형상은 존재하고 조성하는 데로 모든 진술과 생문술과 생술을 편즉 진술이 펴지는지라. 진술 전진 생문진을 친즉 진술이 즉시 이동진을 폄으로써 문을 열고 문

263

을 펴 술을 열고 술을 편즉 체계조리가 완벽하고 번개같이 딱딱 모든 것이 불변되어 응시되며 상통 자유 될 수 있게 모든 것을 자연의 일치에서 자동자유가 되는 법이란 말이지 알겠는고.

이렇게 내체가 모두 설비되어 있는 모든 학문의 제도가 모두 불변절대하지. 이 학문에 제도가 없다면 어찌 원문을 내겠는고. 원문을 낼 때에도 수 억 년 동안 요소를 이루며 요소에 원문을 한없고 끝없이 낸즉 이것이 수억 년을 지냈더라. 내체를 창설하여 아무것도 없는 데서 있는 것으로 만족흡족하고 있으면 안 보이는 데서 있는 것을 나타내어 갖가지 모든 것을 낼 때가 있었고 내고 본즉 또한 무한히 갖가지를 무로 내야 되기 때문이요. 창설 시작할 때에는 중심체가 내체를 창설할 때에 기대를 걸고 기법으로 따라 설계도에 딱딱 맞추어 무한히 이루어놓고 본즉 내체에 근원 원 파가 딱 됨으로써 근원 원파 개문을 활짝 열고 본즉 무한도하지. 나는 체대를 이루고 너희 조모는 가지고 이용할 수 있는 무한한 조화에 판들을 지층같이 쌓아 올려 무한도를 냈지.

이럼으로써 그 내체가 완벽함으로써 갖가지 생을 내고 본즉 그 생은 조화고 도술이기 때문에 갖가지 생생생도 생생문 냉조를 딱딱 냄으로서 생생통대에 전도가 형태를 만들어 냄으로써 아무리 이적으로 한다 할지라도 무로 내기 때문에 무요, 무한이요, 무한도요, 이것이 모두 동일체가 되어 일심일치 동일체에 일심정기로 딱딱 불변불로 되어 천운에 천륜이요, 천부를 타고난 천살도와 천살의 결백이 하는 일이 서로 분리되어있고 나는 체대를 이루고 너희 조모는 판을 이루어 물체를 감당할 수 있고 그 물체들을 소중하게 응시되게 낼 수 있는 것이 모두 과학이니라.

이럼으로써 지닌 것이 무한이 중심이요, 가진 것은 이용해 쓸 수가 있었지. 이것이 내체가 무한도기 때문에 내체 때도 수 억 년이란 세월이 흘러갔지. 그렇지만 우리는 이성으로 되어 있어도 때가 있고 시간이 있고 분초가 있고 일과 월과 해가 딱 있음으로써 타고난 운명에 철학이 완벽하고 윤리와 도덕이 불변절대하기 때문에 때 오지 아니할 때에는 서로가 눈으로 사랑하고 모습으로 사랑함이니라. 알겠는고.

처음에 내체까지 이룰 때에 모두 이루고본즉 수억 년이 걸렸더라. 처음 때에 맞추어 최초 전 최초 때가 또 무인데 그 무를 맞추고 본즉 또 수억 년이 걸렸더라. 그 무에서 무를 내고 본즉 삼위일치의 수억 년이 걸렸고 4위 기대를 내고 본즉 천도천문 천체 개문도를 내고 본즉 4해8방4진문도가 무로 나타났고 근원근도 원파가 나타났은즉 이것이 또 무더라. 이것이 또 수억 년이 걸렸은즉 무에서 무를 내고 그 무에서 무를 냈은즉 수억 년이 네 번이 걸렸더라.

이러한 세월이 얼마나 오래 갔겠는가를 생각해보자. 갖가지 모든 것은 아무것도 없는데서 있는 것을 냈고 이것은 조화기 때문이요, 따라 있으면 보이지 않는 것도 조화니라 알겠는고. 이럼으로써 무한히 낼 때가 있었고 무한히 준비할 때가 있었고 준비하였은즉 한없고 끝없이 구성 구상해내어 창작을 낼 때가 있었고 창도관을 열 때가 있었고 생생에서 생을 내어 힘의 공간을 내고 저장할 때에 생과 생생을 저장한즉 힘에 공간이 바로 암기의 공간으로 나타낼 때가 있었지.

이것이 또한 무형실체요 유형실체를 내었은즉 그 창설 창설이 얼마나 많았겠는가를 생각해보자. 내체에 창설과 또한 처음에는 요소로 살다가 갖가지 정신과 마음과 모두 분별하여 낼 때가 있었지. 이럼으로써 최초 전 최초 때라는 것을 그 일과 월과 해가 딱딱 정확함으로써 함이니라. 왜냐하면 이전에도 이러한 것이 딱딱 정해져 있고 응시되어 있고 그때그때마다 분별하여 분리진문을 정하기 때문이라 알겠는고. 원심에 원파가 존재할 때기 때문에 생 공간을 발사할 때가 있었지. 이럼으로써 생 공간 때는 장막을 거둬 치운즉 유전공학이 나타나며 또한 생생문이 열렸을 때지. 이것이 바로 천도전이 꽝꽝광한즉 생불체가 거둬 쳐 가는 소리가 쫙하며 입체로 걷고 또한 놀라운 파동이 일어나며 분주한지라.

이것이 바로 생생문 첫째 날이요, 따라 이럼으로써 무와 무가 모두 수 억 년 수 억 년이 걸리고 본즉 피골이 상집하였더라. 알겠는고. 천도문아 너도 잘 알고 있겠지. 인간들이 듣지 못하는 자는 다 죽을 것이요, 들어도 이행치 아니하고 천도문에게 불신하는 자는 다 심판받을 것이니라. 알겠는고. 천도문아 너는 참으로 귀한 자라는 것을 하늘에서 다 놀라고 있은즉 걱정 근심치 말란 말이지. 종말을 맞추고 떠나오면 고생도 물러가고 아픔도 물러가고 모든 것이 순리가 정연하고 윤리와 도덕이 완벽하지 않는가 말이지.

모든 것을 준비하여 무형실체와 유형실체가 서로 상통되어 주고받는 그 놀라움이 완벽하단 말이지 왜냐하면 무에서 무로 나타났고 그 무에서 무가 나타난 후에 갖가지 준비하여 구성 구상해 내놓은 모든 창조물이 완성으로서 무형과 유형이 나타났지. 이것이 바로 생 공간이 없다면 어찌 갖가지 힘의 형태가 모두 활기 활짝 띠고 슬기롭게 생동감이 끓어 넘쳐흐르며 생명을 지니고 생동하는 그 생동감이 참으로 촉각으로 모두 이루어져 촉각 촉각에 밀도로 되어있는 무한정한 학문제도가 완벽한지라 알겠는고. 내가 이런 말씀을 왜 하는지 아는고.

지금은 조목조목에 이루어놓은 섭리의 법칙을 알려주는 말씀이니라. 알겠는고. 처음에는 아무것도 없는데서 있는 것을 나타낸 것은 우리 두 생불이 숨 쉬고 살아 있을 때기 때문이라 이렇기 때문에 중심이 완벽하고 그 중심이 분명함으로써 불불 낵조 완조가 모두 절대불변이요 약속대로 모든 것이 불변불로서 천연을 타고 천륜으로서 천부가 모든 것을 내고 할 때란 말이지.

이렇기 때문에 천부는 곧 천륜의 합류요 따라 그 천륜에 입각되어 모든 것이 합류로서 딱딱 되어 있을 수 있는 능력을 갖추었기 때문에 요소 때에도 바로 완성이요, 완성임으로써 아무것도 없고 보이지도 아니함을 중심이 알기 때문에 없는 데서 있는 것을 나타냄이 바로 요소요소가 모두 만족 흡족함으로써 그 요소들이 모두 살아 숨 쉬고 생명을 지녔기 때문에 항상 생활생이요 나타남으로써 날 생이라. 알겠는고.

생할 생이요 날생은 항상 끊임없이 생하고 정하고 통한즉 날 생이라는 뜻은 모든 것을 낼 수가 있는 중심체를 뜻함이요 따라 갖가지 생에 조화요 따라 생생에 조화요 힘의 조화기 때문에 갖가지 도술진문이 모두 완벽하게 할 수가 있는 능력을 갖추었기 때문에 나는 나를 안다고 하였지. 이럼으로써 우리에게는 미래와 꿈이 확고하고 불변불로 절대 약속대로 모든 것을 무로 내어 무로서 모든 것을 무한정하게 낼 수가 있음으로써 이것은 생불체 속에 살 때에 처음이요 그 처음에 모든 것을 낼 수가 있던 말씀을 하심이니라 알겠는고.

이렇기 때문에 처음에는 생불체로 자리 잡은 것이 무에 한 공간을 차지하고 또한 태반태독 원태도를 지녔고 태반태독 원태독을 가지고 우리는 살았을 때라. 인간은 도저히 생각지도 못하고 알지도 못한단 말이지. 그러나 우리는 못할 것이 없이 무한히 무를 낼 수 있는 능력을 갖춘 자기 때문에 모든 것을 만족흡족하게 낼 수가 있었지.

이것은 바로 없으면 지금 너희 죽은 인생들도 없겠지 나는 생불체를 정하고 우리에 두 생불이 생불체에서 일심정기를 이루고 일심일치 동체에 요소가 완벽함으로써 천문천도 개문도를 무한히 세워 열 수가 있는 조화니라 알겠는고. 처음에는 중심은 살아 숨 쉬고 있지만 아무것도 보이지도 않고 아무것도 없는데서 무한히 낼 수가 있었지. 이것은 생도 조화요, 생생도 조화요, 힘도 조화니라. 삼조가 한데 합류되어 있어도 우리 둘 생불은 보이지 않았지. 그렇지만 아무것도 없고 보이지도 않고 아주 무한으로 되어 있지만 조화요, 따라 도냉능내 생내생능도가 모두 합류되어 모두가 무한을 낼 수가 있었기 때문에 보이지도 않고 아무것도 없는데서 초래해낼 수가 있는 능력자들이요, 따라 생불자요, 생불여가 능력을 갖춘 완성이기 때문에 없는 것으로도 낼 수가 있는 능력이란 말이지.

능력을 갖추지 못한 자가 어찌 아무것도 없고 보이지 않는 것을 낼 수가 있겠는가를 한번쯤 죽은 인간들아 생각해보지 아니하려나. 따라 동시에 이럼으로써 있기는 있지만 보이지 않는 것을 또 무로 냈지. 이럼으로써 처음에 그 무로 낼 때에도 수 억 년 걸렸고 따라 지니고 가진 것으로 또한 수억 년이 걸렸지. 이러한 모든 것이 절로 오지 않음을 한번 생각해보란 말이지.
천도문아 너도 내가 한번씩 알려주면 거기에서 모든 것을 찾는 것 같이 너는 내가 있기 때문에 쉽지만 우리 두 생불은 참으로 힘들게 갖추었단 말이지. 우리 스스로 우리를 갖추고 나서 아무것도 없고 보이지도 않는데서 무로 냈은즉 이것이 모두 조화요 도술이란 말이지. 이럼으로써 갖가지 모든 것을 내야만이 미래의 꿈이 확고하고 천륜의 천부가 완벽하고 따라 동시에 무한도로서 나타낼 수 있는 능력자가 되어야 한단 말이지.

이렇게 내고 본즉 보이지 않는 것과 아무것도 없는 것과 보이지 않는 것을 무로 낼 수 있는 능력자기 때문에 권능을 베풀 수가 있단 말이지. 이럼으로써 있으면서도 안 보이는 무형을 무한히 내어 무로 낼 수가 있기 때문에 기대를 걸고 기대감이 모두 완성으로 딱딱 나타났지. 이때에 참으로 너무나 기쁘고 즐겁도다. 나는 아무것도 없고 보이지 않는 것을 내어 무로 내놓은즉 너희 조모께서는 있으면서도 안 보이는 것을 무로 내시더라.

이때에 서로 일심정기에 일심일치 동체로서 서로 잘 주고 잘 받으며 서로 진지하고 그 성화스럽고 아름답고 찬란함이 너무나 귀하더라. 이때에 너희 조모의 능력을 본즉 그 능력을 발휘함이 나도 놀라웠지, 이럼으로써 무에서 무를 낼 때에 내가 내면 너희 조모도 무를 내고 이때에 그 무에서 무를 낸즉 너희 조모도 무를 내시더라. 이것이 모두 생생 생도 천체조화를 이룰 수가 있는 능력 갖추었기 때문에 내체를 이룰 수가

있었지. 내체는 내체대로 자리를 정하여 기대를 걸고 그 기대
감이 완벽하게 불변불로 천정의 천륜자유가 완벽하게 약속대
로 나타낼 수가 있더라.

조부모님은 처음부터 미래의 목적관이
절대 불변 완벽하였다

우리 두 천살은 서로가 아름다운 사랑으로서 편안한 안식에 무한한 귀함을 지니고 보면 볼수록 아름답고 찬란한데 서로가 힘든 것도 모르고 서로가 통쾌 상쾌함이 만족 흡족하기만 하더라. 이럼으로써 생 공간을 창조하여야 되기 때문에 내체를 창설하였지. 내체는 바로 생도내체가 있음으로써 생에 내체에서부터 생에 근원 원 파를 딱 창설해 내었은즉 이 얼마나 놀라운 일인고. 이때에 4위기대가 모두 생으로서 되어 있게 하였지. 처음에는 요소로 내고 요소에서 완성을 냈은즉 모두 생이 되었더라. 정신이 있음으로 마음이 있는 것 같이 서로 상대를 조성하며 존재할 수 있는 갖가지 윤리와 도덕을 세우려면 온전하여야 되고 불변불로서 모든 형성이 완성으로 되어야 된단 말이지. 이러한 미래를 앎으로써 처음에 벌써 우리는 우리를 알았고 미래와 꿈이 확고하기 때문에 목적과 목적관이 완벽하고 그 뜻이 불변절대하단 말이지 천체자유 자재할 수 있는 조화를 지니고 도술진문을 확고하게 자유자재

할 수 있기 때문에 자유 한단 말이지. 이 모든 것이 공간을 이용하여 쓸 수가 있고 태평가를 부르고 영광에 영광도를 이루며 궁창에 궁이 모두 뜻이기 때문에 내 아들딸을 생산해내서 모두 남매 8남매를 모두 공간을 주게 한 작전의 전술을 너희도 잘 알아들으란 말이지.

이런 것이 모두 목적과 목적관이요 따라 뜻이라고 하는 말씀이지. 뜻은 바로 공적으로서 자동과 자연과 모든 것이 되어 있는 그 사실대로 환경에 권위자들이 모두 뜻으로서 무한히 영광을 누리며 생육하고 번성하여 충만케 할 수 있는 능력자기 때문에 권능을 나타낼 수가 있었지. 이럼으로써 생 공간은 바로 원심에 원 파요 따라 생에 내체는 바로 생에 근원 원 파요 따라 모든 천체천문 갖가지 생도든지 생생이 모두 무한도한 무지.

이러함으로써 이러한 것을 모두 창설해내어 그 독창이 톡톡하게 4위기대를 이루고 그 뿌리가 평청되어 평내댁도 전도가 모두 되어있고 아주 신선신록 문조가 모두 진문을 쳐서 진에 따라 문을 열고 따라 문을 펼 때에 이동진이 이동하는 대로 술을 펼 수가 있음이라 알겠고. 바로 술은 문을 펴는 대로 술을 펼 수가 있고, 진을 치고 진문을 여는 대로 문을 펼 수가 있는 것이니라. 이럼으로써 모든 것이 준비되어있고 그 준비되어있는 모든 귀한 생들이 완벽하단 말이지 알겠고. 우리 몸체도 차차 요소가 변화를 일으켜 차차 판도가 달라지며 생생문을 열 수가 있는 능력자란 말이지. 생생문을 열기까지 절로 오지 않았단 말이야.

생생 생문이 첫째 날이라고 하는 말씀을 한번 들어보라. 무에서 무를 내고 그 무에서 무를 낸즉 생 공간이 창조됐지. 독창을 낸즉 그 독창이 평청 되어 지층 낵도 전도가 모두 역할하고 힘차게 생동하는 그 놀라움이 참으로 너무 황홀한지라. 갖가지 정기가 신선신록 낵조전을 편즉 그 놀라운 황홀함이 모두 꽃같이 잎사귀같이 모두 되어 갖가지 새록새록 변화를 일으키며 조화를 내는지라.

그 전류가 흐르고 도는 광경이 너무나 거창하고 완벽하며 두려운지라. 이렇게 내체가 모두 완벽이요 그 모든 생도 생조 생낵조가 모두 무한한 힘을 동원할 수 있는 능력의 권능이기 때문에 우리 두 생불은 너무나 좋아 어쩔 줄 모르겠더라. 이런 것을 모두 준비해냈고 또한 구성구상해낸즉 바로 원심에 원 파가 완벽하게 무로서 딱 형성으로 나타났지. 생 공간은 좌우에 모두 전류가 흐르고 돌며 그 정기도도 놀랍고 명기도도 놀라운지라.

명기도가 힘을 낼 때 생들이 모두 생하며 그 역할 따라 모두 생기가 나며 그 생생한 놀라움이 눈이 황홀케 하는지라. 작용함으로써 그 평노 댁도가 원조를 이룬즉 조와 조가 모두 밀도로서 아름다운지라. 이렇기 때문에 갖가지 밀도들이 숨 쉬고 생명이 살아 숨 쉰즉 생동감이 끓어 넘치는지라. 이때에 갖가지 맥이 뛰고 맥박이 뛰는 소리가 천체자유를 흔드는 것 같이 진동이 울려 퍼지면 둥글고 짧은 진공이 속도로서 모든 소리를 잡아넣고 내고 들이는 전파가 모두 흐르고 돌게 하였더라. 이때에 그 작용에 따라 맥박이 뛰고 또한 따라 명기와 정기가 서로 일심일치 정기를 이루어 서로 돌아가고 돌아오는 세부와 조직이 완벽한지라.

천도문은 공부하였기 때문에 조목조목에 내용을 알지만 그러나 학문을 배우지 아니하고 정신을 딴 데다 쏟았기 때문에 무식하고 답답하고 한심하고 기가 막히고 통탄할 일밖에 남은 것이 없도다. 알겠는고. 천도문아 잠자지 아니하고 낮이 모자라고 밤이 모자라며 시간을 아껴 분초에 어기지 아니하고 항상 공부하는 정신이 몰두되고 또한 발견하는 것을 몰두하였기 때문에 문을 두드리며 열어줌으로써 학문을 깨친 것이요 따라 두드리면 모든 것이 촉각 촉각에 그 학문이 열린단 말이지. 알겠는고.

천지자유 문은 이와 같이 완벽하고 불변의 절대란 말이지. 이런 것을 생 공간에 모두 갖가지 생을 저장하여놓았고 생생을 저장하여 놓았고 갖가지 생 힘을 저장해놓았기 때문에 활기 활짝 띠고 슬기롭고 그 모든 매개체가 활동함과 또한 모두 생동감이 끓어 넘치는 것과 생명을 지니고 용기당당하고 욕망이 꽉 차서 모두 통문 통설 통치자유 할 수 있는 능력의 권능을 갖추었기 때문에 원문마다 무요, 또한 그 원문이 모두 무로서 나타났고 그 원문도 도술을 낼 수 있는 원문 조화를 낼 수 있는 원문 학문을 낼 수 있는 원문 갖가지 조화로 되어 있기 때문에 무한도요, 따라 생은 모두 조화요, 도술로 뭉쳐 있기 때문에 갖가지 과학의 성분의 요소를 무한정하게 무로 낼 수가 있단 말이야 알겠는고.

이렇기 때문에 모든 것은 학문의 제도로 딱딱 되어있고 천륜의 천정에 그 놀라움이 완벽함이니라. 모든 것을 생각지 아니하고 하지 아니하는데 어떻게 가르칠 수가 있겠는가를 한 번쯤 헤아려보아라. 너에 지능은 녹슬고 녹슬어서 뚫려야하지. 뚫리지 아니하니 답답하고 또 한 가지 내다보지 못한즉 그것도 답답한즉 어찌하면 좋단 말이야. 거저 좋지 못한 생각만 꽉 차있은즉 좋은 마음을 쓸래도 쓸 수가 없는 것이지.

무지한 인간은 의인이 옆에 계셨었는데도 알지 못했다.

눈이 있어도 의인을 보지 못하고 또한 그럼으로써 소리도 듣지 못한즉 아주 미개함이 어찌 성스러울 수가 있겠는가를 한 번쯤 헤아리지 않겠는가 말이지. 정신은 갈면 갈수록 빛이 나게 되어 있고 또한 내다보는 모든 시선에 들어오는 그 모든 것이 분별 되어 있는 것이 완벽하기 때문에 이것이 모두 체계를 알고 조리를 앎으로써 단정하다는 그 기쁨이 마음에 꽉 차 있고 또한 정신이 흡족한즉 걱정이 없단 말이지 알겠는고.

내가 생 공간을 창설하여 원을 이루고 원안에 생불체로서 무로서 딱 내놓았는데 태반태독원태도가 모두 갖가지 생 기둥을 모두 태반에 받혀 그 태반에 오는 힘과 또한 생 기둥에 오는 힘과 모든 것이 빈틈없이 되어있고 너희 할머니는 판을 이루어 지층을 쌓아 올리고 나는 체대를 세우고 이렇게 서로가 서로를 위하며 서로가 서로를 존중하고 사랑함이 불변절대 약속이란 말이지 알겠는고. 이러한 귀함을 알자도 없거니

277

와 알려고 하지도 않는단 말이지. 천지자유 문진 문법 법칙 법도 또한 무한한 원문에 경문도가 모두 그 경문마다 조화에 자유 할 수 있는 능력을 모두 지니고 살아 숨 쉬고 있단 말이지 알겠는고. 이럼으로써 무형 유형을 나타내기 위한 작전의 전술이 바로 생에 자체가 생을 내어 생생에 전진전도 생문문도를 냈지.

이러한 말씀의 참뜻은 참으로 귀하지. 천도문아 알겠는고. 어제한 말이 아리송하다 하였지. 너도 이 깊은 학문에 들어와서는 정신이 혼돈되고 있지. 그러나 네가 암시로 생각한 대로 그대로 되어있는 완벽이지. 이것이 약속의 절대란 말이지 이럼으로써 생 공간은 너무 귀중하고 귀하지 생 공간은 바로 우리 두 현인에 원심에 원 파라고 말씀하였지. 이럼으로써 원 파가 완벽함으로써 불변의 절대란 말이지. 요소로서 모두 정신을 창조해내고 이 모든 것이 완벽이지. 나는 정신을 창조해낸즉 너희 조모는 마음을 창조해내더라.

나는 또한 음양에 무한도를 창조해낸즉 너희 조모는 생명을 창조해냈지. 어느 것이 하나라도 안 귀한 게 있는고. 굉장히 귀하단 말이지. 생명이 없는 곳에 존재할 수 없고, 또한 힘이 함께 할 수가 없단 말이지. 이럼으로써 모든 것이 이와 같이 됐단 말이지 이렇게 모든 것을 낼 때가 있었단 말이지. 나는 독창할 때에는 망막하였지. 그렇지만 그 생불체는 아주 고요하면서도 찬란하고 무한한 암시가 놀라운지라.

서로가 서로를 바라보며 생각해낼 때가 있었지. 생각해낸 즉 아무것도 없는데서 보이지도 않는 것이 나타낼 수가 있었지. 있으면서도 안 보이는 것은 너희 조모가 하였지. 이렇게 모두 불변불로 절대 약속대로 이루어 생에 불이 원 파를 창설해내고 그 개문도가 활짝 열렸기 때문에 그 생불체가 활짝 열릴 날이 있었지. 이때에 독창 관을 활짝 연즉 놀라운 광경이 완벽하였더라. 이때에 최초 전 최초전도와 최초전과 모든 것이 무로서 나타났는데 보이지는 않더라. 이렇지만 이 보이지 않는데서 무한히 연구할 대상이 무로 있기 때문에 무한히 낼 수가 있었지. 있지만 보이지는 않았지. 그러나 무한정하게 낸 즉 무에 생이더라. 이 무에 생을 무한정하게 초래해내고 본즉 아주 놀라운지라.

이때에 공간에다 생은 생대로 저장하고 또한 생생은 생생대로 저장하고 생 힘은 생 힘대로 저장하였지. 저장을 어떻게 하는지 너희 오늘 배우라 알겠는고. 생 기둥에 모든 생을 저장해 내놓고 그 빈틈없이 아주 줄줄이 저장되어있고 또한 그 저장이 모두 참으로 엄숙하고 두려운지라. 이러한 저장소가 모두 생문을 지니고 생도를 지니고 또한 생생통대를 지니고 생생문도 선도를 지니고 또한 생생천체 자유 선대를 지니고 이와 같이 모든 기둥마다 다른지라.

생 기둥 하나가 지구 공간 우주를 다하여 수천 억개 만하다고 하였지. 이러한 두 기둥에 저장하여 자동으로 자연으로 진전자유 생냑조를 펴며 자동으로서 문이 열려 딱딱 그 용량대로 나와 펼쳐 나갈 수 있는 진냑조를 딱딱 붙였단 말이지. 이렇기 때문에 줄줄이 줄을 잇고 쌍쌍이 쌍을 지어 빈틈없이 무로 공간을 평청되어 있음으로써 이 얼마나 귀하고 아름다운고. 생 기둥 하나를 설치하기까지 얼마나 힘든지 아는고. 이럼으로써 내가 체대를 세워 그 속속들이 모두 생도 갖가지 무로서 이름 지어 그 명예를 톡톡히 모두 저장되어 조화로서 진문을 열 수 있게 모두 되어있는 원문이 한없고 끝없음이니라 알겠는고. 이와 같이 공간에는 무한한 힘들이 존재한단 말이지 알겠는고. 존재하는 그 힘이 모두 너무 눈이 황홀하고 기가 새로운지라.

여기는 맥이 튀고 맥박이 활기차고 전류가 흐르고 돌고 갖가지가 이와 같이 되어있단 말이지. 네가 어젯밤에 그 생 기둥에 저장되어 있는 것은 모두 생 같은데 그 원문을 풀어내며 경문도에서 경문을 열고 진을 쳐 진문이 열리며 문이 스스로 자동으로서 딱딱 열려 유지되지 않는가. 생각해낸 것같이 이렇게 딱딱 체계로 되어있단 말이지.

이럼으로써 생 공간에는 내 직결에 아들딸이 한 번씩 들어왔다 나오지 알겠는고. 너희 참 부모님은 항상 나하고 수면에 운행자유 할 수 있는 능력의 권능자란 말이지. 이 생 공간이 이럼으로써 4해8방4진문에 모두 4해 바다로서 평청 되어있는 모든 물체의 과학이 모두 너희 조모가 내놓은 것이요, 따

280

라 무한도란 말이지. 무에서 무로 낸 것은 처음에는 아무것도 없고 보이지 않는데서 보이게 하였고, 있으며 없는 것을 나타내게 하였지. 이것이 바로 내가 무를 낸즉 너희 조모도 무를 내었더라. 이럼으로써 무에서 무를 냈지. 또 한 가지 최초 전 최초 때도 내가 무를 낸즉 너희 조모도 무를 내더라.

천도문아 오늘도 걱정 근심치 말란 말이지. 왜냐하면 천지 자유 자재원문이 모두 활짝 열렸다 천지 자유문이 활짝 열렸음으로써 갖가지 실체가 모두 풀어낼 수 있는 원문이 문문이란 말이지. 이럼으로써 천문천도 개문도가 모두 원문을 지니고 한없고 끝없이 무언무한하게 자유로운 자유원도가 모두 완벽이요, 불변이기 때문에 절대 약속대로 자유자재할 수 있는 원문들이 모두 문을 활짝 열었기 때문에 갖가지 조화요 갖가지 조화를 지님으로써 무언무한정한 영광이 이루어졌지. 알겠는가?

이 모든 것이 천살도와 천살의 결백이 생명을 지니고 살아있었기 때문이요 요소 전에 벌써 우리는 우리를 알았고 미래와 꿈이 확고하였고 목적과 목적관이 완벽하기 때문에 갖가지 공간에 궁창에 궁극의 목적이 내 뜻이라고 하였지. 천지문이 절로 온 것이 아니요 피나는 노력에 전심전력을 다 쏟아 피골이 상접도록 냈단 말이지.

처음에는 아무것도 없고 우리 두 천살만 요소로 살 때지.

이럼으로써 이때에는 아무것도 없는 상태에서 나는 있는 것으로 내고 너희 조모는 있지만 보이지 않는 것을 내놓으셨단 말이지. 이 말씀의 뜻을 너희들은 알지 못할 것이니라. 우리 두 천살은 바로 조화를 무한정 낼 수가 있는 무한도요, 따라 무지신비요, 따라 무한이란 말이지.

천지지간만물지중이 모두 근원일치 일심정기로서 또한 모든 체계와 조리로서 딱딱 이행케 하였고 생명을 지니고 자유롭게 자재할 수 있게 모두 체계를 세워 질서를 유지하며 따라 조밀도로서 이루어 그 모든 체계 층이 모두 완벽하고 갖가지 조목조목이 모두 한없고 끝없는 학문제도요 따라 그 제도가 모두 불변불로서 아주 완벽한 법회로 이루어진 사실을 사실대로 알려주는 말씀이니라. 이와 같이 나는 체대를 세울 수가 있는 능력의 권능자라고 하였지. 그러나 왜 이런 말씀하겠는고. 생 기둥 하나가 상징적으로 말씀하여 그 비유와 상징을 말한다면 지구우주 공간을 상징적으로 말한단 말이지. 수천억 개나 되게 웅대하고 웅장하고 그 웅대 웅장이 완벽함으로써 무한도한 갖가지 생을 저장할 수 있는 그 기대를 걸고 기대가 완벽하게 완성으로 모두 평청 맥도전이 전도로 이룰 수가 있는 능력을 갖추었기 때문에 무언 무한이라고 하지. 이와 같이 사위기대가 줄줄이 줄을 잇고 쌍쌍이 쌍을 지어 서로 상통자유하게 모든 생 기둥 안에 생도들이 천체생도든지 천문생도든지 천지락 생도든지 천천잭조 백조생도든지 아주 번개보다 더 빠른 속도를 지녔단 말이지 알겠는고?

이러한 생도들이 도술진문을 임의대로 자유 함으로써 생생 통대가 생을 무한히 형태를 낼 수가 있지. 왜냐하면 갖가지 생도들이 생산해낸즉 그 생산에 따라 생생 통대는 형태를 내고 그 형태마다 조가 딱딱 짜여 짜임새 있고 완벽한 불변절대로서 딱딱 이행함으로써 천문천체 자유문이 모두 생생 선도가 선을 편즉 그 선에 따라 모두 진문을 딱딱 치고 진에 따라 문이 펴진즉 문에 따라 술이 펴지는지라 이럼으로써 생생 천체 생문들이 모두 살아 숨 쉬고 생동한즉 무한한 힘들이 발사해내는지라. 힘과 힘이 모두 서로가 서로를 응시되어 있음으로써 힘은 힘대로 자전하는 것과 자동하는 것과 모든 것이 무언무한정하게 그 역할이 대단한지라 이럼으로써 갖가지 명예를 붙여놓은즉 그 조목조목이 명예를 내는지라. 그 명예가 모두 학문이요 갖가지 조목조목을 모두 명예를 붙였은즉 이것이 원문이요 원문마다 모두 불변불로서 완벽한지라.

자유롭게 자재함으로써 무한정한 영광을 누릴 수가 있게 모든 것을 구성구상해내기 까지 창작하여 창도하고 창도관을 내놓은즉 무형과 유형이 분별되어 있으면서도 서로 존재하고 상통되어 그 원문에서 나타난 갖가지 원리와 논리로서 모든 것을 체계 조리로 이루어놓은 무한도가 한없고 끝없이 찬란한지라. 이것이 모두 살아 숨 쉬고 생동한즉 놀라운 일이 아니겠는고.

생에 요소가 생을 만들어낸 것은 바로 천살도와 천살의 결백이지. 갖가지 생은 생도가 완벽하게 생을 생도가 지닌 것도 있고 생이 생도를 지닌 것도 있고 또한 통대생문도 생도를 지니고 있고 또한 통대문도도 생이 통대문도를 지닌 것도 있다. 이렇기 때문에 우리는 이미 생불체 속에 한 공간이 되어있는 생불체지.

이럼으로써 이 생불체 하나가 웅대하고 거창하고 완벽한지라. 이 생불체에 안에는 갖가지 없는 것이 없이 무언무한한 생에 요소를 지니고 자유롭게 자재할 수 있는 능력을 갖추었기 때문에 빈틈없이 생 기둥이 생을 저장하여 그 생이 모두 살아 자유롭게 자재할 수 있기 때문이지. 생불체 안에는 무요 그 무가 모두 형성을 이루어 그 형성이 딱딱 될 수가 있게 하였단 말이지.

이것이 없다면 이러한 공간도 없지. 왜냐하면 생은 항상 생하고 정하고 통하며 갖가지 문도에 통설 통치자유 문도가 모두 활짝 열려있고 또한 무한정한 신비로서 자유 되어있는 무한도란 말이지 천문에 이치가 모두 천도에 달려있는 것이지. 갖가지 원문을 펴 본문을 낸즉 본문에 원리와 논리로서 펴 나간단 말이지. 이것은 무형의 힘과 생과 또한 힘의 층에 갖가지 힘에 적응되고 합류된 일심일치가 바로 유형이란 말이지. 유형은 무형을 지녔고 무형은 유형을 지녔단 말이지. 이럼으로써 갖가지 문도라고 하는 말씀이니라. 이제는 천도문아 처음에 생태기를 지닌 것은 우리 두 현인이요 또한 생태계를 가지고서 연구대상이 있어야 만이 이런 공간도 발사하고 갖가지 과학으로서 전진자유 할 수 있고 갖가지 학문에 제도로서 이루어 자비와 철학으로서 되어있고 윤리와 도덕이 모두 학문에 입각함으로써 그 예지예의 예지와 법이 분명하단 말이지.

왜냐하면 갖가지 자동의 자유가 모두 우리가 이룬 것이니라. 알겠는고. 천지이치와 천지 의미가 모두 분별불로서 이루어진 음양 지 이치로서 되어있기 때문에 사랑체가 되어 서로 주고받는 사랑의 의미가 완벽하단 말이지. 이 모든 것이 불변절대하고 약속대로 공간이 모두 완벽하단 말이야. 처음에는 아무것도 없는 상태에서 있는 것을 냈고 또한 있으면서도 보이지 않는 데서 보이는 것으로 냈고 이러하였기 때문에 요소로 살 때에 이미 생태기는 지니고 생태계는 가지고 있었지.

왜냐하면 태반태독 원태도는 바로 생태기요, 따라 태반태독 원태독은 가지고 있는 생태계니라. 이러함으로써 처음에는 생불체 속에서 요소로 살 때에 이 생불체에 속에 요소로 살기 때문에 처음이라고 하였고 차차 정신이 될 요소든지 마음이 될 요소든지 생명이 될 요소든지 갖가지 없는 것이 없이 갖가지 요소를 정하여 요소를 낼 때란 말이지. 이때에 정신이 확고하고 마음이 확고함으로써 생명이 있단 말이지.

이럼으로써 생불체 하나는 무요, 또 무에서 무를 낼 수가 있었기 때문에 요소 때는 생에 뿌리를 학문에 제도로서 이룬 것이 무언무한하단 말이지 천지자유 문이 모두 학문이요, 따라 그 진리가 불변불이지. 왜냐하면 그 조화를 내고 조화의 자유롭게 도술진문을 펴기 때문이란 말이지. 이 도술진문이 모두 완벽임으로써 무한한 도술이 한데 합류되어 원문을 이루었더라.

원문을 푼즉 원술이 나타났고 또한 본술이 나타났은즉 본질이 진행낵조가 전진자유하는 생녹술이 나타났지. 이럼으로써 갖가지 원술을 편즉 생생술이든지 천체자유 술이든지 이러한 술을 펼 수가 있는 능력과 권능을 베풀어 무한정한 무를 지니게 함으로써 우리 두 생불은 머리에 지능이 한없고 끝없는 무소부지로서 이미 천연의 천륜과 천부를 지니고 나타난 조화란 말이지. 조화 때는 조화로서 생불체를 서서히 창설해 낸 것이 바로 생불체를 이루어 그 생불체 속에 일심일치 일심 정기요 따라 일심일치 동체가 요소로 살 때지. 이렇기 때문에 바로 우리 두 사람이 주다. 주는 바로 주인이란 뜻이지.

처음 전에 벌써 요소 전에 우리는 우리를 알았고 미래와 꿈이 확고하고 목적과 목적관이 완벽함으로써 공간에 궁창들이 불변불로서 모두 원료를 준비하여 설계도를 내고 그 설계도를 내기 전에 사위기대가 완벽하고 기대를 걸어서 그 기대감이 관으로 모두 딱딱 불변절대 약속대로 되었더라. 이때에 무언 무한할 수 있는 조화들이란 말이지.

286

우리는 조화 때도 바로 천살 도는 나요, 천살의 결백은 너희 조모요, 따라 음양이 될 수 있는 요소가 사랑이란 말이지. 이와 같이 기대가 완벽하게 모두 불변불로서 딱딱 이루어졌기 때문에 그 기법에 따라 설계가 되어있고 설계도가 완벽함으로써 생불체를 이루고 투명입체 생불체가 그 생불체 하나가 무고 왜 무가 되겠는가를 천도문은 알았지. 갖가지 생 기둥을 뜻함이요 또한 생 기둥이 나올 수 있는 정신자세와 마음에 자세가 일심일치로 되어있고 그 결백도가 완벽함으로써 무언무한하단 말이지 이 모든 것이 우리는 우리를 스스로 이루어 우리가 자리를 잡을 때에 창설을 시작하여 갖가지 생에 요소를 내어 생 기둥에 저장하고 너에 조모는 생판에 생을 저장하고 나는 체대에 생을 저장하여 항상 끊임없고 쉬지 아니하고 생동감이 끓어 넘쳐흐른단 말이지.

문을 분명히 앎으로써 진을 내고 진을 쳐서 그 진에 따라 문을 열고 문을 편즉 술이 문에 따라 펴지는지라. 이런 것이 모두 도술진문이요, 신출귀몰함이요, 기기 미묘한 모든 것이 천륜의 천연으로서 되어있음으로써 요소에 생태기는 지니고 살고, 요소의 생태계는 가지고 살았지 지닌 것과 가진 것으로 만족하여 구성구상치도 아니하면 무슨 소용 있느냐? 이럼으로써 처음에는 자리를 정하여 생불체가 무한한 무로서 되어 있고 또한 그 생불체가 한없고 끝없는 무한이란 말이지.

이럼으로써 무한도요 인간은 도저히 상상치도 못하였지.

그러나 천도문은 벌써 내 처음에 없는데서 있는 것을 나타내고 있으면서도 보이지 않는 것을 나타냈은즉 주체와 대상이 일심일치 동체기 때문에 자유로운 자재원도 자들이기 때문에 하고자 하면 못하는 능력이 없단 말이야. 상식적으로 너에게 말씀 좀 해보자. 왜냐하면 산에 들어가 보라. 심산궁곡에 들어가면 그 절벽이 기교 미묘하고 자연에 법칙대로 발사한 그대로 모두 그 정경이 아름다운즉 명성을 떨쳤지 않는가.

이와 같이 명성은 그 명예가 고귀하고 아름답고 눈으로 보는 대로 황홀하고 정신이 밝아오며 마음이 즐겁고 기쁘며 아주 편안한 마음에 안식을 정한단 말이지. 이러한 것이 원료가 없다면 어찌 이러한 공간을 형성되게 하였겠는고. 생생 생문 천체자유 문도가 완벽하고 또한 무한한 조화를 낼 수 있는 생문팔만 금사진전 자유문도가 완벽하단 말이지 이렇기 때문에 우리는 우리를 생불체를 정하기 전에도 우리는 우리를 갖추었기 때문에 생불체는 무로 창조해낸 것이 바로 우리에 내체니라. 알겠는고.

그 내체가 모두 생태기는 지니고 생태계는 가지고 요소로 살 때에 아무것도 없는데서 있는 것을 나타냈고 이것은 내가 하였고 너희 조모는 있으면서도 보이지 않는 것을 나타냈기 때문에 갖가지 생을 모두 합류하고 또한 합류화 하였다는 것은 평청을 정하여 지층을 쌓아 올린 것이 모두 생 기둥이요 그 생 기둥 하나가 엄청나게 거창하고 거대하고 살아 숨 쉬며 움직이는 그 생동감이 끓어 넘치는 광경이 멋들어진 장관을 이루어 평청에 빈틈없이 태반에 안정되어 갖가지 생 기둥이 서로 상통하며 자유자재한단 말이야.

이와 같이 모든 것은 불변의 절대요 이럼으로써 우리 두 현인이 주인이란 말이지. 요소 때는 천살이라는 명예가 붙어있고 요소 전에는 또한 갖가지 조화로만 뭉쳐있었기 때문에 이 조화가 바로 조화체를 이룰 수가 있는 무한도란 말이지. 이렇기 때문에 조화를 펼 수 있고 조화를 낼 수가 있음으로써 조화에 주인이요, 모든 사위 사진 전문 전진 문도 문문에 주인이란 말이지. 이렇기 때문에 유전 공학자에 주인도 우리요, 유전공학을 세워 갖가지 생불체를 내어 생불체에는 천사들을 낼 때에 정자와 난자유전자와 유전자로서 생불체 일과 월과 해를 타고 탄생하게 함도 우리는 무한도한 조화기 때문에 유전공학도 과학이요, 우리도 과학으로서 되어있지 않는가 말이야. 알겠고. 외체와 내체가 불변의 절대 약속대로 되어있음이 아니겠는가 말이지. 천문천도 진전전지 자유문이 모두 조화고 그 조화가 모두 문문을 활짝 열었은즉 무언 무한함이 아니겠는가 말이지.

이럼으로써 생의 뿌리를 정하여 평청되게 하여 지층같이 쌓아 올려 4해4진 문도를 중심삼아 뿌리가 내려 생기둥들이 모두 태반에 안정되어있고 그 안정되어 있는 태반에도 생을 저장하였은즉 그 생기둥에 무언무한한 생을 저장해있음으로써 생기둥은 생을 지니고 있고 지니고 있음으로써 조화요 조화기 때문에 무한히 조화를 낼 수가 있지. 따라 생활생 날생이 바로 천체자유 생녹수록도 전문술이 조화란 말이지.

생녹도 전문술이 생녹도란 말이지. 이러한 조화를 지녔기 때문에 지도같이 모두 평청을 이루어 그 평청에 따라 신선실록 전문술로 편즉 이것이 모두 나무뿌리같이 얼크러지고 설크러졌지만 체계에 따라 조리가 단정하고 질서가 정연하게 음정기와 양정기가 모두 진에 따라 쉬지 아니하는지라. 이렇기 때문에 천체 힘을 받들고 있을 수 있는 생에 내체들이 모두 근원 원파로서 개문도를 활짝 열었더라. 알겠는고.

이와 같이 나는 무한도로서 갖가지 학문을 내고 법에 따라 딱딱 법률이 되어있고 갖가지 경문에 따라 문술이 불변절대하단 말이지. 천도문아 걱정치 말고 근심치 말라. 네가 누구인고. 이집식구들은 너를 보지도 못하고 알지도 못하지만 때가 오면 보라하라. 때만 오면 그때는 이미 늦었느니라. 이 땅이 의인이 도둑같이 나타나서 모든 심판을 도둑같이 하지만 그것을 알지도 못하고 두렵게 생각지도 않더라. 잘해야 하는데 하며 이행하지 않으면 무엇해. 걱정 근심으로 되는 일이 아니니라. 알겠는고.

모든 것은 인내극복하고 또한 그 미래에 자유를 분명히 알게 될 날이 올 것이니라. 이렇기 때문에 지금이때에는 천도문이를 찌른 자는 죽을 것이요, 심판받을 것이요, 따라 우러러 앙시하는 자는 복을 받을 것이요, 우리 집에 오지 아니하더라도 이 세상에서는 복을 받을 것이니라. 모든 일은 지혜로 해나가고 온전하게 살려고 현명한 현명을 알려고 하는 자에게는 악이 없다는 것을 알란 말이지.

천지간만물지중이 모두 무언무한하게 낵노댁도 전으로서 자유롭게 자재원도 함으로서 무한함이 모두 학문에 제도로서 딱딱 이루어진 장들이 무한함이 아니겠는가 말이야. 천도문아 유모가 무언 무한한 무로서 이루어진 환경의 권위자들이 존재할 수 있는 능력의 권능을 베풀어낼 수가 있는 무한한 존재인들이 이 공간에 살아야 하는데 이 공간에 찬란한 무한도가 무언무한하게 유와 무가 무로서 모두 동화일치 일심정기 자유 작용하는 이치와 의미가 완벽하고 천지자유가 모두 낵도댁도전이 모두 조밀 청밀로서 조직이 선명 섬세함으로서 자유로운 자동공간이 완벽하지 않는가 말이지. 이것이 모두 율동회전에 힘에 의하여서 증발 공전함이 완벽이란 말이지. 이러한 무한함이 완벽한 천지조화로서 이루어졌고 천문자유로서 자재원도 함이 모두 불변불로서 원리와 논리로서 펴 논 입체자유가 모두 놀라운 광경이 멋들어진 장관을 이루었은즉 이것이 모두 찬란함이 아니겠는가 말이지. 천도문은 무와 무에서 나타난 그 무의 내용을 무한정하게 나타난 이치와 의미를 알기 때문에 지금 내가 무와 유에 나타나 동화일치 일심정기로서 자유로운 자재 원도로서 쉬지 아니하고 자동일치로써 자유하는 무한한 과학의 철학에 자유를 말씀하심이지.

천도문아 너는 알지. 근원근도가 완벽함을 알고 있고 따라 동시에 근원에 원심에서부터 무한한 원도들이 나타남을 알고 있음으로써 말씀하심이니라. 천도문아 네 말씀같이 무에서 무가 나타나지. 무엇이 나타나겠는고. 하는 말씀과 같이 무에서 무가 나타남으로써 원문에서 원문으로 연관되어 그 연결로서 이루어진 무한한 본문에서 본문으로 이루어진 무한한 본질의 질서를 유지할 수 있는 무한함을 잘 알고 있겠지. 알겠는고.

이럼으로써 원심이 있음으로써 무한한 근원근도 원파가 있는 것 같이 완벽이요 무에 생이 무한정함으로써 생에 무가 나타남으로서 무에 생과 생의 무가 서로 상통자유하고 또한 서로 존재함을 분명히 천도문은 알지. 갖가지 원료를 내어 원료를 발효하고 발로함으로써 발휘하고 요소로 나타남으로써 그 요소들이 모두 생명을 지니고 살아 생동하는 것과 존재하는 것과 무언무한하게 일심일치 정기로서 이루어진 무한한 핵심의 진가가 완벽하지.

내 말씀의 그 무한한 무에 원문에 학문과 그 원문의 과학에 자비의 철학에 학문과 이러함을 모두 아는 자는 문진을 통하였기 때문에 체계와 조리로서 이루어진 광대 광범하고 웅대 웅장하고 평청 평창한 그 엄청난 핵심의 진가가 획기적으로서 나타난 무한정한 놀라운 귀함을 잘 알고 있겠지. 이 땅에 수많은 인간들이 아무리 공부 많이 하였다 하지만 천도문 같이 한자는 이 땅에 사대성현도 알지 못하고 생명이 끝난 것이 끝이요, 또한 의인이라고 하여도 항상 인간과 주고받다가 생명이 끝난 것이 끝이니라.

그러나 천도문아 너는 혈혈단신으로서 하늘에 효도하고 결백한 결심에 그 진실이 완벽함으로써 사불님을 또한 맞아들인 그 강림의 뜻이 처음이자 마지막이니라. 잘 알지. 한때는 곤하고 곡경과 무지한 고생과 고뇌를 항상 혼자 겪었지만 이제는 사불님이 네 곁에 응시하였은즉 걱정 근심치 말라 알겠는고.

무한정한 복을 받고 무한한 축복이 멀지 않았도다. 이러한즉 내가 항상 천도문을 보고 슬픈 일이 한두 번 아니니라. 이제 혈혈단신으로 죽음을 내놓고 오늘날 이 시간까지 사불님을 위하여 헌신한 자가 누구인고. 바로 나에게는 천도문밖에 없단 말이야. 이럼으로써 천도문을 보아서 이집식구는 승천시킬 것이니라. 이것이 어디 절로 왔는고.

천도문이 7살에서부터 전심전력을 다 쏟아 피나는 노력 끝에 귀한 하나님에 귀한 기적과 신기록을 남겼기 때문에 하늘에서는 가장 귀한 자니라. 알겠는고. 효도하는 자로서 그 효성이 지극 정성으로 다하였기 때문에 복을 받고 또한 천도문에게 잘하는 자는 복을 줄 것이니라. 알겠는고. 이때에 수많은 인간들이 살고 있지만 자기를 위하고 자기를 위주하여 삶을 끝냄이지. 우리 사불님을 생각지도 아니하는 자들이 나하고 무슨 상관이야 잘 알고 있으렷다. 이 나쁜 인간들아 들어보아라. 입으로만 믿으면 무엇 하겠는고. 정신을 갈고닦으면 마음을 편안한 안식을 정할 수 있음이 바로 맑고 깨끗함이니라. 알겠는고. 이렇기 때문에 모든 것은 불변의 절대한 믿음을 가져야 만이 된단 말이지. 정신에 등불과 마음의 맑음을 지니고 몸에 성화될 수 있는 맑은 체가 되기까지 어려운 관문들을 넘겨야 하고 또한 무한히 시험에 견뎌 이겨야 하고 악별성에 조건이 잡히지 아니하여야 되고 또한 마귀 틈타지 아니하여야 된단 말이지. 알겠는고.

또한 항상 믿음이 강한 자는 자유로운 자요 자재로운 능력을 갖출 수 있는 자요, 따라 모든 것을 판단할 수 있는 자요, 따라 권위자가 되어야 하고 그 권위가 완벽하여야 만이 된단 말이지. 이럼으로써 앉을 자리와 설 자리를 분별할 수 있고 또한 그 좌석을 잘 알아야 된단 말이지 이러한 것은 가장 작은 것 같지만 인간에게는 가장 큰 것이니라. 가장 작은 데서부터 큰일을 이행할 수 있는 자야 된단 말이지.

천도문처럼 엄청난 일을 당하였을 때는 말없이 조용히 자기 혼자 소화하고 또한 혼자 해결해낼 수 있는 이행자야 만이 된단 말이지. 사람이 사람 노릇을 하려면 어디 절로 되는고. 항상 곧은 절개와 빈설같은 그 절개를 굳게 지켜 결백함이 완벽하여야 된단 말이지. 결백은 진실이요 진실은 곧 결백이니라. 이럼으로써 이러한 이행자는 말없이 운세 따라 자유 할 수 있는 여유에 정신과 마음이 완벽하고 또한 보는 시선에 그 관점을 잘 알아야 하고 또한 모든 것을 진행할 때에 옳고 그름을 빨리 판단하여야 되고 모든 것을 바르게 이행하는 자는 복이 있나니 그 복은 곧 사불님 것이기 때문에 내가 복을 무한히 줄 수가 있지 알겠는고. 천하 만물지중이 모두 사위기대가 모두 생 기둥으로서 겹겹이 싸고 응시되어 있는 그 생 힘들이 자유되어 있고 또한 지각이든지 그 각이든지 지명이든지 모든 것이 모두 힘으로서 층을 이루어 층면이 완벽하고 완벽한 정기가 활동하고 무한한 자력의 힘과 자석의 힘이 완벽한지라.

자력의 힘은 여자요, 자석의 힘은 남자니라. 이것이 음양으로 되어있기 때문에 자력은 당겨 붙이고 자석은 밀고 당기며 또한 붙이는 역할이 무한한 힘을 동원할 수 있는 능력을 무한히 갖추어 낼 수가 있단 말이지. 중력의 힘은 바로 바람에 정기인데 그 정기는 자력에 힘과 자석의 힘과 또한 바람의 힘과 또한 바람의 정기기 때문에 진공의 힘과 여러 가지 힘이 합류 일치되어 복합적으로 이루어진 힘이 아주 절도 있고 자유 함으로서 찢고 째고 할 수가 있는 힘이 생동한다는 말씀이니라.

생생 생동 힘이라고 하였지. 생생생동 생생한다는 뜻은 한없고 끝없이 생하고 정하며 통하고 생동한다는 힘은 힘을 내어 자유롭기 때문에 생동하는 힘이 끓어 넘치는 그 생동감이 핵심의 진가로서 완벽하단 말이지. 힘과 힘이 서로 밀고 당기는 힘과 째는 힘이 모두 힘과 힘이 합류되어 있음으로써 모든 힘들이 딱딱 절도 있게 복합적으로 이루어진 힘들이 자유롭게 자재함으로써 원도한다고 함이니라. 원도라는 뜻은 자동일치 자유하고 자재하는 뜻을 말씀하심이요 자유롭게 모든 것이 자동으로 이루어짐을 뜻함이니라. 어떠한 공간도 이루려면 생생생동 진공이 살아있음으로써 자유로운 자재원도 함이지. 이렇기 때문에 갖가지 힘이 모두 생동함이 살아 힘을 내고 생명을 지니고 생동감이 끓어 넘쳐흐른단 말이지.

이럼으로써 천지조화가 무언무한하지. 이러한 힘이 없다면 어찌 동서남북이 이루어졌겠는고. 동서남북이 4해8방4진문이 4위기대가 선위에 또한 4해8방 동서남북이 시계 같은 판이 있어 컴퓨터같이 딱 시간이 정해져 있음으로써 일과 월과 해가 모두 지나가고 지나오는 것을 돌아가고 돌아온다고 하지. 12선이 돌아가고 돌아올 때에는 유형실체에서 무한한 무형실체가 상통 자유되기 때문에 이것이 모두 여기 1년이 하루니라 알겠는고.

이것이 바로 12선이 돈다면 일 년이 하루로 되어있고 그런데 일곱 선으로 단축시켰기 때문에 일과 월과 해가 돌아가고 돌아옴이 바로 365일이지. 따라서 인간은 수명을 지키려면 휴식을 취하여야만 된다. 잠을 7시간 8시간 9시간을 자지 아니하면 휴식을 취할 수가 없단 말이지 알겠는고. 이런데 알자가 누구겠는고? 옥황이 용녀가 이 땅에 내렸기 때문에 욕심내고 그 탐내고 욕심냄이 바로 원죄로서 내려와서 옥황이가 고릴라하고 결합함으로써 옥황이 용녀가 내려올 때에 이미 7선을 거둠으로써 흑아마가 일어나며 사면에 흙바람이 일어나고 또한 천지가 공허하고 진동하며 천지를 뒤집는 것 같은 우렛소리와 흔들리는 진동과 또한 모든 것이 하늘새 혹성에 이 자동공간에 슬퍼하였지.

이때에 7선을 거뒀느니라. 알겠는고. 이렇게 하고 150년 동안 옥황이 용녀가 땅에 내려 곡경과 고생이 무한정하였지만 용녀는 깨달았고 옥황이는 지구를 뺏었다는 그 탐욕의 욕심으로 패함이 일어남으로써 타락을 하였더라. 알겠는고. 이럼으로서 그 역사를 본다면 원죄를 지닌 수 억 년 동안 나를 괴롭혔고 사오별도 실색되고 욕새별도 실색이 되었지.

이렇기 때문에 땅에는 타락한 옥황이가 타락되었기 때문에 이 자연은 고귀하고 오묘하고 신비하고 신비로우며 무지시비가 완벽하고 무언 무한함이 모두 무한정하였는데 밝고 맑고 깨끗한 그 형성이 모두 실색되어 돌로 변신하였지 이 돌로 변신할 때에 흑아마가 일어나고 사면에 흙바람이 일어나며 또한 천지가 공허하고 또한 때로는 천지진동하고 천지진동하다는 말씀의 뜻은 무슨 말씀인고. 하면 진둥이 치고 또한 진동이 일어나며 울려 퍼지고 또한 생물이 견딜 수 없이 요란하였지. 알겠는고.

이것이 사실을 사실대로 말씀함이니라. 알겠는고. 이렇기 때문에 타락의 역사가 수 억 년 수 억 년이 지나갔더라. 이렇게 무한한 무지들이 미련하고 미개한 무식쟁이들이 모두 살아 벌레같이 움직이고 생각이 없고 정신이 암담한 괴물 같은 인간들아 너희 살길이 열렸으나 귀문이 열렸는고. 아니면 정신 문이 열렸는고. 지금 소 환란 이때를 맞이하여 의인이 도둑같이 나타나서 나도 도둑같이 영계를 풀고 모심의 생활이 진행되어 이제 천도문에 건강에 따라 나는 하루바삐 천도문이 가기를 원하기 때문에 말씀전하지 아니하여도 알 것 없이 나는 천도문이나 데리고 하늘에 가면 끝나는 날이라 알겠는고.

이 세상 인간들을 살려서 무엇하겠는고. 요사이 천도 문이 나보고 하시는 말씀이 인간을 많이 살리셔야 속상하시고 또한 살릴 필요가 없다고 그 말씀을 세세히 하시고 또한 이미 인간들은 다 없어질 것인데 당신이 한이 풀렸으면 그것으로 족하시지 듣지도 못하는 귀에다 말씀 전할 수도 없고 아이들이 듣고도 전할 생각도 하지 아니하고 마음으로 걱정만 하고 능력도 없고 공부하지 아니한즉 빨리하시려면 빨리하십시오. 하시기 때문에 나는 천도문에 말씀에 따라 천도문의 건강에 따라 심판할 것이니라. 소 환란 끝나면 천도문에 말씀을 듣고 본즉 대바람 대심판 할런지도 모르겠다. 이럼으로써 때는 임박하고 시간은 촉박하고 분초를 어기지 아니하는 이때를 맞이하였은즉 부지런히 너희 갈 길을 진행하라 하여도 돈만 생각하고 아무것도 모른다고 말씀하시기 때문에 지구라고 하지만 여호화 하늘새 이 공간이 바로 자동공간이지.

참으로 너희들 보기는 이상하겠지만 천도문이는 나를 위하여서 이 냄새나고 이 곤란하고 고된 생활하지 마시옵시고 자리에 올라가셔서 응시 하시옵시고 지구에는 상관하지 말라고 자꾸 말씀하시기 때문에 나도 더 견디며 하였으면 좋겠는데 그러나 모든 것은 때가 있다고 하여도 때는 조부님이 다 하시는 것이 오니 하시옵소서. 하기 때문에 나도 생각이 이제 달라졌도다.

또한 어저께도 좋지 못한 불상사가 일어났고 서부터 자꾸 나를 만나 빨리 처리하시라고 하기 때문에 나는 천도문에 마음에 따라 할 것이니라. 이 여호화 하늘새 자동공간에는 천도문에 마음에 따라 모든 것을 움직인단 말이지. 사실은 인간이 살 수 없고 또한 천도문에 말씀이 정바른 말씀이요, 또한 사불님 강림하셔서 고생하시는 것을 너무 안타깝게 생각하는 것과 너희들은 모르지만 천도문에 마음은 참으로 너희들은 헤아릴 수 없을 것이니라.

너희들은 정신과 마음이 암흑 속에서 살고 있지만 천도문이는 이미 세상을 알고 판단하기 때문에 우리를 괴롭히지 아니하시려고 조심조심하여 말씀하심이 참으로 그 말씀 한마디 한마디가 어려운 말씀이니라. 알겠는고. 몸이 그렇게 진퇴되어 괴롭지만 한 번도 낫게 해달란 말은 조금도 하지 않기 때문에 육신이기 때문에 사불님의 정신 속에 응시 속에 힘 속에 살기 때문에 살고 있는 것이지.

너희들은 너희 모친 천도문 때문에 깊은 걱정해보았는고. 그렇지만 이집식구들은 마음으로 걱정 조금하고 말뿐이더라 나는 잘 알지. 이럼으로써 천도문에 건강에 따라 나는 할 것이요, 또한 천도문이 그 효성이 지극하여 하늘이 감동하였노라 알겠는고. 이렇기 때문에 천지자유가 모두 천도문에게 정신을 기울여있단 말이지. 그러나 인간은 알지 못하더라. 천도문에 몸속에 탄생한 자식들도 모르더라. 그렇지만 자연도 알고 있고 하늘은 잘 알지. 알겠는고.

우리 집에 다니는 신도들아 너희들이 천도문이 떠나면 한번 살아 보아라 어떤가. 너희 한 팔이 떨어질 것이니라. 알겠는고. 천도문이 떠나면 너희들은 그때 가서 통곡하고 가슴을 친들 소용이 없단 말이지 알겠는고. 곁에 있으니까 너희 멋대로 생각하고 너희 멋대로 하지. 그러나 그것이 모두 한이 맺힐 것이니라. 알겠는고. 내 말씀의 뜻을 너희 한번 사귀어서 소화하여보라. 너희 진실로진실로 확신한다면 천도문이 어떠한 의인인지 잘 알고 있을 것이니라.

두 번 다시 없다고 나는 분명히 말씀하였지. 따라서 모든 것을 나는 다 말씀하였느니라. 그러나 천도문이 거저 하는 말로 지나간 말로 듣는 자는 모두 헛된 믿음과 말로만 믿고 왔다 갔다 하다가 시간은 촉박하고 분초를 어기지 아니하고 서산에 해는 지고 갈 길은 임박하고 그 갈 길은 너무 멀고 먼즉 어찌 가겠는고. 알겠느냐. 내 말씀의 깊은 의미와 뜻을 한번 생각하여보지 아니하려나 알겠는고. 천도문이는 사불님의 그 무언무한한 모든 것을 안단 말이지.

무에서 무를 내어 무에서
유가 나와 형성을 이루셨다

이 땅에 이인과 성현과 모든 의인이 알지 못한 것을 모두 혼자 혈혈단신으로 하였고 이 땅에 유명한 학자도 모르고 박사도 모른다. 그렇지만 천도문이 공부함이 또한 무에서 무가 나오고 그 무에서 무를 내어 그 원료들이 모두 발효되고 발로하고 발휘되어 요소로서 나타나서 근원에서 나타난 모든 요소들이 모두 살아 숨 쉬고 생명을 지니고 생동하는 것과 생명을 지니고 살아 움직이는 것과 이러한 것이 모두 합류일치 될 때와 또한 세세히 가르고 쪼개고 나누어 분별하여 분리진문을 딱딱 정하여서 원문을 딱딱 낼 때에 한 공간만 한 것을 발사하여 분류되어 분리하고 모두 체계와 조리를 이루어 또한 그 체계조리가 완벽하단 말이지.

무에서 무를 내고 그 무에서 무가 나와 또한 모든 형성을 이루고 형성이 모두 향상되어 또한 무언무한하기 때문에 무형실체가 유형실체를 낸 무가 무에서 나타남을 너희들은 알

303

지 못할 것이니라. 그 무를 공부한 자가 무에서 무를 내고 그 무에서 무가 나와 무에 생과 생에 무와 또한 천심의 천운과 또한 무한한 힘에 자유와 자재원도가 무언 무한하였고 또한 무에서 유가 나와 무로 형성되어 나타난 모든 것을 너희는 알지 못할 것이니라.

12선이 일과 월과 해로 돌아옴을 타락하였기 때문에 옥황이 용녀 때문에 지금 일과 월과 해가 365일로 단축된 것이 7선을 거둬 단축시킴이라 알겠는고. 천지자유가 모두 완벽하고 갖가지 장을 펴놓은 학문의 제도가 무란 말이지. 무에서 무가 나와 모든 장들도 무로 형성되고 향상되어 모든 것이 동화일치 일심정기 자유자재 원문도가 모두 원리와 논리로서 모두 펴지는 이치와 의미를 너희들은 알지 못할 것이니라. 알겠는고. 천지천문 자유자재 원도원진 자유문이 자동하는 이치와 의미가 모두 진리 학문도란 말이지.

이럼으로써 문진을 통하여야 만이 문관을 알고 문관을 통하여야 만이 관문을 알고 관직을 알아 무언 무한하게 법에서 법률을 무한히 안단 말이지 알겠는고. 지리 지층에 지도에 자유에 자재가 모두 완벽성을 지니고 좌청룡우백호가 응시되어 자유하는 이치 법도를 모를 것이니라. 살아 생동하고 맥박이 튀며 전류가 흐르고 도는 모든 체대가 모두 완벽함을 잘 알고 있는고. 너희 모친 천도문에 무한한 모든 것을 공부함이 완벽하지 않는가 말이야. 원래는 공부가 무엇인지 아는고.

왜냐하면 지금 이때가 바로 소 환란 때란 말이야. 소 환란 때는 선포하는 때요 따라서 준비하는 때요 너희 갈 길이 열렸기 때문에 천지락 너희 본향 땅에 가지 아니 하려나. 아기들아 알겠는고. 천지자유가 모두 무로서 내고 무로서 나타난 무한한 과학의 진문이 선명 섬세하게 그 원문을 풀어서 나타난 본문에서부터 패어져있는 웅대 웅장함과 거대하고 거창함이 모두 무한도란 말이지. 알겠는고.

천문천도 천체개문도가 활짝 열려서 모두 창조 창조하여놓은 그 창극이 모두 평청 평창되어 무한정한 과학의 원문으로 모두 나타나 있는 그 체대와 또한 그 모든 형태가 모두 무궁무한하고 자유의 자재원도로서 이루어놓은 무한정한 본문에 결시가 완벽하고 그 결시가 모두 맺고 끊은 것 같이 완벽이란 말이지. 이 모든 것이 불변불로 되어있는 그 형태의 자유가 모두 힘에 따라 생동감이 끓어 넘쳐흐를 수 있게 생동하는 것과 또한 무한정하게 숨 쉬고 살아 생동한즉 생동감이 끓어 넘친단 말이지. 이럼으로써 한없고 끝없이 생문에 생도가 모두 생산해낸즉 그 생생통대가 형태를 만들어낸즉 그 형태 따라 생 힘이 모두 작용 자유할 수 있기 때문에 이것이 한없고 끝없이 생동한즉 생동감이 끓어 넘친단 말이지. 알겠는고. 이모든 것이 무형실체가 살아 숨 쉬고 생동함으로써 그 생동에 따라 모든 것이 상통자유 하는 것과 그 상통에 따라서 모든 것이 신기롭게 모두 동화작용 일치함이 모두 생물이요 또한 생명독대 전도가 모두 무한정하단 말이지.

생도생동독대라는 뜻은 바로 창극을 이루어놓은즉 장에서 부터 전류가 흐르고 돌 수 있게 작용함으로써 그 생동이 무한 정하단 말이지. 이 모든 자유자재할 수 있는 자연의 법칙이 완벽이요 자연의 법칙은 불변절대 약속대로 이루어져 있는 생물이나 생명체나 화학이나 모든 광명에 따라 또한 생생하 는 것과 이 모든 것이 완벽이란 말이지 이럼으로써 무형실체 가 바로 유형실체와 서로 상통하고 자유하고 동화일치 한즉 무한이요, 또한 무형실체에 그 매개체가 모두 무한정하게 생 동감이 넘쳐흐르며 따라서 이럼으로써 생동 생내하며 생내족 재 자유하며 천체독낵조하며 웅대 자유 법대 법에 따라 딱딱 법률이 진행되어있고 전진 되어 있고 자유 되어 있는 이치와 의미가 완벽이란 말이지.

이것이 없다면 어찌 무형이 실체에 따라 그 힘을 내겠는고. 무형은 무한한 생과 힘을 말씀함이요 실체는 바로 유형을 말 씀함이니라. 이럼으로써 유형의 생과 힘과 일심정기가 없다 면 유형의 실체가 생동치 못하고 모든 것이 무미한 상태요 없 다는 뜻과 같은 것이니라. 근원이 있음으로써 근원에서 무로 내어 그 무가 모두 향상되어 있는 것과 따라서 무한정한 원인 에 따라 결과가 완벽이요 그 결과에 따라 결론이 불변절대 약 속대로 되어있는 무한도란 말이지.

이럼으로써 모든 것이 천연의 천륜을 닮아 천낵조에 모두 조가 딱딱 짜임새 있게 짜여있고 그 조직이 모두 선명 섬세하게 되어있음으로써 조밀의 밀도로 되어있고 조직에 청밀도로 되어있단 말이지. 이것이 없다면 어찌 모두 존재하겠는고. 힘이 살아있고 힘의 먼저 생에서부터 그 생생문도로 이루어져 있는 상태기 때문에 무한정하다는 뜻이란 말이지. 이럼으로써 갖가지 모든 것은 무로 형성을 이루었고 그 무에 따라 그 형성이 신선하고 청결하며 아름답고 찬란하며 그 헤아릴 수 없고 상상할 수 없는 무지신비요 따라 무한한 신기록이란 말이지.

이것이 바로 절대불변 약속대로 이룬 참뜻이란 말이지. 이것은 바로 무형의 완벽이란 말이지. 이 무형이 바로 생과 생생과 갖가지 힘과 힘에 작용에 자유되는 것과 이것은 바로 무형이 있음으로써 유형이 있고 유형이 있음으로써 모두 작용 일치 하는 것이 무형실체가 모두 존재케 하는 작용이 상통되어 있고 갖가지 형태 따라 생과 힘이 모두 존재케 하고 동화 일치케 하고 작용케 하는 그 법회를 너희들은 알아야 한단 말이지. 그냥 알겠는고.

천도문이 같은 인재가 없다면 어찌 이 땅에 천주의 새 말씀이 생수하고 새롭게 이 죄 많은 인간들이 한 마디나 들어보겠는고. 내 말씀의 깊은 의미와 깊고 깊은 뜻과 광대 광범한 모든 무를 어찌 인간이 들어나 보겠는고. 천도문이가 모든 학문을 받은 것은 죽음을 내놓고 하늘을 위해 죽고자 하는 마음으로서 무언무한하게 항상 효도하는 마음과 그 정신자세가 되어있고 정신상태가 완벽함으로써 마음이 불변절대하고 따라서 정성이 지극하면 지성이 감천이라고 하였겠다. 하늘이 감동하고 땅이 감동하며 무형과 유형이 감동되어 모든 일들을 처리한 천도문이 때문에 너희들은 천국문이 열렸은즉 예복을 단정히 응시하고 도복을 엄숙하게 응시하고 별빛낵조 별천도문법이 되어 있는 그 갑주가 바로 너의 몸에 이름으로서 그 천도에 별관은 천문을 알게 하는 갖가지 모든 진문술이 모두 별관에 박혀있고 너희가 알아듣기 쉽게 하여 이것은 모두 과학의 진문이요, 따라 도술진문이요, 따라 조화를 임의대로 부릴 수가 있는 천도천체를 자유할 수도 있는 도술문이 모두 별관에 들어있단 말이지.

이와 같이 몸을 단정케 할 수 있는 것은 몸을 성화시킴으로써 그 몸에 단정되어있고 따라서 너희가 헤아릴 수 없는 본향 땅에 갈 수가 있단 말이지. 천도문을 따라가면은 별개이상 세계에서 존재하고 따라서 너희들이 재생 문이 열려있다. 열심히 공부하여 너희 정절을 굳게굳게 지켜 나를 따라갈 수 있는 아주 청결한 몸에 되지 아니하려나. 이러면 생불체에 문이 열렸을 때에 너희는 다시 생불체에서 재탄생하여 그 머리는 천지자유를 지니고 그 모든 뇌파에 지능이 자유자재할 수 있는 원문을 통치자유 할 것이요, 본문들을 통치자유 할 것이요, 본질의 질서를 유지할 것이요, 갖가지 원문을 풀 수 있는 자가 될 것이요,

원문에서부터 천연으로 되어있는 원리와 논리를 펴 세내와 조직을 펼 수 있는 자가 될 것이요, 갖가지 술문을 열어 술법을 알 것이요, 천지자유 문진을 알아서 그 문진을 앎으로써 문을 펼 것이요, 그 문에 따라 그 문법 진에 따라 술을 펼 것이요, 술에 따라 이리저리 이동할 수 있는 이동진을 자유롭게 자재원문하고 자재원도하고 자유로운 자재인이 될 것이요, 따라서 천체자유의 동낵조 자가 될 것이요, 동낵조 자라는 뜻은 문진을 통한 자가 통치하고 문진을 통한 자가 통낵조한즉 자유되고 이럼으로써 인간이 존재할 수 있는 관문을 통할 것이요, 관직에 자유자재할 수 있는 존재 인이 될 것이란 말이지.

이것이 모두 천륜에 가까운 사람이란 말이지. 사람인자가 존재한다는 말이지. 이럼으로써 걱정이 없는 자요 근심이 없는 자요 통낵조 한즉 모든 것을 통문 할 수 있고 통치할 수 있는 통설의 자유인이 됨으로써 통쾌 상쾌하고 모든 학문을 임의대로 낼 수 있음으로써 이것이 바로 존재 인이 된단 말이지. 존재인은 현명하여야 됨으로서 모든 것이 자유롭게 자재한즉 온유겸손하고 또한 따라서 존재할 수 있는 능력을 자유롭게 자재함으로서 능력자요 따라 갖춘 자기 때문에 권능자요 권능 자가 되어있음으로써 자재원도 한단 말이지.

이렇기 때문에 재생문이 열렸은즉 그 재생에 문에 도달할 수 있는 사랑자와 은혜자와 또한 현명한 자가 되어야만이 재생문에 들어갈 수 있는 갖가지 모든 법회의 자유문을 분명히 앎으로써 자재원도 자라고 하는 참 말씀이란 말이지 알겠는고. 무엇이든가 천체자유를 자재할 수 있는 능력자가 존재인이요 따라 현명한 자가 됨으로써 현인이라고 하지.

이 편안한 마음에 안식을 정하여 모든 것을 안정되어 모든 것을 자유롭게 딱딱 진행 전진자유하는 추진자가 되어야 한단 말이지 알겠는고. 미개한 동물같이 살지 말라 알겠는고. 이 땅에 사는 동안 너무 미개하게 살면 천지를 분간치 못하고 동서남북을 알지 못함으로써 근원에 들어가 4해4문을 모른단 말이지. 알겠는고. 이런 자가 어찌 동낵조자가 되겠는고. 생동생자가 되겠는고. 생령독대 전대가 무한도한 것을 자유롭게 자재할 수 있겠는가를 한번쯤 헤아려 보지 않겠는고. 갖가지 모든 것은 실체요 그 실체는 완벽이요 불변이요 절대요 약속의 자유인이란 말이지. 이렇기 때문에 천문천체를 모두 내다보고 상통천문하고 하탈 지리하고 이산축낵조한단 말이지. 이산축낵조라는 뜻은 핵보다 더 빠르게 동서남북 하는 동낵도 생문을 뜻함이란 말이지 알겠는고. 이렇게 모든 것을 자유롭게 하는 자야만이 된단 말이야 천도문아 걱정치 말라. 왜냐하면 천도문은 이 땅에 중심이 완벽하단 말이지.

왜냐 하면은 종말을 맞추는 인재기 때문이다. 또 한 가지는 무형실체가 바로 근원근도에서부터 원파가 완벽함으로써 원심을 닮은 천연이요 원심력을 닮은 천륜이요 따라서 무한도

하지 않는가 말이지. 천도문은 알고 있겠지. 천도문아 걱정 근심치 말라. 네 스스로 나를 괴롭히지 않고 그 생에 자체를 통달하기까지 남자는 밤에 잠자지 아니하고 절도 있고 신기로운 기적을 나타낸 천도문아 한이 맺히고 쌓인 그 통탄한 내 비극을 풀어준 자요, 따라서 모든 세상에 벌레 같은 인간들이 생각지 아니한 생각을 해낸 자요, 따라서 하늘을 우러러 앙시하며 천륜에 그 천심을 발견하였고 천연의 천륜에 원심에 무한정함을 발견한자요, 따라서 남이 생각지 못함을 생각해 낸 자란 말이지.

이렇기 때문에 하늘도 갈고 닦은 자를 주어서 거듭날 수 있는 자를 선택하지 알지도 못한 자를 어찌 선택하겠는고. 천도문아 내 명예는 천도문체요 또한 내 명예를 떼어 네 명예를 이루어준 것은 다름이 아니요 내 아들딸이 죄가 없다는 것을 발견하였고 쓰리고 아픈 고통과 고뇌를 인내하여서 헤아릴 수 없는 영적의 전쟁을 혈 단신으로 승리하여 영계를 풀었고 욕새별과 사오별을 분명히 옥황상제란 놈을 잡아 은혜를 베풀며 풀어 자기 생불체에 도달케 하였고 또한 옥황이도 자기 생불체에 도달케 하였고 이러한 역사를 바로 없앤 자기 때문에 신기록이라고 하고 기적이라고 하는 말씀이니라. 알겠는고.

이러한 피나는 노력의 전심전력을 다 쏟아 네 번이나 피나는 그 노력에 따라 피골이 상집함이 모두 필름성에서 필름을

311

감아서 다 하늘사람들은 알고 있다는 사실을 천도문은 잘 생각하란 말이지. 한 것만치 주고 한 것만치 받는 법이니라 알겠는고. 이렇기 때문에 천문을 열은 자기 때문에 천문교회라고 내가 하라고 하였지. 이렇기 때문에 하늘 문을 혈혈단신으로서 천문을 연자요 따라 내 산 역사를 낱낱이 발견한 자기 때문에 나는 너를 줄 수밖에 없단 말이지.

이렇기 때문에 종말을 맞추는 인재라고 하늘사람들이 모두 기적 같은 일이 일어났다고 한단 말이지. 이 땅은 지구가 아니요 하늘새란 혹성이란 말이지. 내 셋째아들의 공간에 내 종들이 침범하여 이와 같이 더럽게 하였지. 알고 있지. 천문자유를 너무 더럽게 한자가 바로 인간시조 옥황이란 말이지. 이것이 낱낱이 발견되었기 때문이요

그 발견에 따라 모든 것이 현명하게 밝혀졌기 때문이라 알겠는고. 이럼으로써 현인이 도둑같이 나타나서 도둑같이 풀고 도둑같이 학문을 내놓고 도둑같이 갈 것인즉 천도문아 걱정치 말라 알겠는고. 모든 것은 절로 오지 않음을 잘 알고 있겠지. 이렇기 때문에 천도문아 너는 내가 체가 없을 때를 발견한 자요, 이러니까 신기록이라고 하지. 안하겠는고. 모든 것은 발견함으로써 발견자요, 따라 그 발견자는 현명한 정신과 마음이 완벽함으로써 육신의 행함이 절도 있지 않는고. 천도문아 너는 너를 너무 초개같이 생각지 말라. 그렇게 생각하면 너희 조모와 나와 내 큰 아들딸이든지 천지가 슬프도다.

알겠는고. 제발 마음속으로서 너무 우리에게 못한다고 하지 말란 말이지. 나는 네가 하고자 하는 일은 모두 하겠다. 따라서 천체자유가 무로 형성되어있고 형성으로서 이루어놓은 그 실체가 바로 우리 두 현인이 체가 없을 때에 완성이었지. 처음 전에는 생에 자체로서 되어있을 때지.

하나님은 몸체가 없으실 때도 완성으로 계셨다

이때는 우리 몸체는 없고 그 내용만 채워져 있기 때문에 원심에 핵심으로 되어있을 때에 우리는 그 행 속에 들어있었지. 행이라는 뜻은 아주 무를 말씀함이요 행은 바로 무한정한 생으로서 타원형으로서 아주 새뜻하고 진설같이 불려있고 천살같이 모든 것이 찬란하고 천살의 도와 천살의 결백이 우리 명예인데 그 명예가 아주 톡톡 하느니라. 왜냐하면 행은 바로 갖가지 근원에 생들이 꽉 차있고 그 형은 타원형으로서 생이 힘 태같이 둘러있고 그 행과 생과 핵이 완벽절대 불변하지.

행속에 바로 원심과 원심력이 들어있는 동시에 핵심이 그 속에서 만족하고 흡족하게 되어 흠뻑함을 느끼고 살 때지. 이때에는 나는 너무 좋아 어쩔 줄 몰랐지. 너에 조모도 좋아 어쩔 줄 모를 때지. 이때에는 행 속에 체도 없이 만족 흡족하며 흠뻑 하게 살 때니라. 천도문아 잘 알지. 네가 낱낱이 발견함을 내가 말씀함이니라. 이와 같이 정신이 될 내용이든지 마음

314

이 될 내용이든지 음양이 될 내용이든지 생명이 될 내용이든지 핵이 될 내용이든지 이러한 귀하고 귀한 핵심이 모두 합류되어 만족하고 흡족하게 살 때지.

이때에 나는 나를 알았지. 너에 조모도 당신은 당신을 알았지. 이렇게 모두 알고 난 뒤에는 미래와 꿈이 확고하였고 목적과 목적관이 불변절대하고 이와 같이 뜻이 모두 확고하였지. 왜냐하면 무형의 실체와 유형의 실체를 생각해냈기 때문이지. 이때에 행 속에서 너무너무 신기하고 너무너무 좋더라. 이때에 그 희망찬 내용이 모두 꽉 차있음으로써 우리 두 현인은 그 미래를 생각하고 아주 흐뭇하고 또한 그 희망관이 불변절대 하였지.

이때에는 두 현인이 생각하여 낼 때지. 왜냐하면 생생생정기는 정신이요, 생생생문 생정기는 마음이요, 생생생생 낵조전이 바로 생생인데 그 낵조전 내용에서 음양을 냈기 때문이요, 또한 생생생생문생에서 생명을 내었기 때문이요, 생생생생 촉채낵조에서 바로 응내도요, 생냉농낵댁도가 모두 무한한 핵을 낼 수가 있었지. 이럼으로써 이 내용에 모두 학문이 모두 원문으로 생체로 생영녹색도로서 냈기 때문이요, 이렇기 때문에 정신문은 생문이요, 마음문은 생생문이요, 또한 천지지간 만물지중을 모두 음양의 이치로 생각해 냈기 때문이요.

이때에서부터 나는 우리 두 사람은 핵심이요 핵심의 진가를 내어야 되기 때문에 너희 조모는 평청을 이루어 한 공간만한 무한도한 조화를 이루운 4위 기대를 이루고 태반태독 원태도를 이루고 나는 또한 생불체를 이루었기 때문에 평청 평창을 이루어 한 생불체를 큰 공간만한 거창하고 거대한 공간을 이루었지. 이때에 나는 또한 가지고 있는것을 내기 시작하였지. 생각해냈기 때문에 무한히 낼 수 있는 자들이기 때문이요, 이때에 너희 조모는 무한정한 평청을 이루고 나는 또한 행에다가 불록조 불랙조 불천조 불천낵조 생생낵조 생생문녹조 생생생 문도맥조든지 응낵조 냉낵조 응농낵조 이러한 모든 생을 내어 행속에 내었기 때문에 이것이 바로 획기라고 하는 말씀이니라. 이때에 너희 조모는 태반태독 원태독을 이루었고 나는 또한 생불체를 이루었은즉 평청 평창을 이루어 무한한 독대전도를 이루었더라. 이것이 바로 천륜의 원심의 핵심이 바로 획기적으로 나타남이 바로 생태계란 말이지. 생태기를 내고 생각해 무한히 내놓은 것이 바로 원심력에서 무한한 생태계가 나왔은즉 그것은 바로 천심의 천륜의 천정이라고 하는 말씀이지.

왜냐하면 모든 것을 불변불로 이루어 아주 천륜의 천정을 베풀어 사랑과 은혜와 감당할 수 있는 모든 능력을 갖추어 권능을 베풀 수가 있는 통치자유인이 되기 때문이요 통문 통설 통치 자유인이 완벽함으로써 원료에 천륜에 근원을 내놓았기 때문에 한 공간만한 것을 준비하여 원료를 무한히 내어서 발효한즉 발로가 자동으로 일어나고 발휘되었기 때문에 발사한 즉 파문이 일어나며 파문이 일어남으로써 모든 것이 원료가 파동치고 파문이 일어나는 것을 분류하여 모든 것을 성분과 요소를 내놓았지.

우레솔래와이로도 천지 자유자재 원문을 말씀함이니라. 알겠는고. 천도문아 걱정 근심치 말고 편안한 마음에 안식을 정하란 말이지. 왜냐하면 지금 준비하여 소 환란 때가 분명하지 않는가 말이지. 이제 멀지 않아 네 본향 땅에 가잔 말이지. 천도문아 이 땅에 너 같은 의인이 도둑같이 나타나서 도둑같이 풀고 도둑같이 천주의 새 말씀을 선포하고 도둑같이 가는 이때니라. 너는 살아있는 역사를 낱낱이 발견하였고 또한 듣는 자로부터 하여금 선포할 사명이 부여되어있고 직책 직책 분이 불변절대하게 되어있단 말이지. 천도문아 내가 너를 이 땅에 잠깐 살게 함은 다름이 아니요 이악한 세상에서 알곡을 걷기 위한 작전의 전술을 펴 보았지만 인간은 역시 무지하기 때문에 듣지 못하고 듣더라도 행하지 아니하고 알지 못하는 무지를 어찌 무를 알겠는고.

나는 처음 전 때에는 체가 없는 자요 따라 체가 없지만 이 때에는 완성이지. 이모든 것이 불변의 절대란 말이지 알겠는고. 내가 천지자유를 모두 형성하고 형상이 존재할 수 있게 함은 바로 피나는 노력에 전심전력을 다 쏟아 이루어놓은 형성이란 말이지. 이렇기 때문에 처음전 때에는 체가 없는 자가

행을 준비하여 행 속에 원심이 있고 원심력이 완벽하였고 그 원심에 체 없는 핵심이 살고 있었지. 이때에 나는 나를 알았고 미래의 꿈이 확고하기 때문에 희망이 꽉 차있었고 목적과 목적관이 완벽하였기 때문에 갖가지 공간을 낼 수 있는 궁에 궁창에 그 목적관이 모두 내 뜻이니라. 이때에는 나는 나를 갖추어서 조화자요, 조화자기 때문에 조화를 지니고 있었고 또한 조화를 가지고 있을 수가 있었지. 이럼으로써 행에 뜻은 아주 거창하였느니라. 행은 바로 핵심이요 그 핵심의 진가가 완벽하였지.

갖가지 근원에 행으로 둘러있는 그 행이 꽉 차있고 행이 둘러있는 곳에는 바로 무한한 생들이 겹겹이 싸고 싸서 갖가지 근원에 생이 행속에 들어 근원에 핵심은 주인이요, 생과 핵이 완벽함으로써 그 찬란한 광명이 불변절대 하였고 이때에 행 속에서 나는 능력을 갖추었지. 이때에 생생생 정기로서 정신을 냈고 너희 조모는 생생생문 생정기에서 마음을 내었더라. 이때에 나는 무한한 조화에 근원 생생에서 음양을 냈은즉 그 무한정한 조화에 자유에 천륜이 완벽하였지. 음양을 내놓고 본즉 그 생생생녹 생생색도 정기가 일심일치로 이루어진 조화기 때문에 생생에서 음양을 내고 너희 조모는 생생생문 생에서 마음을 내었지.

이때에 무한한 조화에 조화로서 합류되어있고 또한 이 조화들은 지니고 있는 조화든지 가지고 있는 조화든지 생녹생

생녹대 색도정기들이 일심을 이뤘더라. 이럼으로써 일치되어 있고 갖가지 지닌 조화든지 가진 조화든지 무한도하였지. 이렇기 때문에 너희 조모는 생명을 내놓았기 때문에 그 생명에 근원은 생생생문 생동내조 응녹도전 대문내조로서 완벽한 생생생문 생에서 불토를 내놓은지라. 이럼으로써 불토에 근원에서 또한 무한한 조화를 지녀 그 생명은 영원불변토록 변치 않음이라.

하나님의 아들딸은 죄를 짓지 않았다.

김영길 수필집

초판 1쇄 : 2016년 11월 22일
지 은 이 : 김영길
펴 낸 이 : 김락호
디자인 편집 : 이은희
기 획 : 시사랑음악사랑
인 쇄 : 청룡
연 락 처 : 1899-1341
홈페이지 주소 : www.poemmusic.net
E-Mail : poemarts@hanmail.net

정가 : 12,000원
ISBN : 979-11-86373-54-5